读客外国小说文库

熊猫君激发个人成长

Frenchman's Creek

法国人的港湾

[英] 达芙妮·杜穆里埃 著

陈友勋 译

文匯出版社

Frenchman's Creek

Daphne du Maurier

献给帕迪和克里斯托弗

1

东风[1]乍起，波光粼粼的赫尔福德河面泛起道道涟漪，细浪腾涌，拍打沙岸。退潮时，细碎的浪花撞在沙滩上四散消失。成群的水鸟往岸上的泥滩飞去，它们的翅膀掠过水面，一边飞一边呼朋引伴。只有海鸥逗留于河面，它们不停地在翻滚的水沫上空盘旋鸣叫，时而冲向水中觅食，原本灰色的羽毛因沾上咸涩的浪花而闪闪发亮。

英吉利海峡的滚滚巨浪从利泽德角之外奔涌而至，与河口的湍流猝然相遇。褐色的潮水带着淤泥的苦涩味道，由于吸纳了最近几场雨水而显得愈发气势磅礴。潮水裹挟着来自深海的波涛和冲积物咆哮而来，水面还漂浮着枯枝和秸秆、种种意想不到的废弃物、过早凋落的树叶、夭折的雏鸟和许多来不及绽

1　英国的东风，是从欧洲大陆北部吹来的寒冷的风。——译注（本书中注释如无特殊说明，均为译注。）

放的花蕾。

露天的锚地如今已经废弃，只要一刮东风，船只就难以停靠。要不是赫尔福德河道上有几处零星的房屋，纳瓦斯港口的周边保存着一片平房，这条河流可以说还完全停留在过去，处于一个早已逝去的时代，而当初的那段历史如今完全被人遗忘，没有留下任何痕迹。

回到那个年代，这儿的山岭和峡谷本身就雄伟壮观。周围没有人工建筑来破坏田野和悬崖的原始景观，也没有烟囱管帽从高高的树林上支棱出来探头窥视。在赫尔福德村落倒是有几间农舍，不过根本没有对当地的河流生态造成任何影响，这条河是只属于麻鹬、赤足鹬、海鸠和海鹦的乐园。那时不像现在，没有观光游艇顺流驶来。赫尔福德河在一片平静的水域分流，形成了今天的康斯坦丁和格威克两地，这一带在当时可谓静水深流，人迹罕至。

当时这条河流与世隔绝几乎无人知晓。只是偶尔有几个水手，在往上游行驶的过程中遭遇了西南飓风被迫进来寻求暂时的庇护。但他们发觉此地偏僻艰苦，静得有点瘆人。等到风势稍缓，他们都乐于拔锚启程继续航行。这些水手对赫尔福德村落毫无兴趣，本地为数不多的几个村民又少言寡语、反应迟钝。一个人如果长时间远离家庭的温暖和女眷的关怀，根本就提不起兴趣去游览树林，或在落潮时到泥滩去和水鸟一起涉水玩乐。所以，这条弯弯曲曲的河流无人问津，树林和山谷也与世隔绝。赫尔福德河在盛夏可谓景色宜人、独具魅力，让人徜徉其中慵懒欲眠，但那时这样的美景无人欣赏无人知晓。

如今的赫尔福德河被许多突然出现的声音打破了宁静。观光船来来去去，搅动水面，留下一条条浪花翻腾的航行轨迹。人们驾着快艇相互拜访。到这儿一日游的旅客，也会手拿渔网捕虾，在众多的浅滩中穿梭往返，但太多的美景让他目不暇接。有时，他会坐在一辆噗噗喷气的小车里，沿着崎岖泥泞的大路一路颠簸，出了赫尔福德村再猛地右转，就到了一个旧农场，可以在里面一间石砌厨房里坐下，和其他游客一起喝茶聊天。这儿原本是纳伍闺庄园，至今还保留着一点昔日的辉煌。以前的四方建筑仍有部分残余，将现在的农场院子围在当中，当年庄园入口处的两根立柱，如今藤蔓丛生、苔藓密布，被用作今日谷仓的支柱，支撑着瓦楞屋顶。

游客喝茶的农场厨房是当年纳伍闺餐厅的一部分，那半截楼梯当年曾是连接走廊的通道，如今被一面砖墙挡断。庄园的其余建筑肯定早已坍塌，或是被人拆除了。现在的方形农场建筑，虽然看起来也颇为气派，却与纳伍闺旧宅复制图上的E字形结构大相径庭。至于庄园当年的花园和林苑，如今已消失得无影无踪。

游客在这儿吃着零食品着香茗，面带微笑地欣赏眼前的美景，丝毫不知道，很久以前的一个夏天，有一位女士也曾在此伫立，像他一样，望见了丛林环抱中的这片波光粼粼的水面，女人仰起头，感受着太阳的温暖。

　　游客听见了从农场传来熟悉的声音，水桶碰撞的哐当声、牛叫声、农夫和儿子隔着院子粗声大气的说话声，却听不见昔日的回音，听不见那时有人在黝黑的树林深处，两手拢在嘴前，轻轻地吹着口哨。在静悄悄的屋墙底下，一个蜷身蹲伏着的瘦削人影迅速做出了回应。楼上的一扇窗户却打开了，朵娜望着两人。她一边聆听他俩的动静，一边用双手在窗棂上空轻轻挥动，仿佛在弹奏着一支无名小曲，鬈发滑落在了脸上。

　　河水继续往前哗哗流淌，树叶在夏风中沙沙作响。泥滩上，蛎鹬站在退潮的浅水中觅食。麻鹬还在鸣叫。而那时的男男女女都已被遗忘。他们的墓碑上长满了地衣和苔藓，上面刻的名字也已模糊不清难以辨认。

　　如今，在纳伍闰业已消失的门廊下，一群牛儿正在四处走动吃草，当年在午夜钟声敲响时，曾经有个男子出现在昏暗的烛光下。他站在那儿，面带微笑，手握一柄出鞘的利剑。

　　春天来临，农夫的儿女们到河湾的两岸采摘报春花和雪花莲，糊满泥浆的靴子咯吱咯吱地踩过去年夏天残留下来的枯枝败叶。河湾在漫长的冬天积聚了大量雨水，看起来灰蒙蒙的，有点荒凉冷清。

　　树木依然长得茂盛繁多、密不透风，一直延伸到了河流的尽头。小码头上苔藓绿油油的，显得鲜嫩多汁。当年朵娜就在这儿燃起篝火，与情人隔着火苗笑语吟吟。时至今日，不再有任何船只停靠在这个码头，不再有桅杆斜指天空。没有链条穿过锚孔发出咔嗒咔嗒的响声，没有空气中弥漫着的浓浓的烟草味，也没有河对岸传来的外地人轻快悠扬的说话声。

在某个仲夏的夜晚，一个孤身出行的游客把自己的快艇停放在赫尔福德河边的露天锚地，决定独自划着皮艇沿河而上探险。当他来到河湾的入口时，一声夜鹰的啼叫让他心生惧意有些踌躇，时至今日，这片河湾仍笼罩在一种神秘气氛中，似乎带着某种难以言说的魔力。游客初来乍到，他回头看了一眼安然停泊着的快艇和这片宽广的河面，靠着船桨停顿了片刻，才猛然意识到这片河湾极为寂静，河道蜿蜒狭窄。不知何故，他感觉自己就像一个不速之客，贸然闯入了另一个时代。他壮着胆子沿着河湾的左岸继续前进，水面划桨的声音听起来格外响亮，在岸上远处的树林之间发出奇特的回声。他尽量悄无声息地往前划行。河湾渐行渐窄，水边的树丛也越来越繁密，而游客仿佛已经入魔，他感觉身体被一种奇怪的力量所吸引、控制，心里充满了一种莫名的、连自己也无法完全理解的兴奋。

他原本是孤身一人，不过——就在近岸的树荫中，是不是传来了一阵呢喃低语？是不是有人站在那里，月光照在他那系紧的鞋靴和手中的弯刀上闪闪发光？他身边是不是还站着一个女人，肩披斗篷，深色的鬈发拢在脑后？自然，这一切全是游客的幻觉，那仅仅是树荫而已，那些呢喃低语，只不过是树叶的婆娑或眠禽的窸窣罢了。他突然困惑起来，有一丝害怕，觉得不能再往前划了，更远的河岸那边应当是河湾的尽头，那里属于禁地，他可不能擅自闯入。于是游客朝着锚地掉转皮艇返航。当他驶离此地时，耳畔传来更为急切的声响，呢喃之声也不绝于耳。他还听到阵阵脚步声，其间夹杂着一声呼喊和午夜的一声惊叫，远处隐隐传来一声呼哨和轻快悠扬的奇特歌声。夜幕中，游客努力睁大双眼，眼前的团团树荫影影绰绰，分明显现出一条船的轮廓。这真是一条精致又漂亮的船，建造于某个早已消逝的时代，船刷过油彩，就如同幽灵似的出现在那儿。这时，游客的心跳开始加速，便用力划桨，小皮艇在黑沉沉的水面疾驰而过，终于摆脱了刚才的魔幻之地。他先前所看见的一切绝非尘世景象，所听见的一切也确实不可思议。

游客回到自己的快艇上，最后再回头看了一眼河湾的入口处。只见一轮圆月，带着夏日特有的晶莹皎洁，已然跃上树梢，河湾则沐浴在溶溶月色中，显得甚是可爱。

夜鹰在山岭蕨丛中低声鸣叫，鱼儿扑通一声跃出水面。游客慢慢掉转快艇方向，迎着潮水行驶出去，河湾渐渐隐没在身后。

游艇主人从船上走了下去，进入安全舒适的船舱，在书本中一阵翻腾，终于找到了想要的东西。那是一张康沃尔地图，画得潦草又粗略，是他在特鲁罗的一家书店闲逛时无意中发现的。这张画着地图的羊皮纸已经褪色发黄，上面的线条模糊不清，连地图上的地名都是采用了一种古老的拼写形式。赫尔福德河画得还算详细，康斯坦丁和格威克一带的村落也是一样。游艇主人将目光移至一条狭窄的河汊上，它从赫尔福德河延伸出来，尽管很短，却蜿蜒西折，隐入了一个峡谷中。有人用纤细的笔迹在旁边匆匆写了一个如今已经褪色的名字——法国人的港湾。

看着这个地名，游艇主人沉吟了片刻，然后耸耸肩，卷起地图。很快他就睡着了。泊船之地水波不兴，河面微风不起，连夜鹰也悄然无声。游艇主人进入了梦乡——此时，潮水轻轻拍打着船身，月光朗照在宁静的水面，轻柔的呢喃传入耳畔，逝去的岁月幻化为现时。

一段被人遗忘的时光从厚厚的尘埃和层层的蛛网背后浮现出来，他漫步到了某个早已逝去的年代。他听见通往纳伍闰庄园的车道上马蹄飞扬，看到庄园的大门打开，脸色苍白的男仆满眼讶异地抬头仰视着身披斗篷的马夫。他还看见穿着一件旧长裙，头上裹着头巾的朵娜，正朝楼梯口走去，而在寂静隐秘的港湾里，一位男子在自己的船甲板上漫步，他的双手背在身后，嘴角挂着一丝古怪又神秘的笑意。纳伍闰庄园的农家厨房重新恢复当年的餐厅模样，有人蹲伏在楼梯上，手持利刃。就在此时，猛听得楼上传来孩子受惊的哭叫，同时一块盾牌从柱廊的墙上突然脱落，砸在那个蹲伏着的黑影身上，两条身形小巧的查理王长毛垂耳犬出现了，它们毛发卷曲散发着香水味，一路狂吠紧追不舍，朝躺在地板上的那人扑了过去。

在一个仲夏之夜，一个荒废的船埠上燃起了一堆篝火，一个男子和一个妇人相视而笑，彼此心照不宣；到了破晓时分，一条船顺潮起航，那时蓝天朗日，艳阳高照，成群的海鸥随着船飞翔鸣啸。

　　逝去岁月中所有的呢喃和回音都涌入了梦中人的脑海，他与这一切同在，并融入其中，成为梦境的一部分。在梦中，他看到了那片海、那条船、纳伍闰的深墙大院、颠簸行驶在康沃尔崎岖大道上的马车，甚至还看到了被人遗忘的伦敦城，那儿矫揉造作，表面光鲜，有服务生举着火把为行人照明，也有喝得醉醺醺的浪荡公子，站在泥泞四溅的鹅卵石街道的一角放声狂笑。他看见哈利穿着绸缎外套，带着两条长毛垂耳小犬，突然闯进了朵娜的卧室，她当时正往耳垂上戴一对红宝石耳环。他看见威廉的小脸上有一张圆圆的嘴巴，带着一副神秘莫测的表情。最后他看见了海鸥号，停泊在一条弯曲狭窄的河湾里。他看见水边树丛林立，听到苍鹭和麻鳽啼鸣。他仰面酣睡，呼吸着、重温着那个早已消逝的仲夏时节发生的种种迷人的荒唐事件，正是这一切才让这个港湾最初成了避难所，成了逃离生活的象征。

2

当教堂敲响半点的钟声时，一辆四轮大马车隆隆地驶入朗塞斯顿，在旅店前停了下来。赶车的家伙还在咕哝，他的同伴已经一跃而下，朝马首奔去。车夫将两根手指放进嘴里，吹响了口哨。没过一会儿，一个料理马匹的家伙从旅店里走出来。他揉着惺忪的睡眼来到院子里，脸上还带着一副惊讶的表情。

"没时间耽搁了，赶快取些水来喂喂马。"车夫吩咐道。他从座位上站起身来，伸了个懒腰，阴沉着脸四下打量了一番。他的同伴则站在地上，跺着几乎失去知觉的双脚，冲他咧嘴一笑表示同情。

"这些马儿的脊梁骨还没跑断，总算是一件好事。"他轻声告诉车夫，"看来，哈利爵爷付出的大把金币没有白费。"车夫耸了耸肩，他疲惫不堪，差点儿冻僵，已经无心斗嘴。这一路真他妈的够呛。要是车轮断了，或是马匹累垮，受责备的可是他自己而不是他的同伴。要是他们能轻轻松松地安排行程，路上花上一个星期的时间就好了，可眼下这么拼了命似的紧赶慢赶，让人和牲口都没个喘气的工夫，这全得怪他的女主人那副该死的坏脾气。不过，谢天谢地，这会儿她总算睡着了，马车里一点动静也没有。可是，事情的发展偏偏不如人愿。就在管牲口的家伙两手各提一桶水回来，马匹正在急切饮水时，车窗突然打开了，女主人探出头来，脸上没有丝毫睡意。她杏眼圆睁，语气冰冷专横，他这几天一听到这声音就头皮发麻。现在女主人说起话来一如既往，其中的威严不减半分。

"这么磨磨蹭蹭的到底想干什么？"她质问道，"三个小时前不是才停下来给马喂过水吗？"

车夫低声祷告了一句，好让自己忍住怒气。他从座位上爬下来，走到打开的车窗旁边。

"马儿适应不了这样的速度，夫人，"他说，"您忘了，最近两天我们差不多走了两百英里。再说，这种路不适合您这两匹品种高贵的马"

"胡说！"她回答道，"品种越高贵，耐力就越好。以后只有等我吩咐了才可以停下马车。跟那人把账结了，我们继续赶路。"

"好的，夫人。"车夫转过身去，嘴角露出疲惫固执的神色。他朝同伴点了一下头，低声咕哝着，爬回了自己的座位。

管牲口的家伙拎来了两桶水。他蠢头蠢脑，对眼前的情景目瞪口呆，根本就没明白发生了什么。马儿又开始奔跑，它们用蹄不停地刨地，呼哧呼哧喷着鼻息，浑身上下冒着热气，就这样拉着马车驶出了铺着鹅卵石的院子，驶出了沉睡中的小镇，重新回到了崎岖颠簸的大路上。

朵娜双手托腮，神情抑郁地凝望着窗外。幸运的是，两个孩子仍在沉睡，就连他们的保姆蒲露也睡着了，蒲露张着嘴，脸上红扑扑的，有两个多小时没动静了。可怜的亨丽埃塔先前吐了四次，这会儿躺在那里，脸色苍白，病恹恹的，小小的人儿简直就是和哈利一个模子刻出来的。她一头金发，此刻将头倚靠在保姆的肩上睡着了。詹姆斯一直没动，睡得又香又沉，小孩子睡起来都是这样，或许在他们抵达目的地前他都不会醒来。但是，等真的到了之后，他们会发现那儿的情景是多么扫兴啊，和他们先前的想象完全是天壤之别！不用说，所有的床铺都是潮乎乎的，百叶窗也紧紧关闭着，所有房间由于无人居住散发出让人窒息的霉味，而他们的突然出现，肯定让仆人们不甚舒服，手忙脚乱。这一切全都是源于某种盲目的冲动，源于突然爆发的对空虚无聊生活的极度憎恶：那些没完没了的晚餐、宴席、纸牌游戏；那些荒唐的恶作剧，只配节假日里无所事事的学徒；与罗金罕姆无聊的调笑；还有哈利本人，一副懒散自在的样子，什么事情都容得下，他总是不到半夜就哈欠连天，温和又迟钝地宠爱着自己，未免把模范丈夫的角色扮演得太出色了。几个月来，这种空虚无聊的感觉悄然滋长，就像潜伏的牙痛症状，让人不胜其烦。正是到了周五的晚上，她对自己的厌恶和愠怒最终勃然爆发；正是由于周五晚上发生的一切，才让她此刻坐在这辆该死的马车里，前后颠簸着，踏上了一段荒唐之旅，前往一个一生中只去过一次、对其一无所知的老宅。在恼怒中，她还带上了两个惊讶不已的孩子和他们极不情愿的保姆。

当然，她这是听从内心的冲动，就像她从一生下来，到目前走过的整个人生阶段，一向所做的那样：总是听从某种呢喃低语、某种暗示，虽不知源于何处，却能召唤她采取行动，事后又嘲弄她先前做事冲动鲁莽欠缺考虑。比如，她一时冲动嫁给了哈利，就是因为哈利的笑声——里面那种有趣的懒散特征打动了自己，就是因为她以为哈利那双蓝色的眸子里蕴含的眼神意味深长。有了亲身经历后，如今她才明白个中滋味……但是当时，自己不会承认其中的原因，即使对自己也不会这样承认。木已成舟，现在自己已经是一对金童玉女的母亲，再过一个月，自己就要年满三十了。

不，这件事不能怪罪到可怜的哈利头上，甚至也不能归咎于他俩所过的那种空虚生活。她不能怪罪那些愚蠢的胡闹，或者怪罪他们的朋友，也不能怪罪夏天的过早来临，让伦敦街头的土块干涸、尘土飞扬，使人感觉酷热难当呼吸不畅。她甚至不能怪罪戏院里那些无聊的饶舌，或者怪罪罗金罕姆在自己耳边喋喋不休的那些轻浮猥亵之词。要怪罪的只有她自己。

长久以来，她的所作所为都有违自己的本性。她满足于扮演自己涉足的圈子所要求的那个朵娜，满足于只做一个肤浅的尤物，走东串西，言笑晏晏，漫不经心地接受种种恭维和羡慕，认为这是自己天生丽质理所当然享受的待遇。这时的朵娜是一个交际花，她无忧无虑，态度高傲又故作潇洒；与此同时，另一个朵娜，一个陌生的、幽灵般的朵娜总是从灰暗的镜子里面窥望着她，为她的所作所为深感羞愧。

这另一个朵娜明白，生活并不是非得痛苦、非得无聊，非得被狭隘的窗牖桎梏手脚，而应当是海阔天空，充满无限可能——生活意味着忍受苦难、体验爱情、经历危险和享受幸福，甚至还不止于此，还可能包括深广得多的内容。是的，如今即使坐在马车上，感受着乡野的清风拂面而来，朵娜也对自己充满了强烈的厌恶。她仍能想象伦敦陋巷飘来热烘烘的街市恶臭，那种空虚腐败的气息，以某种难以名状的方式与沉重郁闷的天空融为一体，与哈利掸着衣摆上的灰尘时打的哈欠，与罗金罕姆意味深长的笑容交织在一起。似乎这一切都象征了一个消沉沦丧的世界。在天空尚未坍塌、自己尚未困陷之前，她必须脱身逃避。她想起了在街角叫卖的那个瞎眼小贩，他竖起耳朵听硬币落下的叮当声，还有干草市场的那个学徒，他将托盘顶在头上悠然而行，尖声尖气地沿街叫卖，绊倒在排水沟的垃圾上，结果所有货物全都翻倒在满是泥泞的鹅卵石上。还有，哎，天哪，人满为患的戏院，里面汗臭与香水混合的异味，大声傻笑、无聊地闲扯，皇家包厢里的人，连国王也亲临现场，廉价座位上急不可待的观众不停跺脚、大声嚷嚷，将橘子皮纷纷扔向舞台，催戏早点开演。哈利则一如既往，毫无来由地哈哈大笑。不知是戏里的精彩妙语弄得他稀里糊涂，还是离家前喝得太多，他很快就在座位上打起了呼噜。罗金罕姆趁机找乐子，用脚碰她，在她耳边窃窃私语。真该死！他自以为俘获了美女芳心，所以行为举止放肆无礼，对她的态度也狎昵随意，只因为她曾经让他吻过自己一次，当时夜色迷人，自己又无所事事。随后他们去天鹅酒馆吃晚饭，她对此事已深感厌倦——虽然在一大群情妇中只有自己是名正言顺的太太，在以前还能激起她的一点新鲜感，但现在连这点乐趣也已经消失了。

朵娜曾经对此颇感兴趣。那时她与哈利一起出去吃晚饭，饭局上其他男人都不带太太，而是与妓女偎依在一起。哈利的那些朋友乍见朵娜，先是大惊失色，接着又被她的魅力迷住，最后就像擅闯禁区的好奇学童一样突然兴奋起来。这一切都让她觉得其乐无穷。不过即使回到当初，甚至在最开始的时候，她内心也闪现出一丝愧疚，一种怪异的堕落感，就像自己盛装前往一个化装舞会，衣服却不合身。

哈利的笑声听起来挺可爱，有点傻乎乎的。"你让自己成了整个伦敦的话柄，知道吗，那些家伙都在酒吧里对你说长道短呢。"他说这话时半是震惊半是沮丧的表情，不但没有起到斥责妻子的作用，反而让人生气。她原以为他会勃然大怒，对她恶语相向，甚至拳脚交加——但哈利只是一笑了之，他耸了耸肩，笨手笨脚地爱抚她。朵娜明白，自己先前的愚蠢行为并没有伤害到他，他内心里其实对别的男人议论自己的太太、倾慕自己的太太颇为得意，这样他就可以被别人看重了。马车经过一道很深的车辙，颠簸了一下，将詹姆斯从梦中摇醒。他的小脸一扭，似乎要哭。朵娜赶紧伸手捡起从他手里滑落的玩具。他搂着玩具，贴到嘴边，接着又睡了。这个孩子在要求得到她的情感关爱时，表现得和哈利完全一样。只是她觉得奇怪，为什么这在詹姆斯身上显得如此可爱如此感人，而到了哈利身上，就显得有点荒唐，甚至还让她隐隐气恼呢？

那个周五的晚上，她正在梳妆，往耳垂上挂红宝石耳环时，脑海中突然浮现出詹姆斯一把抓过她的红宝石项坠塞进小嘴里的情景。想起儿子的这件趣事，她不禁暗自好笑。站在一旁掸着袖口花边的哈利瞥见了她的笑容，误以为这是一种暗示。"去他的，朵娜，"他说，"你干吗这么看着我？咱们别去看戏了，管他什么罗金罕姆，管他什么世道，咱们干吗不能待在家里呢？"可怜的哈利，多么典型的自作多情啊，迫不及待地错把一个与他无关的微笑当成妻子的爱意流露。她回答道："你真是莫名其妙。"说完便转过身去，这样他就不能笨拙地抚摸她裸露的肩膀了。哈利顿时闭紧了嘴巴，流露出她熟悉的那种生气固执的神情。接着他们和以前一起外出看戏、吃饭时无数次情形一样，两人情绪低落、生着闷气，夜生活还没开始就已经没了激情。

随后，哈利唤来他养的那两条长毛垂耳犬——公爵和公爵夫人。它们汪汪叫着朝他要糖果，在他手边跳来蹿去，房间里充满了刺耳的狗吠声。

"嘿，公爵，嘿，公爵夫人，"哈利将一块糖果扔到房间对面她的床上，冲这两条狗叫道，"快去捡回来。"它们追到床帏旁又抓又挠，想跳上床去，汪汪直叫吵得不行。朵娜用手指堵住耳朵，飞身出了房间，来到楼下，坐到椅子上，脸色苍白、浑身发冷、怒火中烧，待会儿一出门，迎面而来的又是热烘烘的街市臭味和让人透不过气来的阴郁天气。

马车在乡间道路那深深的车辙里又摇晃着颠簸了一下，这回是把保姆摇醒了。可怜的蒲露，她那朴实的脸庞因旅途劳累显得乌青阴沉，她肯定会为这突如其来的长途旅行而对女主人心生怨愤。朵娜暗想，她会不会在伦敦有一个喜欢的小伙子，对方极有可能因此变心，另娶他人，这样蒲露的一生可就毁了。这都得怪朵娜，怪她一时心血来潮、总喜欢胡思乱想，脾气恶劣。蒲露在纳伍闰庄园能有什么事做呢？无非是带着两个孩子在乡间小道上走来走去，或者在花园里来回闲逛，思念着几百英里外的伦敦街巷。但纳伍闰里有花园吗？她记不起来了。婚后她曾到那儿小憩，现在回想起来极为久远，恍若隔世。那儿肯定树荫浓密，有一条波光潋滟的河流，还有一间长长的屋子，打开窗子就能欣赏外面的乡间美景。除此之外，她就没有什么印象了。当时她怀了亨丽埃塔，身体不适，整天就是躺在沙发上，恶心呕吐、服药提神，日子过得单调乏味，仿佛没完没了。突然，朵娜觉得有些饿了，马车正好嘎吱嘎吱地颠簸着经过一个果园，她看见里面的苹果树上花开正盛，知道自己必须马上吃点东西。没有什么好犹豫的，此时此刻，就在路边的阳光下，大家都得进食，补充一点能量。她从车窗里探出头去，大声吩咐车夫："我们必须在这儿停留片刻，吃点东西。过来帮我把地毯铺在树篱下面。"

车夫惊讶地回头看着她："可是，夫人，地上没准儿有湿气，你这样会着凉的。"

"胡说八道，托马斯。我饿了，我们都饿了，必须马上用餐。"

车夫从马车上跳下来，满脸窘得通红。他的同伴转过身去，用手捂着嘴咳嗽。

"夫人，我知道在博德明有家旅馆。"车夫壮着胆说，"您可以到那儿舒舒服服地用餐，或许还可以休息一下。我想这样肯定要合适一些。如果有人打这儿经过，看见您在路边，我想哈利爵爷不会……"

"闭嘴，托马斯，话真多！你就不能照我吩咐的去做吗？"女主人说着自己打开了车门，无所顾忌地提起长裙，露出脚踝，踏到了下面的泥地上。可怜的哈利爵爷，车夫不禁替他暗自叹气，心想这位爵爷每天都得应付这样的事情，真是难为他了。不到五分钟的时间，女主人已经把大家安顿好，让他们坐在路边的草丛上。保姆睡意蒙眬地眨巴着一双圆溜溜的眼睛，两个孩子也惊讶地看着周围的一切。"我们都来喝点酒。"朵娜说道，"马车座位下的篮子里还有一些。我太想喝了。好的，詹姆斯，你也可以喝点。"她就在那儿坐下，衬裙塞在身下，头巾从脸上滑了下来。她大口地喝着酒，就像一个行乞的吉卜赛人，还用指尖蘸了一点给自己的小儿子尝尝，又冲车夫笑了一下，以示自己并不在意他驾车不稳，脾气又倔。

"你们俩也喝点，"她对车夫和他的同伴说道，"酒有的是，够大家一起喝的了。"他们只好加入进来，但喝酒时都避开了保姆的目光。跟他们一样，保姆也觉得这样吃喝很不得体，心里盼望着能到旅馆找一处安静的房间，有才烧开的热水，可以给两个孩子洗洗手、擦擦脸。

"我们这是上哪儿去啊？"这句话亨丽埃塔不知问了多少遍，她鄙夷地打量着周围，紧紧提着长裙，不让它沾上泥土，"赶车就要结束了，我们马上就要到家了吗？"

"我们要去另一个家，"朵娜回答道，"一个新家，一个好得多的新家。你可以在树林里到处乱跑，也可以把衣服弄脏。蒲露不会责怪你的，这些都没有关系。"

"我可不想把衣服弄脏。我想回家。"亨丽埃塔说着，嘴唇哆嗦了一下。她抬头用嗔怪的目光看着朵娜，大概是疲惫了，毕竟这次旅途以及这样坐在路边，都太让人意想不到了，让她开始想念以前一成不变的生活方式，于是她哭了。而詹姆斯本来一直都安安静静、高高兴兴的，这时也张大嘴巴跟着号啕起来。"好啦，我的乖乖，好啦，我的宝贝，他们不喜欢这肮脏的水沟和这刺人的树篱。"蒲露一边说，一边把两个孩子搂在自己怀里。她话中有话，这是冲着女主人发的，所有的烦恼都是她引起的。这一下子刺痛了朵娜的良心，她站起身来，一脚踢开剩下的食物残渣。"那好，不管怎样，让我们继续赶路。但行行好，不要再哭了。"她站在那儿等了片刻，让保姆和孩子们上了车，食物也包好放进了车里。没错，空气中飘着苹果花的味道、荆豆的香气，从远处的沼泽地里传来苔藓和泥炭混合在一起的强烈气味。在不远的某个地方，也就是前面山岭那边，还传来一阵咸湿的海水腥味。

暂时忘掉孩子们的眼泪吧。忘掉蒲露的满腹牢骚和车夫噘起的嘴巴，忘掉哈利，忘掉他那双蓝眼睛里流露出的困惑和苦恼吧，那时她说出了自己的最终决定。"可是，朵娜，真该死，我到底做错了什么？说错了什么？难道你不知道我有多爱你吗？"将这所有的一切都忘掉吧，在这儿迎风面对阳光，伫立片刻，就能体会到自由奔放。面带微笑，孑然独立，才可以体验真正的生活。

那个周五晚上，在汉普顿宫[1]愚蠢荒唐的胡闹后，她试图

---

1 位于伦敦西南部泰晤士河畔的一座皇宫，建于都铎王朝时期。

向哈利解释自己的想法。她想让他明白自己的意思，告诉他自己对伯爵夫人的荒唐恶作剧其实只是一个低劣失败的玩笑而已，完全不是出自她的真心。事实上，她真正需要的是一种逃避——逃避自我，逃避他们所过的这种生活。她正处于人生中的一个危机时期，只能靠自己独力闯过这一危机。

"实在想去纳伍闰，那你就去好了。"他气呼呼地说，"我会立刻吩咐下去，让他们在那边做好安排。房子通通风，准备齐下人。但我就是弄不明白。你为什么突然心血来潮想去那儿，这个想法你以前可是提都没有提过，为什么就不让我陪你一起回去？"

"因为我只想独自一人，我心绪不佳，要是咱们一起去，会把你我都逼疯的。"她说。

"我真搞不懂你。"他还是咬定自己的看法，双唇紧闭，眼里含着怨气。无奈中，她只好尽力斟酌字眼，继续向他描述自己的心情。

"你记得我父亲在汉普郡的那个鸟舍吗？"她解释说，"里面关的鸟儿都是精心喂养，可以在笼子里飞来飞去，你记得吗？有一天我放了一只红雀，它一下子就脱离我的手掌，径直朝着阳光飞了出去？"

"那又怎样？"他双手背在身后，不以为然地问道。

"因为我感同身受。现在我就像那只放飞前的红雀。"她说完就转过身去。尽管自己说这番话是真心诚意的，但还是忍不住暗自好笑，看到他那么迷惑，一脸茫然，根本就理解不了其中的深意，就这么穿着一件白睡衣，瞪大眼睛瞧着自己，还耸了耸肩。可怜的老公，她完全能理解他现在的心情。他耸耸肩，爬上床，别开脸，朝墙睡下，嘴里还嘟囔着："唉，真该死。朵娜，为什么你就那么让人捉摸不透呢？"

3

可能好几个月都没有人碰过，窗扣卡住了。她在上面拨弄了好一会儿，费了老大的劲，最后才砰的一声，总算把窗户推开了。屋子顿时涌入了新鲜的空气和阳光。"呸！这房间里的气味太难闻了。"她说。这时，一束阳光射在窗玻璃上，她从反光中发现男仆正盯着自己，她敢发誓，他是在偷笑。等她转过身来，他却一动不动，满脸严肃。他们到达后他就一直是这副表情。这个人瘦瘦小小，嘴巴圆鼓鼓的，脸色白得出奇。

"我不记得你，"她说，"我以前来的时候你不在这儿。"

"是的，夫人。"他回答道。

"那时这儿有一位老人，我记不起他的名字了，身患关节炎，走路都成问题。现在他去哪儿了？"

"埋在黄土里了，夫人。"

"是这样啊。"她咬了咬嘴唇，头转向窗口。此人可是在嘲笑自己？

"于是你就接替了他？"她背对着他，一边说着一边眺望窗外的树林。

"是的，夫人。"

"你叫什么名字？"

"威廉，夫人。"

她对康沃尔人说话是否如此奇怪没有印象。但此人说话带着怪异的口音，听起来简直就是外国话，不过她猜他说的只是康沃尔方言而已。她再次回头看他时，发现他脸上又浮现出一丝淡淡的笑意，就像她刚才在窗户反光中看到的那样。

"恐怕我们给大家添了不少麻烦。"她说，"我们这样说来就来，你们还得把房子敞开通风透气。当然，这儿关得太久了。不知道你是否注意到了，这儿到处都是灰尘。"

"我注意到了，夫人。"他回答说，"只是您从不回纳伍闾来，我觉得没有必要将每个屋子都打扫得干干净净。一项工作，既没人看见，也没人赏识，要做到兢兢业业就很难了。"

"这就是说，"朵娜被他这话逗乐了，"懒散的主人造就懒散的仆人喽？"

"那是自然，夫人。"他正色回答。朵娜在长长的屋子里来回踱步。她用手指摸了摸屋里的椅子，发现它们都褪色老化了。她抚摸着椅套上的雕花，抬头看了一眼挂在墙上的画像。范戴克创作的哈利父亲的画像，看起来简直面无表情，这张嵌在画框中的小照片，肯定就是哈利本人。她想起来了，是在他们结婚那年拍的。当时哈利看起来多么年轻、多么自命不凡啊。她把这张照片放到一边，意识到男仆正看着她。真是个怪人。她定了定神，还从未有哪个仆人可以占自己的上风呢。

"你能不能负责将每间屋子都扫一扫，掸掸灰尘？"她说，"所有的银器都擦洗干净，每个房间摆上鲜花，每件东西都物归其位。总之，就像这儿的女主人从未外出，而是一直在这儿住了很多年一样？"

"乐意从命，夫人。"他回答道，鞠躬行礼后离开了房间。留下朵娜在那儿生闷气，意识到他又在嘲笑她，当然不是那种公然的、放肆的方式，是私下偷偷取笑，一切都隐藏在他的眼睛里呢。

她跨出落地长窗，来到庭前草坪上。至少园丁们还是尽了本分，草坪刚刚修剪过，树篱也整齐地剪过了枝。可能是在昨天或是前天，当他们听说女主人要回来时才匆匆忙忙地赶完了这些工作。可怜的家伙！她清楚他们的懒散癖性，他们肯定觉得自己讨厌至极，一来就搅乱了他们平静安宁的生活，打破了他们慢吞吞的日常节奏，侵扰了这个怪人威廉——他那种怪异的口音，真的属于康沃尔方言吗？——破坏了他习以为常的那种懒散无序的生活状态。

在宅子的另一侧，从一个敞开的窗户里传来蒲露斥责的声音。她正吩咐给两个孩子准备热水洗澡。此外还传来詹姆斯的一声大叫。可怜的宝贝，为什么他非得洗手擦脸、非得洗澡换衣？干吗不像他现在这样，用毯子一裹，随便扔进哪个黑暗的犄角旮旯里就可以美美地睡上一觉？她记得树林中有个缺口，于是朝那儿走去。

她没有记错，果然，那儿有一处流淌的小河，波光粼粼，波澜不惊。阳光照在水面上，投下一片绿色和金色的斑驳光影。微风拂过水面，揉碎重重光影，漾起圈圈涟漪。这儿应当还有只小舟——得记着问一下威廉，有没有小舟——这样她就可以登舟泛水，任其载着自己漂往大海。多么不可思议，好一场仙境历险。必须带上詹姆斯，这样他们就能以手戏水，掬水洗脸，让浪花把母子俩溅得浑身湿透，看鱼跃水面，听鸟儿鸣啭。噢，天哪，最后总算摆脱了，逃开了，自由了。简直难以想象，现在自己居然身处离圣詹姆斯街三百英里之外的地方，不用再为赴宴而梳妆打扮。别了天鹅酒馆，别了干草市场的恶臭！看不到讨厌的罗金罕姆那意味深长的微笑，也看不到哈利打着哈欠和他那双满含责备的蓝眼睛。同时她也远离了那个自己憎恶的朵娜。或许是出于本性邪恶，或许是出于空虚无聊，或者是由于二者兼而有之，那个朵娜在汉普顿宫曾愚蠢地捉弄伯爵夫人。当时她身穿罗金罕姆的长裤，披着斗篷，戴着面罩，与罗金罕姆一伙人骑着马，将哈利扔在天鹅酒馆（他当时喝得醉醺醺的，根本不知道发生了什么），扮作拦路的强盗，把伯爵夫人的马车团团围住，逼她下来站到路上。

"你们是什么人，想干什么啊？"可怜的老太太声嘶力竭地问道，她吓得浑身发抖。

罗金罕姆的脸伏在马脖子后面，拼命忍住才不至于笑出声来。而扮作强盗头领的朵娜，用冰冷的声音，清楚地向老太太命令道："一百个金币，否则就要了你的狗命！"

可怜的伯爵夫人，少说也有六十岁了，丈夫都死了有二十年，她在钱包中摸索着金币，唯恐这个伦敦小泼皮会把自己扔到水沟里去。她将金币递给朵娜的时候，抬头看着朵娜戴着面罩的脸，嘴角颤抖着，让人心中油然生出一丝同情。她说："看在上帝的分上，饶了我吧。我上了年纪，活得已经够累了。"

朵娜顿时感到无地自容，她递回钱包，掉转马头就往城里跑。由于备感羞愧而浑身滚烫，屈辱的泪水夺眶而出模糊了她的视线。罗金罕姆在后面连忙纵马追赶，大声地问她："到底怎么啦，出了什么事？"哈利只知道他们趁着月光骑马去了汉普顿宫，于是他准备步行回家，然后上床睡觉。但醉意朦胧中，他搞不清楚该怎么走，踌躇之间，正好在门阶前碰见了穿着其挚友长裤的太太。

"我都忘了，有化装舞会吗？国王也来了？"他一边说，一边揉着眼睛，傻乎乎地望着她。"没有，去你的，"朵娜回答说，"要有化装舞会的话也结束散场了，再也不会有了。我要走了。"

于是上楼，在卧室里争吵，接着一夜无眠，第二天早上继续吵嘴。过了一会儿罗金罕姆来了，朵娜拒不见他。后来派人飞马前往纳伍闰报信、打点行装、上路……最后终于来到了这儿，周围安静下来。虽然只是独自一人，但可以尽情享受这种让人难以置信的自由时光。

落日隐到树林后面，在河面留下了一道暗红色的余晖。空中群鸦点点，在巢穴上方簇集逗留。烟囱中飘出的炊烟袅袅上升，在天空中形成一缕缕细长的蓝线。威廉正在大厅里点燃蜡烛。她很晚才用餐，从容不迫地享受自己的时间。谢天谢地，过早的晚餐已经成为历史。她现在是怀着全新的喜悦在享受晚餐，甚至略有几分不好意思，独自坐在长餐桌的桌首，威廉一言不发地侍立在她的身后。

主仆二人形成奇特的反差。男仆黑衣肃穆，窄窄的脸庞上表情神秘莫测，他长着一双小小的眼睛，一张圆圆的嘴巴。女主人则一袭白裙，项上挂着红宝石项链，时髦的鬈发拢在脑后。

高高的蜡烛立在桌上。窗开着，一阵风飘来，烛焰扑闪了一下，在她身上投下一道阴影。没错，男仆暗想，女主人的确明艳动人，不过有点任性，还略带一丝感伤。她的嘴角透着落寞，眉心隐隐有一条细纹。他又替她斟满酒杯，将眼前活生生的人物和挂在楼上卧室墙上的画像暗中对比。就在上个星期，他站在那儿，旁边还有一个人。这个人抬头瞥了一眼画像，开玩笑似的说道："威廉，咱们能否有幸一睹芳颜，还是她对于我们来讲，永远就这样，只能成为一个未知的象征？"他凑近细看，微微一笑，又补了一句："她的眼睛大而迷人，威廉，但看起来有些忧郁。她的眼神藏着阴霾，就像有人不小心用手指碰脏了一样。"

"有葡萄吗？"女主人突然开口打破了静寂，"我喜欢吃葡萄，那种色黑汁多的葡萄，藤蔓上开着花，外面全是粉霜。"

"好的，夫人。"仆人应道，思绪回到了眼前。他取来葡萄，用一把银剪剪下一串放在盘子里。想到明天或者后天，春潮又会涨起，那条船返回后自己要送的信，他的圆嘴巴不禁撇了一下。

"威廉。"她唤了一声。

"夫人，什么事？"

"保姆告诉我楼上的女仆都是新来的，是你听说我要来之后才找来的。她说其中一个来自康斯坦丁，另一个来自格威克。就连厨师都是新来的，是彭赞斯人。"

"完全正确，夫人。"

"为什么呢，威廉？我一向以为纳伍闰庄园人手齐全，想必哈利爵爷也这样认为。"

"夫人，在下记得，当然也可能是记错了，你曾说这个府里有一个懒散的仆人就够了。这一年来一直是我独自料理这儿。"

她回头瞄了他一眼，继续吃着那串葡萄。

"我可以因为这事辞退你，威廉。"

"是的，夫人。"

"我可能明天早上就这样做。"

"是的，夫人。"

她一面继续吃着葡萄，一面琢磨着仆人，对他很是气恼，也有点好奇，一个下人竟然这么难以捉摸。但她知道自己不会把他打发走。

"假如我没有辞退你，威廉，你打算怎么做？"

"我会忠心耿耿地为您服务，夫人。"

"何以见得呢？"

"我总是尽心尽力地服侍我敬重的人，夫人。"

对此她无言以对，虽然从他的那张小圆嘴里说出的话像以往一样冷静客观，不带感情，眼神也没有透露任何内容，但她从心里感觉得到，这次他没有嘲笑她，而是说的实情。"那我就把你刚才的话当成赞美喽，威廉？"她站起身来说道。威廉帮着移开椅子。

"本来就是赞美，夫人。"他回答说。她没有再说话，而是快步走出了餐厅，但心里已经知道，这个小个子男仆是自己找到的一个同盟、一个朋友。他是一个奇怪的家伙，对自己既恭敬又放肆，真是有趣。她一边暗自好笑，一边想到如果哈利得知了这件事，一定会不解地瞪大眼睛："该死的，如此放肆，这家伙真是欠揍。"

的确，这一切都太不像话了。威廉根本没有尽到本分，他一个人住在宅子里整日无所事事，难怪这儿到处都是灰尘，散发着像坟地一样难闻的味道。尽管如此，她还是能原谅他的所作所为，自己不就是出于同样的原因选择来这儿的吗？可能威廉家里有一个爱唠叨的老婆，就在康沃尔某处，让他过着操劳烦心的生活。说不定他也想选择逃避？她在客厅里小憩，凝视着他刚点燃的木柴上那跳动的火焰。膝上虽然摊着一本书，但她根本没有读，而是在想，在自己到来之前，他是否在这里拥衾而坐，他是否嫉恨自己现在占用了这间屋子？啊，像这样生活在这里，头靠在垫子上，窗户开着，微风入室抚弄着秀发，这份静谧是多么迷人、多么难得！她在这儿心安理得地休息，确信不会有人贸然闯入，发出刺耳的笑声。所有那一切都属于另一个世界，一个鹅卵石铺就的世界：里面尘土飞扬，散发着街市的恶臭，挤满了店铺学徒，充斥着刺耳的音乐和茶楼酒肆，那是一个虚情假意百无聊赖的世界。可怜的哈利，现在很可能正和罗金罕姆在天鹅酒馆吃晚餐，由于多喝了两杯，打牌的时候睡意蒙眬，就在那儿开始倾吐自己的一肚子苦水："真该死！她老是说起鸟儿什么的，说觉得自己就像一只鸟儿。这到底是什么意思？"对此，罗金罕姆会微微一笑，显得高深莫测意味深长，一双细长的眼睛仿佛看透了，或自以为看透了她的那些小伎俩。他会喃喃说道："奇怪啊，真是奇怪啊。"

　　不一会儿，炉火熄灭了，客厅冷了下来，她起身上楼去卧室，先到孩子们的房间看他们是否都已安睡。亨丽埃塔看上去就像一个蜡制的玩具娃娃，金色的卷发勾勒出她的脸庞，嘴巴微微噘起；婴儿床里的詹姆斯在睡梦中还皱着眉，胖嘟嘟气呼呼的，就像一只小巴儿狗。她吻了吻他的小手，把它塞进被褥。这时，他睁开一只眼笑了。她悄悄退了出去，对自己偷偷摸摸地向儿子表露柔情感到害羞。这么原始，这么卑下，近乎愚蠢，仅仅因为他是一个男孩。毫无疑问，他长大后也会身体发福，变得臃肿，缺乏魅力，会让某个女人受苦。

有人——她猜可能是威廉——剪了一束丁香花插在她的房间，就在壁炉台上方，画像下面。这束花让整个房间弥漫着浓郁的香气，沁人心脾，令人陶醉。谢天谢地，她在宽衣的时候心想，这儿不会有长毛垂耳犬走路发出的啪啪声、抓挠发出的刮擦声，空气中也不会再有狗身上的味道。这么宽宽大大的一张床全是属于自己的了。画像中的自己饶有兴致地俯视着她。她不禁在想：我闭着嘴看起来有那么郁闷吗？蹙着眉显得有那么任性吗？我六七年前真的是这副样子吗？现在的我依旧这样吗？

她穿上柔滑洁白的睡袍，感觉凉悠悠的，两臂举过头顶，倚靠在窗扉上。只见蓝天下树枝摇曳。花园下面，河谷那边，河水流淌过去，与海潮融为一体。她仿佛看到因春雨而涨溢的河水翻腾着水泡一路奔流入海。两股水流冲击后交汇，拍打着海岸。她拉起窗帷，让月光照进房间，转身上床，将烛台放在床头柜上。

　　她看着地板上斑驳的月影，睡眼惺忪，半梦半醒，寻思着丁香花的香气中可能还混杂着别的什么异味，一股强烈的、刺鼻的味道，但一时想不起名字来。她在床上转过头，这股味道更是直冲鼻中，好像来自床头柜下面的抽屉。于是她伸手拉开抽屉，朝里面看去。里面有一本书，还有一小罐烟叶。刚才闻到的气味自然就是烟叶的味道了。她拿起罐子，里面的烟叶黄澄澄的、气味浓烈，是刚切不久的。威廉肯定没有这么大的胆子，敢躺在她的床上一边抽烟一边欣赏她的画像吧？如果真是这样就太过分了，简直不可饶恕。可这种烟叶带着某种非常个性化的特征，与威廉毫无共同之处。准是她自己搞错了。但是，威廉不是独自一人在纳伍闰庄园住了整整一年吗？

　　她翻开书。难道那人还有阅读的癖好？她发觉自己比以前更糊涂了，这是一本诗集，一本法文诗集，是诗人龙萨写的，有人在扉页上用草体标明首字母缩写"J.B.A.——菲尼斯特雷"，下面还画着一只小小的海鸥。

4

　　第二天早上，她醒来的第一个念头就是派人找来威廉，让他看看那罐烟草和那本诗集，问他在新床垫上睡得可好，是否怀念睡在她那张大床上时的舒适。她脑子里转着这些念头，一想到他那张狭窄的小脸最终涨得通红，圆圆的嘴巴两角下垂，一副垂头丧气的样子，就不禁乐了。不过，等到粗手笨脚的女仆端上来早餐，在她面前说话结结巴巴、面红耳赤，显出一副笨拙无知的乡村姑娘模样时，她决定还是等待时机，再过几天。她隐隐觉得，现在就透露自己的发现为时过早，这样做未免有些草率。

　　她将烟叶罐和诗集都放回了床头柜下面的抽屉，起身换好衣服，走下楼去，她发现餐厅和客厅已经照她吩咐的那样，打扫得干干净净。每个房间都摆上了鲜花，窗户大开，而威廉本人正在擦拭墙上高高的烛台。

　　他一见面就问她睡得可好，她回答说"是的"，立刻想到现在时机正好，忍不住反问："你呢，但愿没有因为我们的到来让你劳累过度吧？"他听了微微一笑，回答道："夫人，你真是太会体贴人了。没有，我睡得很好，一向都好。晚上我听到詹姆斯少爷哭闹了一阵儿，保姆在哄他。府里安静了这么久，突然听到有孩子在哭，还真让人觉得新鲜。"

"这没有打扰到你吧？"她说。

"没有，夫人。少爷的哭声让我想起了自己的童年。以前我家里有十三个孩子，我是老大。那时，总是不断有弟弟妹妹出生。"

"你家离这儿近吗，威廉？"

"不，夫人。"说到这儿，他的口气变了，是一种到此为止的语气，好像在说仆人的生活私事，请别刨根问底。她知趣地就此打住了，没有再问下去。她瞥了一眼他的双手。那双手白白净净，没有一丝抽烟的痕迹，他浑身上下都透着冷冰冰的、犹如浸了肥皂般的感觉。这与楼上罐子里黄澄澄的烟叶所散发出的那种刺鼻的、男人味十足的气息完全格格不入。

可能她真是冤枉她了，可能那罐烟叶在那儿已经放了三年，是哈利上次回这里时留下的，当时她没有陪他一起来。然而，哈利不抽气味呛人的烟叶。她踱到书架前，上面成排摆放着厚重的羊皮封面精装书，但从来没人碰过它们。她假装取下一本书来翻阅，此时男仆还在继续擦拭烛台。

"你读书吗，威廉？"她突然问道。

"您猜得出来，我不读书，夫人。"他回答说，"这些书都蒙上了灰尘。我从来都没有碰过它们。明天我就要碰了。我要将它们全都取下来，好好地掸掸上面的灰尘。"

"那你没有别的什么爱好吗？"

"我对各种飞蛾感兴趣，夫人。我在自己屋子里收藏了一大批标本。纳伍闰周围的林子是捕捉飞蛾的好地方。"她没有再问下去。她听到孩子们的声音，就信步走进花园。这个小个子男人真是奇怪，她看不透他。如果他在守夜时读龙萨作品的话，那他肯定会翻阅这些书，至少出于好奇也会翻阅一两次。

两个孩子欢快地叫她，亨丽埃塔像个仙女似的跳着舞，詹姆斯还在蹒跚学步，像个醉酒的水手一样，摇摇晃晃地跟在朵娜后面。母子三人漫步走进树林采摘蓝铃花。嫩绿的草丛中，蓝铃花刚刚长出又粗又短的蓝色花蕾。两三个星期后，这儿就会蓝花似茵，遍地盛开。

就这样，一天过去了，两天过去了，三天过去了……朵娜沉浸在她新获自由的狂喜中。现在她可以随心所欲地享受生活。如果愿意，一觉睡到中午也可以，早上六点起床也行，这些都不要紧。她可以饿了就吃，困了就睡，管它白天还是晚上。她只觉得自己过得既慵懒又愉快。她可以在花园里一躺就是几个小时，双手枕在脑后，看蝴蝶在阳光下嬉戏追逐，无忧无虑；听鸟儿在枝头求偶对鸣，它们如此忙碌，如此热切，就像新婚燕尔的夫妇，为自己首次拥有光鲜漂亮的新家扬扬自得。与此同时，明媚的阳光照在她的身上，天上纤云飘荡，树林下的河谷里河水流淌，她还没有见过这条河，因为她太懒散了，觉得有的是时间。不过用不了多久，会有那么一天，她将在大清早就沿着这条河走下去，赤着脚站在浅水河滩，任由河水溅在身上，闻着飘来的河水的味道，那味道夹杂着泥土气息，刺鼻而又清新。

日子过得漫长又愉悦，两个孩子晒得像吉卜赛人一样，皮肤发黑。就连亨丽埃塔也渐渐丢掉了城里人的做派，乐于光着脚丫子在草地上奔跑，玩蛙跳游戏，甚至跟詹姆斯一起，像小狗似的在地上打滚。

一天下午，两个孩子正这么玩着，在朵娜身上滚作一团。当时朵娜身着长裙仰面躺着，头发散乱（对此不以为然的蒲露待在屋内，所以不知道这儿的情况）。他们把雏菊和忍冬花相互扔来扔去，朵娜被太阳晒得暖洋洋软绵绵的，脑袋也变得晕乎乎的。猛然间听到乡间小道上传来急促的马蹄声，不一会儿，宅子前的庭院里出现一阵响动，庄园里的大钟也当当响起。最要命的是，威廉穿过草地朝她走来，后面跟着一个陌生人。那是一个高大壮实的男人，脸色红润，双目鼓出，头上的假发卷曲得厉害。他的手杖上饰着一个黄金把手，一走起路来就和他的靴子发生碰撞。

"戈多尔芬勋爵求见，夫人。"威廉神色严肃地报告，丝毫没有因她衣衫不整狼狈不堪的样子感到窘迫不安。她急忙起身，扯了扯长裙，理了理头发。太气人了，太让人难堪了，事先不打招呼就突然来访，真该死。客人自然也是一脸惊愕地看着她。得了，看不惯也得看，或许他会因此早点走人呢。她行了个屈膝礼，道了声："幸会！"对此，客人板着脸躬身答礼，一言不发。她在前面领路进入屋子，在墙上的镜子中瞭了自己一眼，发现耳后的鬓发间还沾着一朵忍冬花，但她没有理会，执拗地不肯拿掉，她才不在乎呢。接下来他们在硬邦邦的椅子上坐下来，相互打量对方，而戈多尔芬勋爵则摩挲着手里那支金手杖。

"得知夫人在此小住，"他终于开腔说道，"我理当，也乐于早日前来拜访。夫人与您先生曾屈尊前来纳伍闻，迄今已颇有时日。恕我直言，二位已成稀客。哈利儿时在此居住，与鄙人交情匪浅。"

"原来如此。"朵娜说。她这才发现他的鼻侧有个疣子，目光一下子就被吸引住了。可怜的家伙，真是太不幸了。她迅速移开目光，以免被对方发觉自己在盯着他看。"是啊，"他接着说，"不妨说，过去鄙人一直把哈利视为挚友。但自从他成婚之后，就定居伦敦，我们之间见面也就甚为稀少。"

这是在责怪我呢，她心想，当然，这也很正常。"遗憾的是，哈利这次没有随我同来，"她告诉他，"我是一个人带着两个孩子回来的。"

"遗憾之至。"他表示同意。对此，她没有接口，还有什么好说的呢?

"内人原本打算同来拜访，"他接着说，"只是她近来身体欠安。简而言之……"他顿了顿，不知该如何措辞。对此朵娜微微一笑："我非常清楚你的意思。我自己就有两个年幼的孩子。"他有几分窘迫，欠了欠身。"我们期盼有个继承人。"他说。"这是人之常情。"朵娜说着，注意力再次被他鼻端的疣子所吸引，心里疑惑：他太太真够可怜，她怎么忍受得了? 戈多尔芬又开口了，说什么自己内人随时恭候夫人大驾光临，附近乡邻人烟稀少，等等。这人古板迂腐，实在无聊透顶，朵娜心想，难道男人除了朝三暮四、轻浮浪荡，就只能这样一本正经、装腔作势了吗? 如果哈利生活在这里，他会不会也变成这副可憎的模样? 这人真是个空心大萝卜，目光呆滞无神，一张嘴看起来就像奶油布丁上撕开了一道口子。"但愿，"只听他继续说道，"哈利能助本郡一臂之力。我想，夫人一定听说我们遭遇的麻烦了。"

"恕我孤陋寡闻，对此一无所知。"朵娜说。

"没听说过? 可能本郡地处偏僻，消息无法到达伦敦。然而方圆数英里之内，人们可是议论纷纷。我们深受海盗侵扰之苦，实在是焦头烂额。在彭林的沿海地带，价值不菲的财物多次被劫。约在一周之前，我的一位邻居的庄园就惨遭洗劫。"

"真是令人痛心。"朵娜说。

"这不仅是令人痛心，简直让人忍无可忍！"戈多尔芬大声说道，脸涨得通红，眼珠也突出得更厉害了，"谁都对此束手无策。我已派人呈报伦敦，但尚未得到回复。他们从守卫布里斯托尔的军队中调来一支人马，可他们成事不足，败事有余。不行，看来只能让我和本郡的其他乡绅联起手来，共同对付这一威胁。遗憾的是哈利目前不在纳伍闰，这真是太遗憾了。"

"需要我效犬马之劳吗？"朵娜一边问，一边暗暗握紧拳头，用指甲掐着掌心，以免自己笑出来。对方如此义愤填膺，怒不可遏，就像要把海盗之过归咎于她一样。

"亲爱的夫人，"他说，"岂敢劳烦您的大驾。除非把您先生请来，召集起他的朋友，以便我们共同对付这该死的法国人。"

"你说法国人？"她问道。

"哎，是的，他就是罪魁祸首。"他回答说，愤怒得几乎要大吼大叫，"这个家伙鬼鬼祟祟，行动诡秘，是个卑鄙的外国佬。不知何故，他对我们的沿海地区似乎了如指掌。总是没等到我们去抓他，他就溜过海峡，回到对岸的布列塔尼去了。他的船来去如风，我方船只没有哪条能追得上他。他总是在晚上偷偷潜入港湾，像只偷油的老鼠一样，悄无声息地上岸，抢走财物，洗劫店铺。而我们的人揉着眼睛，还没完全清醒过来，他就趁着早上退潮之际逃之夭夭了。"

"这就是说，他太狡猾，比你们智胜一筹。"朵娜总结道。

"呃……可以这么说，夫人，如果你觉得这种措辞合适的话。"他顿时面带愠色，冷冷地说道。

"恐怕哈利抓不住这个海盗，他太懒散了。"她说。

"我绝非指望他本人去抓。"戈多尔芬回答道，"在这件事上我们需要人手，多多益善。我们一定要抓住这个家伙，即使倾家荡产也在所不惜。夫人可能还没意识到此事的严重性。我们在这一带不断遭到抢劫，女眷夜不能寐，担心她们有性命之忧，还不只是有性命之忧。"

"噢，意思是说这个海盗是好色之徒喽？"朵娜低声问。

"迄今尚无人员伤亡，女眷们都还保持着清白之躯，"戈多尔芬说这话的语气不太自然，"可是，因为这家伙是法国人，所以我们都觉得，可怕的事情迟早会发生，这只是时间问题。"

"嗯，很有可能。"朵娜说道，她突然想笑，起身朝窗口走去。他那一本正经装腔作势的神情让人忍俊不禁，她实在受不了，差点儿就笑出声来了。好在谢天谢地，他将她起身的动作理解为送客，于是一脸肃穆地躬身行礼，吻了吻她伸出的手，说道："夫人下次致函您先生时，请代致鄙人对他的问候，并转告我们遭遇的困扰。"

"好的，一定。"朵娜虽然满口应承，心里却打定主意，无论如何都不能让哈利匆匆忙忙地赶到纳伍闰，来对付这些道听途说的海盗骚扰，破坏自己享受这里的清静和难得的自由。

她应允改日去拜访他的妻子，对此他又客套了一番。她叫来威廉送客，然后他就告辞了。在不紧不慢的马蹄声中，此人的身影消失在车道上。

她希望他是最后一个访客，做这种事情有违她来此的初衷：这么一本正经地坐在椅子里和一个大木瓜有一搭没一搭地应酬，可比在天鹅酒馆吃晚餐还要糟糕。必须提醒威廉，以后有人来访就说自己不在。他得自己编个借口，比如女主人外出散步去了、正在睡觉或是生病……哪怕说是发疯了，被绳索绑在屋内，怎么都行，总之胜过面对本郡的戈多尔芬之流，尽是装腔作势自以为是的家伙。

这些人该有多蠢啊：这些本地乡绅，就这么遭人抢劫，一夜间财物被洗劫一空，却毫无招架之力，即使有士兵相助，情况也无改观。他们准是反应迟钝，办事拖沓。显然，只要他们严加防范，时刻保持警惕，就可以在那个外国佬进入港湾时设下埋伏。一条船不可能神出鬼没，它至少得依赖风向和潮流，船上的人也不可能悄无声息，他们踏上码头总会有脚步声，他们说话的声音总会传出去。当晚六点她就早早用餐了，她吩咐站在身后的威廉，说自己以后要闭门谢客。

"要知道，威廉，"她告诉他，"我到纳伍闰来就是为了避开人们，独享清静。我的意图是离群索居，过隐士的生活。"

"我明白，夫人。"他回答说，"今天下午我处事不当。我保证这种事情不会再发生了。以后您可以尽情享受清静，尽情逃避。"

"逃避？"她反问。

"是的，夫人。"他回答说，"我猜您就是为此到这里来的。您想逃避您在伦敦的生活，纳伍闰就是您的避难所。"

她一时语塞，既感到惊讶又有些泄气。"你的直觉惊人，威廉。"她说，"是从哪儿得来的呢？"

"我以前的主人经常跟我长谈，夫人。"他回答说，"我的许多想法和大部分处世观都是拜他所赐。甚至像他一样，我养成了观察人的习惯。我想他会把夫人此行称为逃避。"

"那你为什么要离开原来的主人呢，威廉？"

"他的生活目前根本无须我去照料，夫人。我们都觉得我到别处谋职更为妥当。"

"于是你就来到了纳伍闰？"

"是的，夫人。"

"于是你就独自生活，捕捉飞蛾？"

"诚如夫人所言。"

"因此，对你而言，纳伍闰很可能也是一种逃避？"

"是很可能，夫人。"

"那你原来的主人，他是做什么的呢？"

"他四处旅行，夫人。"

"意思是他漫游各地？"

"夫人所言极是。"

"这么说来，威廉，他也是一个逃避者。人们选择旅游就是选择逃避。"

"我原来的主人也经常这么说，夫人。其实，不妨说他的生活就是在不停地逃避。"

"他能这样做真是开心，"朵娜一边说一边剥着水果皮，"剩下像我们这些人只能偶尔选择逃避，无论自以为有多自由，但我们都明白，这样的自由只是暂时的，我们的手脚都被生活束缚住了。"

"夫人的见解实在精辟。"

"那你的主人呢？他就没有任何羁绊？"

"毫无羁绊，夫人。"

"我倒是真想会会你的主人，威廉。"

"我觉得您和他颇有共同之处，夫人。"

"或许某天他在旅游时，会途经此处？"

"或许会的，夫人。"

"那我得收回先前关于访客的成命，威廉。要是你原来的主人前来，我不会托病装疯什么的，我要会会他。"

"遵命，夫人。"

她站起身来，他把椅子往后挪了挪。这时她回头看见他的脸上露出了笑容，但一遇见她的目光，他的笑容顿时消失了，嘴巴又像往常那样噘得圆鼓鼓的。她漫步来到花园。这儿空气柔和，给人一种慵懒和煦的感觉。夕阳把西边的天空映照得绚丽斑斓。她听到蒲露让孩子们上床，他们清脆的童音传了过来。这是一个好机会，正好独自出去散散步。她取了条披肩披在肩上，出了花园，穿过公共林地，来到田野。然后上了一条土径，沿着小径来到一条马车道，顺着马车道穿过一大片长满野草和灌木的荒地，就来到了峭壁和海边。

她心里突然涌起一阵冲动，想径直走向大海，走向浩瀚苍茫的海洋，而不是只停留在赫尔福德河这儿。黄昏时分，凉意渐起，落日西沉，她终于来到一处斜坡岬角。由于正是孵卵时节，惊得那儿的海鸥一阵聒噪。她趴在岬角草木丛生的泥土和石块上，向大海深处眺望。向左望去，赫尔福德河就在远处与大海汇合，宽阔的河面波光粼粼，大海则显得深邃宁静，落日的余晖将水面点染得姹紫嫣红，甚为壮观。高耸的岬石下，阵阵细浪涌向礁岩，溅起片片水花。

身后的落日在海面映照出一道亮光，一直延伸到远处的海平线。朵娜趴在那儿，凝视远方，心里充满了懒洋洋的满足感，心情安详平静。这时她看到海平线上出现了一个黑点。片刻之后，黑点有了形状，她可以分辨出那是一艘船上扬起的白帆。海面无风，有一阵子这艘船停了下来。它就那么悬在那儿，悬在水天之间，就像一艘彩绘的玩具船。她现在可以看见那高高的艉楼甲板、艏楼和古怪的斜桅杆。船上的水手准是交了好运，钓了不少海鱼，一群海鸥围着这艘船，翻飞盘旋，不停鸣叫，还俯冲入水。过了一会儿，从朵娜栖身的岬角上拂过一阵微风，在下面的水面形成波纹，荡漾开去，一直传到了停船的水面。船上的片片白帆顿时鼓了起来，迎风张扬，显得那么迷人，那么洁白，那么自由自在。一群海鸥轰然飞起，在桅杆上方尖声啸叫。落日给那条彩船镀上了一层金色的光芒，船悄无声息地偷偷驶向岸边，船身后边留下一道长长的深色水纹。朵娜突然心念一动，就像有人用手触动了她的心弦，耳畔似乎有个声音在呢喃："我会记住这幅景象的。"那是一种奇妙的预感，既充满了恐惧，又充满了突如其来的莫名狂喜。她迅速转身，脸上没来由地微笑着，嘴里还哼着小曲，快步走在通往纳伍闰的山丘小道上。一路上她像个孩子似的，绕过泥块，跳过小沟。此时，天色已暗，月亮升起，晚风吹过高高的树梢，飒飒作响。

5

　　她一回到家就上床睡觉了。由于走得有点乏了，她几乎一沾枕头就睡着了，连窗帘也没放下，外面皓月当空。可能午夜已过，从马厩里传来报时的钟声。这时她从梦中惊醒，觉察到有人从窗下的砂砾地面走过。她顿时警觉起来，此时家里的所有人应当都在熟睡，这脚步声格外蹊跷，令她心生疑窦。她下了床，走向窗台，朝花园里望去。下面什么也看不到，宅子里黑漆漆的，即使刚才有人站在窗下，现在肯定也已经走过去了。于是她站在窗前，继续观察。突然，一个人影从草坪尽头的树丛里悄悄走到一处月光下，抬头朝宅子的方向张望。只见他把两手拢在嘴边，轻轻地打了个呼哨。立刻就出现了另一个人影，从暗处的楼宅里溜了出来，他准是先前就藏在客厅的窗户里了。这人一边疾步奔过草坪，朝树丛旁边的人影靠近，一边向他扬手示警。她认出来了，奔跑的这个人就是威廉。朵娜躲在窗帘后面，向前探着身子，鬓发滑落到脸上。她呼吸急促，心跳加速，眼前这一幕让她觉得既兴奋刺激又危机重重。她的手指下意识地轻轻敲打着窗棂，似乎在弹奏一支无名小曲。那两人一起站在月光里，朵娜看见威廉用手比画着，指向楼宅，她连忙缩回暗处，生怕被他们发现。两人继续交谈，那个陌生人也抬头朝楼宅这边张望，随即他耸了耸肩，两手一摊，似乎在说这事他无能为力了。稍后，两人一起退进树林不见了踪影。朵娜等了又等，听了又听，但他们始终没有再回来。夜风吹在单薄的睡袍上面，凉意袭人，她打了个哆嗦。于是她回到床上，但无法入睡，威廉刚才的离去甚是蹊跷，她得弄个水落石出。

要是看见他独自一人趁着月色走进树林，她倒是不会放在心上。或许河畔的赫尔福德村落有个女人正合他的心意，又或许他悄然夜行的动机的确清清白白，就是趁着半夜时分出去捕捉飞蛾。可是，他那鬼鬼祟祟的样子，就像在等候某种信号；那个合起手来轻吹口哨的黑影，还有威廉跑过草坪扬手示警的情景，都太不正常了，这一切肯定大有问题，让人不能不心生疑窦。

她现在担心自己先前信任威廉是不是太不理智了。除了自己，在那天晚上，任何人得知他管理这所宅院的情形，得知他擅自独居此处的情况后，都会将他当即辞退。何况他的言行举止与寻常仆人完全不同，虽然让她甚为不解并深感有趣，但毫无疑问，大多数女主人，比如戈多尔芬夫人之流，都会认为这是以下犯上之举。哈利准会立即打发他走。只是她本能地认为，威廉对哈利的态度肯定有所不同。还有那罐烟叶，那本诗集，都神秘莫测，让她晕头转向。不过，到了早上，她一定得采取措施，主动出击弄清原委。就这样，由于没有理清头绪，她头脑中一团乱麻，辗转反侧难以入眠。直到灰白的曙色映入卧室，她才沉沉睡去。

今天与昨天一样，酷热难当，天空万里无云，朗日高照。朵娜下楼后，第一件事就是前往夜间威廉和陌生人说话、后来又消失不见的那片树林。不出所料，蓝铃花丛中的足迹宛然。这些足迹形成一条小径，一直连到林间大道，然后一路向下，通往最浓密的树林深处。她循着足迹继续前行，走了一会儿，那条路一直向下，路面崎岖不平，难以辨认。她猛然意识到，就这么走下去，这条路最终会将自己引到赫尔福德河，或是这条河的某个支流。她已经远远地看见了河水的波光。以前她可从未想到河离得这么近，无疑这条河应当一直在自己身后，就在左边，而对于眼前的这段河道自己以前完全一无所知，应当算是一个新发现。她踌躇了一会儿，不知是否要继续走下去。她随即想到时间不早了，孩子们会找自己，威廉或许在等她的吩咐，于是她返身折回树林，一路攀爬，回到了纳伍闰庄园的草坪上。看来这事要缓一缓，得等待时机，或许应该等到下午再处理。

她陪孩子们玩耍，照例给哈利写了封平安家信。马夫一两天后就要回伦敦禀告消息了。她坐在客厅敞开的那扇大窗前，咬着笔端，不知从何处下笔。说自己自由自在，尽情享受，快乐得都快疯了，这么写会伤他的心的。可怜的哈利，他永远不懂自己的心。

"你儿时的一位朋友，叫作戈多尔芬的，前来看我。"她写道，"此人自以为是，我很讨厌，无法想象你和他自幼一起在田野里嬉闹玩耍。可能你们不是在田间玩耍，而是坐在镶金椅子上玩翻绳游戏。他的鼻根上长着一个疣子，妻子正怀着孕，我已向他贺喜。目前让他烦恼不堪的是一群海盗，或者说是一个海盗，据说是一个法国人，惯于在夜间打劫他和邻居们的财产。西部地区所有的士兵都没能抓住这个海盗。在我看来，他们都太愚笨。因此我想自己采取行动，嘴里叼上一把弯刀，设下陷阱抓住这个恶棍。根据戈多尔芬的描述，这厮穷凶极恶，杀人越货，奸淫妇女，无恶不作。我会把他五花大绑，押至伦敦，作为送你的礼物。"

她打了个哈欠，用笔轻叩牙齿，这样写信倒是毫不费力，把发生的事情一一诙谐道来。可是得留神，别柔情蜜意的，否则哈利会立刻纵马奔驰，来到自己身边；也不能冷若冰霜，这等口吻会让他心生懊恼，也会把他招来。

于是她接着写道：

"你在家可以尽情享乐，但贪杯之时，可得注意自己已经体态发福。"后面又加上："如果酒醉蒙眬之际，恰逢佳人入眼，尽可上前搭讪，我回来之后绝不见怪。"

"你的一双儿女均好，并让我向你转达爱意。当然我也致以任何你所希望的问候。"

"爱你的妻子，朵娜。"

她折好信纸，封入信封。这下又可以自由自在了。她开始盘算下午怎么打发威廉出去，她希望自己着手调查此事时，他最好离得远远的。等到下午一点，她在吃冻肉时，心里有了主意。

"威廉。"她唤了一声。

"夫人，什么事？"

她抬头看了他一眼，没有发现他脸上有熬夜的迹象，他仍像以往一样，专心地聆听自己的吩咐。

"威廉，"她说，"我要你今天下午骑马到戈多尔芬爵爷府上，给身体欠安的爵爷夫人送束鲜花。"

他眼眸中是否掠过一丝烦恼，倏然闪过一丝勉为其难的神情？

"您要我今天就送花过去，夫人？"

"如果你方便的话，威廉。"

"我看马夫正闲着呢，夫人。"

"我安排马夫带亨丽埃塔小姐和詹姆斯少爷，还有保姆，一起坐车去野炊。"

"那好，遵命，夫人。"

“你先通知园丁采一束花。”

“好的，夫人。”

她不再说话，他也一言不发。她在心中暗自发笑，知道他并不愿意去做这件事。可能他和躲在林中的朋友另有约定。得了，那就让自己代为赴约吧。

“告诉女仆把床铺好，窗帘放下，我今天下午要休息。”她离开餐厅时这样吩咐。对此，威廉躬了躬身，没有应声。

这样略施小计是为了不引起他的疑心。不过她相信他并没有对她产生任何怀疑。为了假戏真做，她索性上楼躺在床上。她听到马车在院子里停下的声音，两个孩子根本没有想到有野炊，喜出望外之际，他们兴奋得小嘴说个不停。随后马车驶过林间大道。稍后，她听到一匹马从鹅卵石路面上嘚嘚而过，她连忙离开卧室，来到过道正对着庭院的窗前，看见威廉骑在一匹马上，身前的马鞍上放着一大束鲜花，就这样策马而去。

她庆幸自己的计划实施得太成功了！不禁笑出声来，就像一个前去历险的傻孩子一样。她换上了一条褪色的长裙，即使扯坏了也没关系。头上再裹上一条丝巾，像个小偷似的溜出了自己的家门。

她循着上午发现的那条道路前行，这次毫不犹豫地直入林中。午间安静了一会儿的鸟儿又开始活动了；蝴蝶扑扇着翅膀无声地欢舞；大黄蜂在暖洋洋的空气中嗡嗡作响，声音令人慵懒欲眠，它们能振翼高飞，直冲树梢。没错，她又看见了曾让自己惊讶不已的粼粼波光。她朝着河岸走去，沿途树林渐渐稀少了。突然眼前出现一条从未见过的河湾，静水深流，悄然无声，周围树木环抱，与世隔绝，人迹罕至。她惊奇地睁大了眼睛，以前根本不知道就在自己的领地上，居然隐藏着这样一条从赫尔福德河分汊出来的支流，如此隐秘，如此巧妙地躲在树林深处。此刻正在退潮，河水从泥滩渗出，而她所站的地方，正是河湾的尽头，河水在这儿变成涓涓细流，最后只留下一潭清泉。河湾蜿蜒绕过一片树林。她开始沿着河岸走去，既激动又兴奋，连自己的来意都忘了。这可真是一个让人喜出望外的新发现。河湾是魅力之源，是新的逃避乐园，甚至比纳伍闰还好，可以在这儿打瞌睡，小憩片刻，可谓一个世外桃源。一只苍鹭独立浅滩，头钻在背部隆起的羽毛里，灰扑扑的影子看起来带有几分肃穆。在它身后，一只小小的蛎鹬在泥泞中扑动着。接着，一只麻鹬从岸边飞起，掠过她的身边，沿着河湾往下飞去，其叫声奇特而迷人。有什么东西惊动了鸟儿，但肯定不是她。只见苍鹭缓缓起身，慢慢拍动翅膀，随着麻鹬飞走了。朵娜歇下脚步，停了片刻，她也听到了响声，是轻轻的捶击声。

她继续前行，来到河湾拐弯处。面前的河湾突然开阔起来，形成一片水泊，她停下脚步，本能地藏身于树木掩映下。水中停泊着一条船。离她那么近，近得连一块饼干都可以扔到甲板上去。她一下子认出来了。这就是昨天她看见的那条船，那条悬在海天之间的彩船，在落日的余晖中闪着金红交错的光芒。船侧悬着两个人，正在凿油漆，她听到的锤击声就是从这儿发出的。船停泊的地方水一定很深，是一个绝佳的泊船之处。两边的泥岸很陡，潮水奔涌而过，水沫翻腾，而河湾又在此曲折拐弯，朝隐而不见的赫尔福德主流奔去。离她立足几码开外，有个小船埠。上面摆放着滑轮、木板和绳子。他们准是在修船。大船旁边系着一只小舟，里面空无一人。

除了船侧两人的敲凿声，四下里静悄悄的，正是夏日午后那种让人睡意恹恹的寂静。朵娜暗自思忖，如果不是像自己这样从纳伍闰一路走来，那任谁也不会知道，任谁也不会想到，会有船停泊在这片水域。这儿四周树木掩映，从外面开阔的河道上根本无从望见。

又有一个人走过甲板，倚靠在舷墙上，往下朝他的同伴张望。此人个子很小，脸上笑嘻嘻的，像只猴子，手里提着一把鲁特琴[1]。他跃上舷墙，盘腿而坐，开始拨弦。两人抬起头来，看着他笑，听他弹奏一支轻快悠扬的曲子。接着他开始唱歌，起初是轻声的，渐渐歌声响亮起来。朵娜费劲地听着歌词，恍然大悟，心里不由一阵乱跳：那人是用法语在唱。

她明白了，醒悟了。手心冒汗，嘴唇发干，平生头一次，心里涌起了一股奇特怪异的恐惧感。

---

1 14至17世纪欧洲通行的一种形似吉他的拨弦乐器。

这就是那个法国人的藏身之处，这就是他的海盗船。

她得赶紧凭自己的经验想出对策来。如今再明显不过了，这条寂静的河湾，就是一个绝妙的藏身之所。但以前谁也不会知道，因为它太偏僻、太隐蔽、太静谧了。她必须采取措施，她得说话，告诉别人。

可是，有这个必要吗？难道她现在就不能抽身而退，装作从来都没有看见这条船，忘了此事，或者装作什么都不记得了吗？只要不卷进去，怎么做都行。否则的话，就意味着自己的宁静会被打破，自由会被侵扰，就会有很多士兵进入树林，人们蜂拥而至，哈利也会从伦敦赶来，引发没完没了的混乱，这样纳伍闰就不再是一个避难所。不，她什么也不会向人透露。那就悄悄离开，返回树林，回到家中，独守秘密，谁也不告诉，就让这些打家劫舍的事情继续下去。那跟我有什么关系，戈多尔芬和他那些蠢笨如牛的朋友就忍着吧，本郡就遭受些不幸吧，她才不在乎呢。

她正要转身溜进树林，一个人影从身后的树林中蹿出来，用衣服一下子蒙住她的头，她顿时什么也看不见了。那人又反拧她的双手，这样她就无法动弹，无法挣扎。她一下倒在他的脚下，只觉得透不过气来。她绝望地意识到，自己被抓住了。

6

　　她顿时勃然大怒，心里涌起一股莫名的怒火让她失去了理智。竟然有人敢如此对她，她心想，把自己像只鸟儿一样捆起来，提到船埠上。击倒她的那人将她重重地扔到小舟的舱板上，扳动双桨，朝大船划去。他大啸一声，发出像海鸥那样的尖叫声，接着用她听不懂的方言冲大船上的伙伴大声说了些什么。她只听见他们都放声大笑，而持琴的那个家伙甚至弹起了一支轻快的吉格舞曲，似乎是在嘲笑她。

　　她从蒙在头上差点让她窒息的衣服中挣脱出来，抬头怒视那个袭击者。他用法语对她说话，还咧嘴一笑。眼里闪耀着欢快的神情，仿佛抓她就是一场游戏，是在夏日午后开的一场有趣的玩笑。她下定决心要维护体面，于是满脸威严双眉微蹙，对他怒目而视。这时他却一本正经起来，假装害怕，连身体也簌簌发抖。

　　她暗自思量，要是自己高声呼救会怎么样呢？会有人听见吗？还是根本就无济于事？但她知道自己无论如何也不会那样做，自己是何等身份，岂能失声尖叫？像她这样的贵妇人只能耐心等待，慢慢酝酿脱身之计。她会游泳，或许等到天黑，自己就能从船上逃脱，躬身从舷侧溜走。自己先前真傻，她想，明知这船就是那个法国人的，竟还磨磨蹭蹭待着不走。说到底，自己被抓也是活该。当时悄悄地退回树林，回到纳伍闰，本是再容易不过的事了，现在却陷入如此荒唐可笑的境地，真是可气可恨！这时他们正经过船尾，在高高的艉楼甲板和卷起的船窗下，赫然可见金色的花体船名：La Mouette。她不知道这是什么意思，记不得了，她的法文知识仿佛一下子变得模糊起来。现在弹琴的那人指着船舷外面的梯子，甲板上的人都围拢过来，嘻嘻哈哈地放肆地看着她上船。那该死的眼神。她决心不让他们取笑，于是稳稳地登上梯子，摇头拒绝他们的搀扶，纵身跃到了甲板上。

他们开始围着她说话，还是用她听不懂的那种方言。不过她猜这准是布列塔尼的方言，戈多尔芬不是说过这船溜回对面海岸什么的吗？他们脸上都乐开了花，不停地冲着她大笑，那神情放肆愚蠢，让她气愤不已，这和自己想要表现的巾帼英雄那种尊严的形象相差太远了。她两手抱在胸前，收回目光，一言不发，不去理睬他们。过了一会儿，最先抓她的那人又过来了，估计是去通知了他们的首领，也就是这艘奇葩航行器的船长，还示意她跟着他走。

这儿发生的一切完全出乎她的意料。这些男人举止就像孩子一样，被她的美貌迷住了，又是笑啊，又是吹口哨，而她以前总以为海盗都是亡命之徒，耳朵上穿着耳环，嘴里叼着尖刀。

船上看起来干干净净的。她原以为船上污秽不堪、散发恶臭，甚至血迹斑斑。一切都收拾得井井有条，油漆新鲜光亮，甲板就像军舰一样洗刷过了。从船的头部，估计是水手们的住处，飘来了一阵催人食欲的菜汤香味。来人引着她先是穿过一道转门，又下了几级台阶，然后他在另一道门上敲了几下，里面传来一个沉静的声音，让他进去。朵娜站在门口，眼睛微微觑了一下，阳光恰好穿过船尾的窗口，在浅色的木镶板上映出道道波纹的图案。

她再次发现自己想错了，感觉有点狼狈，因为船舱根本不是她想象中的那种黑黢黢的巢穴，里面的空酒瓶和短弯刀满地乱滚。这里的确算得上是真正的房间，就像居家住宅里的屋子一样，有几把椅子，一张擦得锃亮的桌子，舱壁上还挂着几张小幅禽鸟绘画。舱内安静悠闲又不失简朴严肃，主人应当过着富足有余的生活。带她过来的那人退了出去，轻轻地带上了门。坐在锃亮的桌子旁边的这人继续在纸上写着什么，对她的到来不加理会。她偷偷地观察此人，突然又深感羞愧，不禁厌恨起自己来：她可是朵娜啊，什么时候害羞过害怕过什么事，或在乎过什么人？她不知道对方还要自己这样站多久，这么待客显然有失风度，但她也知道自己不能先开口说话。她突然想起了戈多尔芬，那个两眼突出、鼻根长疣的家伙，还有他所说的对女眷的担忧。要是他得知自己现在竟然和这个可怕的法国人独处一室，不知道会说什么呢？

这个法国人还是继续只管写自己的，朵娜只得一直站在门边。这时她意识到他和其他男人不一样的地方。他像过去的男人一样，留着自己的头发，没有跟随潮流，戴那种可笑卷曲的假发。她立刻就看出，这样子蓄发最适合他，戴任何假发都不符合他的风格。

他看起来多么孤傲，拒人于千里之外，专心致志地伏案工作，就像一心复习准备迎考的大学生。当她被带过来时，他甚至连头都没抬一下。他到底在写什么呢，这么重要？她壮着胆子，移步靠近桌子，好看个究竟。这下她明白了，对方根本不是在写，而是在画，在心无旁骛地精心描画一只独立泥塘的苍鹭，就像十分钟前她看到的那只苍鹭一样。

这可把她弄糊涂了，不知说什么才好，脑子里也变成一团糨糊，因为海盗不是这样的，至少她想象中的海盗不是这样的。他为什么不是自己想象的那样，是一个淫荡的恶棍，满嘴污言秽语，浑身龌龊不堪，双手沾满油腻，而是这么端坐在整洁的桌子边上，对自己不屑一顾？

过了一会儿，他终于开口说话了，略带口音，说话的时候他仍然没有抬头看她，而是继续画着苍鹭。

"你似乎是在窥探我的船。"他说。

她立刻怒上心来。她在窥探！天哪，亏他想得出这样的罪名！"颠倒黑白，"她冷冷地、用经常对下人说话时的那种像男孩一样的语气，一字一顿地反驳道，"恰恰相反，是你的人擅闯了我的领地。"

他听到这话，立刻抬头一看，随即站起身来。他个子很高，比她料想的还要高出一大截，幽深的双眸中露出一道恍然大悟的眼神，倏然闪现，如突然蹿起的火苗，接着脸上慢慢露出微笑，仿佛知晓了什么秘密似的。

"失敬，失敬，"他说，"庄园的女主人会大驾光临，真是出乎意料。"

他伸手拉过一把椅子，她一言不发地坐了下来。他继续端详着她，眸子中隐藏着似见故人般暗自得意的神情。他身子往后一仰，靠在椅背上，跷着二郎腿，嘴里咬着羽毛笔的笔端。

"抓我来此地，是你的授意吧？"她问道。总得说些什么吧，他却只顾这么奇怪地上下打量自己。

"我吩咐手下的人把任何闯入河湾的人都抓起来。"他说，"通常不会有人闯入此地。你比本地居民胆子大了许多。哈哈，不过胆大就得付出代价。你没伤着哪里吧，有没有碰伤？"

"没有。"她答复得很简短。

"那你有什么好抱怨的？"

"我不习惯被人这么对待。"她说着，又生起气来，觉得对方是在把自己当猴耍。

"不习惯，当然不习惯。"他平静地答道，"可这无伤大雅。"

老天在上，怎么可以如此傲慢，怎么可以如此放肆！真是该死！可她表现的愤怒只是把他给逗乐了，他依旧摇晃着椅子，含笑咬着羽毛笔杆。"你打算怎么处置我？"她问。

"啊，这倒是把我难住了。"他说着，放下了笔，"我得查一下我们的规章制度。"他拉开桌子的一个抽屉，取出一本册子，慢慢地逐页翻看，显得极为郑重。

"囚徒……抓捕方式……讯问……羁押……处置办法……"他大声朗读，"嗯，没错，全在这儿了。遗憾的是，这些条款只限于男性囚徒的抓捕与处置。显然我没有考虑如何对待女性囚徒。这实在是我的一大疏漏。"

她又想起了戈多尔芬，想起了他的担忧，想起了他说的"因为这家伙是法国人……这只是个时间问题"。回想到这儿，她尽管还在生气，脸上却不由得露出了笑容。

他的声音打断了她的思绪。"这就好多了。"他说，"生气不适合你，知道吗？现在你就更像你自己了。"

"你对我了解多少？"她问。

他又笑了，将椅子往前靠过来。

"圣科伦夫人，"他说，"宫廷里人见人爱的尤物。喜欢与丈夫的朋友在伦敦酒馆共饮的朵娜夫人。要知道，你可是个大明星啊。"

她被臊得两颊绯红，他说的这些讥诮话，以及不动声色的不屑神情刺痛了她。

"那都过去了，"她说，"彻底结束了。"

"你的意思其实是，暂时结束了。"

"不，永远结束了。"

他开始自顾自地吹起口哨，伸手取过画作，继续描绘，涂抹背景。

"你在纳伍闰住一段时间后就会厌烦这里，"他说，"伦敦声色犬马的生活会重新吸引你。你会把现在的心情看作是心血来潮。"

"不会的。"她说。

对此他没有应声，仍在纸上画着。

她望着他，心里充满了好奇。他画得相当好。她开始忘了自己还是一个阶下囚，两人之间应当怀有敌意。

"那只苍鹭先前就站在泥滩上，在河湾的尽头。"她说，"我看见的，就在刚才，我来这艘船之前。"

"对啦，"他回答说，"退潮的时候，它总在那儿。那是它的觅食之地。它的窝在别处，在海峡上边，靠近格威克。你还看到什么？"

"一只蛎鹬，还有另外一只鸟儿，我猜是麻鹬。"

"嗯，没错，"他说，"它们也喜欢待在那儿。我以为锤击声已经把它们吓跑了。"

"对，它们是被吓跑了。"她说。

他仍一边信口吹着口哨，一边画画。她望着他，心想，这一切是多么自然，多么轻松惬意啊，她就这样跟一个法国人在船上共处一室，坐在船舱里。此时的阳光透过船窗照射进来，退潮的海水则涌向船尾，漾出片片浪花。这景象太有趣了，像梦境一样，出于冥冥中早已预知的某种宿命安排，就如同上演戏剧中的一幕，自己必须扮演一个角色，而现在序幕已打开，有人在耳边轻声说道"好了，该你上场了"。

"这会儿夜鹰也出来了。在黄昏时分，"他说，"它们蹲伏在河湾更下面的山腰上。不过它们太有警觉性了，几乎让人难以靠近。"

"对。"她说。

"知道吗，这条河湾就是我的避风港。"他说着，抬头看了她一眼，又收回了目光，"我在这儿无所事事。等我闲得差不多腻了，就调整心境，重新起航，离开此地。"

"并对我的同胞犯下打家劫舍的罪行？"她问。

"并对你的同胞犯下打家劫舍的罪行？"他重复了一遍她的话。

此时他已经把画画完，将其放到一边，站起身来，双手高举过头，舒活了一下筋骨。

"总有一天他们会抓住你的。"她警告说。

"总有一天……也许吧。"他说着，走到船尾的窗前，背对着她，看着外面。

"过来看。"他说。她从椅子上起身，走过去站在他身边。两人都低头望向水面，只见一大群海鸥聚集在那儿，在争食面包碎屑。

"它们总是成群结队地过来，"他告诉她，"我们一回来，它们好像就有感应，就会从岬角那边飞来。我手下的人会给这些鸟儿喂食，我不能拦着他们。我自己也会这样做。我老是朝它们扔面包屑，就是从这儿的窗子扔下去的。"说着，他大声笑了，伸手拿过一片面包，冲着鸥群扔了下去。海鸥飞身扑食，不停地尖叫，互相争夺。

"可能它们是把我这艘船当成自己的同伴了，"他说，"我真不该把这艘船命名为La Mouette。"

"La Mouette……海鸥……对了，难怪，"她说，"我差点忘了它的意思。"两人继续倚窗而望，看着鸥群。

"这太荒唐了，"朵娜心想，"我这是怎么了，这可不是我的本意，完全违背我的初衷。这会儿我应当被五花大绑，扔进船上关押犯人的黑暗旮旯，塞着嘴，浑身伤痕累累。可现在我们在这里朝海鸥扔面包，我竟然忘了要继续生气。"

"你为什么要当海盗？"她最后打破沉默，这样问他。

"为什么你要骑烈马？"他反问她。

"因为有危险，因为马跑得快，因为我随时可能会摔下来。"她回答道。

"那也是我成为海盗的原因。"他说。

"没错，但是……"

"没有什么但是。其实事情很简单。没有什么不可告人的隐私。我对社会没有怨恨，对同胞也没有憎恶。只不过是做海盗要面对的那些困难吸引了我，它们适合我个人的思维方式。告诉你，当海盗可不仅仅意味着暴力和流血。整个行动要策划多日，上岸后的每个细节都要周密考虑，安排好对策。我不喜欢混乱无序，不喜欢任何鲁莽冲动的劫掠行为。整个行动挺像解开一道几何难题，能训练大脑的思维能力。再则，我还能从中找到乐趣，证明自己胜人一筹，这让我感觉兴奋刺激。所以，当海盗让我心满意足，让我乐在其中。"

"是啊，"她说，"是啊，这我理解。"

"其实你很困惑，不是吗？"他说着，低头冲她朗声笑道，"你以为会看到我酩酊大醉躺在地板上，身边血迹累累，匕首、酒瓶扔得满地都是，周围还有一堆尖叫的女人。"

她朝他莞尔一笑，没有说话。

有人敲门，法国人说了声"进来"，他的一个手下捧着托盘走了进来，里面装着一大盆汤，浓香四溢，热气腾腾。来人开始布置餐桌，把一块白色的桌布铺在桌子的另一端，从舱壁的储物柜里取出一瓶酒来。朵娜眼看着他忙活着这一切。桌上的那盆菜汤香浓诱人，让她也觉得有些饿了。那酒装在一支细长的瓶子里，看上去相当不错。来人退了出去，她抬起头来，发现此船的主人正望着自己，眼里含着笑意。

"你来点好吗？"他问。

她点点头，再次觉得不知所措：他怎么就能读懂自己的心思呢？他从壁橱里另取了盘子、汤匙和酒杯，将两张椅子挪到桌旁。她发现这儿居然还有新鲜的面包，是刚出炉的法国面包，表皮烤得又黄又焦，还配有颜色较深的小片黄油。

两人开始享用晚餐，一时相对无言，都默默地吃着。随后他开始斟酒。那酒清凉，味道不是太甜。整个就餐期间，她脑子里一直在想，这一切简直恍然如梦，似曾相识，应当是一场旧梦，让人感觉平静而又熟悉。

"这一切以前发生过，"她心想，"不会是第一次。"可这仍然未免荒唐。这当然是第一次，她和他显然素昧平生。她想知道现在是什么时候了。孩子们野炊应当回来了，该到蒲露让他们上床睡觉的时间了。他们会先跑来敲她卧室的门，里面却没有人应声。"没关系，"她想，"我才不在乎呢。"她继续饮酒，欣赏舱壁上的禽鸟画样，还趁他转头的时候，不时地偷瞄他一眼。

后来，他伸手拿起架子上的一个烟叶罐，将里面的烟叶摇出来倒在手里。这些烟叶切得整整齐齐，呈深褐色。她顿时醒悟过来，脑袋里一下子真相大白。她想起在自己卧室里看见的那个烟叶罐和那本法文诗集，诗集的扉页上还画着一只海鸥。她想起威廉跑向树林的情景。威廉，他原来的主人，他那四处漂泊的旧主人，其生活就是在不断地逃避。想到这里，她一下子从椅子里站起身来，睁大双眼，直瞪着他。

"天哪！"她惊叫起来。

他抬头一看，问道："你怎么啦？"

"是你，"她说，"是你把烟叶罐留在我的卧室里，还有龙萨诗集。曾经睡在我床上的那个人就是你。"

他笑了，望着她，被她说的话给逗乐了。她那么大惊小怪，那么困惑气恼，也让他觉得好笑。

"是我放的吗？"他说，"我都忘了。威廉居然没注意到，他真是太疏忽大意了。"

"威廉是为了你才留在纳伍闰的。"她说，"也是为了你，他才把其他仆人辞退的。这些日子以来，我们待在伦敦，你却一直住在纳伍闰。"

"不对，"他回答说，"我不是一直住在那里。只有在符合我计划安排的时候才偶尔小住。冬天，你知道，河湾这儿很潮湿。在你的卧室舒舒服服地睡一觉不失为一种权宜之计，是一种令人颇为享受的变通方式。我也不知道是什么原因，总觉得你不会对此介意的。"

他说这话的时候仍看着她，眼里一直闪耀着自鸣得意的神情。

"要知道，我征求过你的画像的意见。"他说，"我多次跟她交谈。夫人，我说，态度极为恭敬，如蒙不弃，一个疲惫的法国人准备借榻一眠，万望恩准。我觉得你似乎仪态万方地躬身应允，有时还面带微笑呢。"

"你无礼至极，"她说，"行为放肆。"

"对此我有自知之明。"他说。

"你这是以身试险。"

"此乃乐趣所在。"

"要是我早知道……"

"则当如何？"

"我会立刻赶回纳伍闰庄园。"

"然后呢？"

"我会加固门户，辞退威廉，在庄园里加强岗哨。"

"就这些？"

"就这些。"

"我不信。"

"为什么？"

"因为当我躺在床上，看着墙上你的画像时，你并没有这么做。"

"那我怎么做的？"

"和你刚才说的完全不同。"

"我做了些什么？"

"那可多了。"

"哪些事情？"

"你上船入伙，此乃其一。此外，你还在海盗名册上签了名。你是第一个，也是唯一一个敢这么做的女人。"

说着，他从桌旁起身，走到一个抽屉前，取出一本小册子。他翻开册子，她看见上面写着船名"海鸥号"，后面跟着一长串名字。埃德蒙·瓦克奎利埃……朱尔斯·托马斯……皮埃尔·布兰克……卢克·杜蒙……他伸手拿起笔，蘸了蘸墨水，然后递给她。

"嗯……"他说，"考虑得怎么样？"

她接过笔，在手里掂了掂，似乎在权衡利弊。不知是因为想到了在伦敦玩着牌、打着哈欠的哈利，还是想到了眼珠突出的戈多尔芬，要不就是自己刚喝了热汤，饮了美酒，身子暖洋洋脑子晕乎乎的，因此觉得无忧无虑，一切都无所谓，就像阳光下的一只蝴蝶；也可能是因为他就站在身边。她仰头看着他，突然扑哧一笑，就在那一页的当中，在其他名字下，写下了自己的名字：朵娜·圣科伦。

"现在你必须回去了，你的孩子们会奇怪你怎么了。"他说。

"是的。"她说。

他领着她出了船舱，来到甲板。他倚在舷栏上，大声吩咐下面船板上的那些人。

"你得先做个自我介绍。"他告诉她，然后用她听不懂的布列塔尼方言喊出一道命令，手下的人立刻列队站立，同时好奇地打量着她。

　　"我要告诉他们，从此之后，你在这个河湾的往来不受限制。"他说，"你可以来去自由了。这个河湾是属于你的。这艘船也是属于你的。你成了我们中的一员。"他冲他们简短地吩咐了几句，随后他们一个接一个地走上前来，向她鞠躬吻手，她也笑吟吟地不住称谢。气氛变得有点疯狂，一切显得不太真实，恍如做了一场白日梦。大船下面，一叶小舟停在水里，等着接她离去。她攀上舷墙，纵身一跃，踩到了旁边的梯子上面。法国人没有搀扶她。他倚在舷墙上望着她。

　　"那纳伍闰该怎么办呢？"他问，"要不要关门闭户，加强警戒？要不要把威廉辞退了？"

　　"不会的。"她说。

　　"那我理当回访，"他说，"礼尚往来嘛。"

　　"那当然。"

　　"何时为好？我想应当是在下午，三四点的光景，你可以请我吃茶点？"

　　她看着他轻声笑了，摇了摇头。

　　"不，"她回答说，"那是应付戈多尔芬爵爷和那班绅士的。海盗岂会在下午拜访女士。他们总是趁着夜色偷偷而来，轻叩窗扉。庄园的女主人则提心吊胆的，招待他享用烛光晚餐。"

"恭敬不如从命，"他说，"那就明天晚上十点。"

"一言为定。"她说。

"再见。"

"再见。"

她坐着小舟朝岸边驶去，他仍站在舷墙边看着她。夕阳西下，隐没树梢。暮色四起，笼罩河湾。泥滩上潮水已退，水面一片平静。河道弯处，不知何处传来麻鹬的一声啼鸣，只闻其声，不见其影。停泊在河湾的那艘帆船，油彩鲜亮，桅杆微斜，虚无缥缈，犹如幻境。她转过身来，快步穿过树林往家疾行，一路上心怀忐忑，暗自微笑，就像个心中藏着秘密的孩子。

7

她回到庄园，看见威廉站在客厅的窗户旁，装作在整理房间，她立刻就明白了，他其实是在等她。

为了逗他取乐，她没有马上跟他直说，而是径直走进客厅。她扔下了头上的披巾，说道："我刚才一直在散步，威廉，现在我的头感觉好多了。"

"看得出来，夫人。"他应道，两眼直视着她。

"我沿着河边散步去了，那儿又安静又凉爽。"

"的确如此，夫人。"

"我以前还不知道有这条河湾。太迷人了，像童话里的世界一样，是一个绝妙的藏身之处。威廉，那儿正适合像我这样的逃避者。"

"极有可能，夫人。"

"我们的那个戈多尔芬爵爷呢，你见到他了吗？"

"爵爷不在家，夫人。我让用人把您的鲜花送给爵爷夫人了，并转达了您的问候。"

"多谢了，威廉。"她顿了一顿，假装整理花瓶里插着的丁香花，然后说道，"噢，对了，威廉，趁我还没忘记这事。明晚我有个小小的宴请。时间晚了些，定在十点。"

"没问题，夫人。到时赴宴的有几位？"

"只有两位，威廉。包括我在内，另一个是一位先生。"

"明白了，夫人。"

"那位先生步行而来，马夫不用等着照料马匹。"

"好的，夫人。"

"你会做饭吗，威廉？"

"我对烹饪之术略知一二，夫人。"

"那你就打发用人们去睡觉吧。有劳你来为我和客人煮一顿晚餐，威廉。"

"遵命，夫人。"

"你不必跟家里别的什么人提起这事，威廉。"

"遵命，夫人。"

"说真的，威廉，我觉得我做事未免荒唐。"

"看来是的，夫人。"

"你一定大为震惊吧，威廉？"

"不会的，夫人。"

"为什么不会呢，威廉？"

"因为您，还有我以前的主人，不管做出什么事来都不会让我震惊的，夫人。"

听到这里，她忍不住笑出了声，同时拍起手来。

"哇，威廉，一本正经的威廉，这么说你早就猜出来了？你是怎么知道的，怎么看出来的？"

"是您刚才进来时的步态泄露了天机，夫人。而且您的眼神，恕我直言，活力四射，容光焕发。加上您又是从河那边过来的，我这么一琢磨，就对自己说：'这事果然发生了。他俩终于见面了。'"

"为什么说是'终于'呢，威廉？"

"因为，夫人，我天生就是一个宿命论者。我一向觉得你们俩迟早会见面的。"

"即便我是庄园的女主人，已经身为人妇，地位尊崇，还带着两个孩子。即便你的主人是一个目无法纪的法国人，干着海盗的营生？"

"即便如此，夫人。"

"我的所作所为已经大错特错了，威廉。我这是在背叛国家的利益。我甚至会因此银铛入狱。"

"的确如此，夫人。"

不过这次他没有再掩饰脸上的笑容了。他那圆鼓鼓的小嘴巴也放松了。她明白，从此以后，他再也不会那么神秘莫测沉默寡言了。他从此就成了自己的朋友和同盟，对他可以绝对信任。

"你认同你主人从事的行当吗，威廉？"她问。

"我绝不会用认不认同这样的字眼来对他的选择进行评价，夫人。海盗生涯适合我的主人，仅此而已。他的船只就是他的王国，他来去自由，随心所欲，没有人可以对他发号施令。他可以一意孤行。"

"就不能不当海盗，同样做到自由自在随心所欲吗？"她问。

"我的主人认为这不可能，夫人。在他看来，生活在尘世间的芸芸众生，都为陈规陋习所困，最终只能随波逐流，生活不能自主，人生失去新意。人们变得像齿轮一样，成了整个体系的一个组成部分。但海盗就不同了，他摆脱社会，远离尘世，无羁无绊，不受人为法则的约束。"

"事实上，海盗可以回归自我，率性生活。"

"对的，夫人。"

"但当海盗是不道德的，他难道不为此感到良心不安吗？"

"他只抢劫为富不仁之人，夫人。他把抢来的大部分财物都散赠他人。布列塔尼的穷人经常蒙他接济，受益颇多。所以，道德问题不会困扰他。"

"我猜，他还没成家吧？"

"没有，夫人。婚姻生活和海盗生涯完全格格不入。"

"要是他太太也喜欢大海呢？"

"女人通常会遵从自然法则，夫人，她们要生儿育女。"

"哈哈！说得完全正确，威廉。"

"再说，当了母亲的女人喜欢安定的家庭生活，就不想再四处漂泊了。因此，男人一旦成婚，就只能面临两难的抉择：要么守在家里，单调无聊，碌碌无为地过完一生；要么抛家弃子，离家出走，忍受情感的煎熬。不管怎样选择，他这一生都注定是失败的。所以没有办法，要想获得真正的自由，一个男人只能独自扬帆远航。"

"这就是你主人的人生哲学？"

"对的，夫人。"

"我要是男人就好了，威廉。"

"夫人何出此言？"

"因为我也可以找到自己的船，然后扬帆远航，一意孤行。"

她正说着，楼上传来一阵响亮的哭声，随后是一阵呜咽，接着听到蒲露的责骂声。朵娜无奈地笑了，摇了摇头。"你主人说得没错，威廉，"她说，"我们都是齿轮上的轮齿而已。当母亲的尤其如此。只有海盗才是自由的。"说完她就上楼去看孩子，安慰他们，替他们抹去眼泪。那天晚上，她躺在床上，伸手从床头柜里取过那本龙萨诗集，心里暗自寻思，这一切真是太不同寻常了：曾经有一个法国人手里握着同一本书，嘴里还叼着烟杆，就这样靠着自己的枕头，躺在这里。她可以想象，他读累了之后，就像她现在一样，会把书放在一旁，吹灭蜡烛，翻身睡觉。不知此刻他是否入睡了，睡在船上那间清凉静谧的小舱里，河水在轻拍船舷，河湾寂静又神秘。或许，他此时也像她一样，在黑暗中圆睁双目，睡意全无，双手搁在脑后，憧憬着未来，浮想联翩。

第二天早上，她在卧室中探身窗外，只见外面正刮着东风，天空万里无云，阳光照在脸上火辣辣的。当时她的第一个念头就是关于河湾中停泊着的那艘大船。随后她想起来了，那船停泊的地方安全舒适，隐藏在河谷里，周围林木环绕，树丛掩映，但他们可能对赫尔福德河汹涌的潮水、奔腾的水浪一无所知，而在河海交汇的地方，会形成滔天巨浪，它们相互撞击，浪花四溅。

想到即将到来的夜晚和将要举行的晚宴，她脸上不禁露出了微笑，心里充满了作为密谋者的那种略带不安的兴奋。她感觉白天就像是个序曲，是对即将发生事件的预示，于是她漫步到花园里采花，尽管屋内的那些花儿尚未枯萎。

采摘鲜花对于平息她激动的心情颇有成效，让她开始心定神宁。她抚摸着花瓣，摆弄着细长的绿色花茎，将它们放入花篮，再一枝一枝地插入威廉已经注满清水的花瓶中。安宁的感觉慢慢驱散了她起初躁动不安的情绪。威廉也参与其中。她注意到他在餐厅里擦拭银器，不时会意地看她一眼，只有她才知道他为何干得这么卖力。

"让我们充分地展示出纳伍闰庄园的魅力，"她说，"把所有的银器都拿出来，威廉，将每支蜡烛都点起来。待会儿，我们就用那套平时举办盛宴时才用的有玫瑰花边的餐具。"真是既兴奋又有趣，她亲自取出那套因长久不用而积满了灰尘的餐具，将其一一洗过，然后又在餐桌的中央用刚剪下的玫瑰花蕾摆了个小小的图案。接下来她和威廉一起下到地窖，就着烛光在布满蛛网的酒瓶当中四处搜寻，终于找出了一瓶让主人感觉颇有面子的好酒，先前他们都未料到它居然就放在这儿。他们相视一笑，低声耳语着，此时朵娜的心中完全充满了一种恶作剧般的愉悦心情，自己就像个做了错事，越了雷池的孩子，正背着父母笑得喘不过气来。

　　"我们晚餐要吃些什么呢？"她问。他摇摇头，不想现在就透底。"放心好了，夫人。"他安慰道，"这事只管交给我，不会让您失望的。"她又去了趟花园，哼着歌，心里装满了说不出的快乐。炎热的中午，刮着强烈的东风，让人恹恹欲睡。中午好不容易过去了，接着又是漫长的下午，她陪着孩子们在桑树下用茶，打发无聊的时光。黄昏姗姗而来，随后到了孩子们上床睡觉的时间，这时已经风息日落，晚霞满天，天空中现出几颗星星，开始在夜幕中闪烁。

　　整座宅院复归寂静。用人们见她未膳即寝，以为她是人倦体乏，暗自庆幸女主人容易伺候，就先后回去休息了。不用说，威廉肯定独自在房间中准备着晚餐。朵娜对此没有过问，觉得没有什么值得自己担心的。

　　她回到自己的卧室，站在衣橱前，考虑穿什么衣服才合适。她挑了一条自己常穿的奶黄色长裙，她知道这条裙子挺适合自己。接着，她又在耳朵上戴上了原本属于哈利母亲的红宝石耳环，在颈项间挂上了红宝石项坠。

　　"他不会注意到这些的，"她心想，"他不是那种人。他不关心女人的外貌长相、衣着打扮和珠宝首饰之类的。"不过她还是精心地打扮了一番，用手指捋顺鬈发，将其挽在脑后。突然，她听到马厩里的大钟敲了十下，赶忙扔下梳子匆匆下楼。楼梯直通餐厅，她进去后就看到威廉完全照她的吩咐，点燃了所有的蜡烛，擦拭一新的银制餐具摆在长长的餐桌上，闪闪发亮，熠熠生辉。威廉本人正站在那儿，将菜肴一一摆放在餐具柜上。她走上前去，看看他都准备了些什么。一看之下她不由得露出了笑容。"哇，威廉。现在我知道你今天下午为什么到赫尔福德村去，又提了个篮子回来了。"原来餐具柜里摆放着螃蟹，是按照法国方式烹饪装盘的。还有连皮煮的新鲜小土豆，一盘新鲜的蔬菜沙拉，上面还撒着大蒜和细碎的胡萝卜粒。他甚至还抽空做了点心，是又细又窄的酥饼，里面夹着奶油。旁边的一个大玻璃碗里盛放着今年刚采摘的野草莓。

　　"威廉，你真是个天才。"她称赞道。他略一欠身，脸上露出笑容。"夫人过奖了，乐意为您效劳。"

　　"我这身穿戴还行吗？你的主人会觉着好看吗？"她问

着，转了下身。"他不会加以评论，夫人，"身边的这位仆人回答道，"不过我相信，他不会对您的外表完全无动于衷。"

"谢谢你，威廉。"她由衷地表示感谢，然后走进客厅等候客人。为了更加安全，威廉拉下了窗帘。可她又把窗帘拉上了，好让夏夜的气息潜入进来。正在此时，法国人穿过草坪走了过来，显出一个高高的黑影，他行走时却悄无声息。

她立马觉察到他的情绪和自己一样。知道朵娜要扮演庄园女主人的角色，他像她一样，将今晚作为一场隆重的聚会，特意盛装而来。月光映照着他的白色长裤，饰有银扣的鞋子看起来闪闪发光。他身穿一件酒红色的长外套，配以同色的腰带，只不过色调更深一些。领子与袖口都饰着花边。他仍不屑戴那种时兴的卷曲发套，而是像骑士一样，蓄着一头天然浓发。朵娜朝他伸出手来，这次他遵从为客之道，躬身握住，放在唇边轻吻了一下，然后就站在客厅门口，在长窗旁边，低头看着她，面带微笑。

"恭请阁下用餐。"她上前迎接，却一下子莫名其妙地害起羞来。他没有答话，只是跟着她走进餐厅，威廉正站在她的椅子后面等候着。

客人在餐厅中站立片刻，环顾四周，看着燃得明晃晃的蜡烛、亮晶晶的银制餐具、带着玫瑰花边闪闪发光的盘子，随后转身，如她所料，他的脸上又慢慢露出了那种略带戏谑的笑容："把这一切诱惑呈现在一个海盗面前，你认为这是明智之举吗？"

"这得怪威廉，"朵娜说，"这些全都是威廉一手操办的。"

"这话我不信，"他说，"威廉以前从来就没有为我这么费心过。是这样的吧，威廉？你总是烧块排骨，放在一个有缺口的盘子里端给我，随便把某个椅套拂一下，还告诉我该知足了。"

"没错，先生。"威廉回答道，小圆脸上目光炯炯有神。朵娜也坐了下来，不再感到羞怯。威廉的在场消除了两人之间的拘谨。

威廉明白自己的角色，他完美地充当两人之间的挡箭牌，挺身接受女主人的唇枪舌剑，也对男主人的幽默揶揄坦然置之，报之一笑或耸耸肩。这顿晚餐实在是一种难得的享受：蟹肉鲜美，色拉味美，糕点松软，草莓爽口，葡萄酒甘美香醇。

"好一顿美餐，不过，我的厨艺比威廉还好，"威廉的主人说道，"哪天你得尝尝我做的童子鸡，架在铁钎上烤出来的那种。"

"我可不信，"她回答说，"你那间船舱像隐士的洞穴一样，没法烤鸡。烹饪和哲学本来就风马牛不相及。"

"恰恰相反，二者相得益彰。"他反驳道，"不过我不会在船舱中为你烤鸡。我们要在露天旷野里架起木柴，燃起篝火，就在河湾边上，我在那儿烤鸡肉给你吃。只是你得用手抓着吃。那儿没有蜡烛可点，只有火光照明。"

"你跟我讲过的那只夜鹰，说不定不甘寂寞，会给我们鸣唱助兴呢。"她说。

"很有可能！"

他隔着餐桌笑吟吟地望着她。她的眼前顿时浮现出他俩将在河岸燃起的篝火：木柴不时爆裂，火苗哗哗有声，烤鸡的香味钻入他俩的鼻中。他全神贯注地烤鸡，就像昨天画苍鹭一样投入其中。而明天他在部署劫掠计划时也会同样投入，同样聚精会神。想到这里，她突然回过神来，这才发现，威廉不知何时离开了。她从桌旁起身，吹熄了蜡烛，领着他来到客厅。

"如果你想抽烟，请随意。"她说。他认出了面前壁炉架上放着的自己的那罐烟叶。

"真是一个细心周到的女主人。"他不禁赞叹。

她坐了下来，而他仍然站在壁炉架旁边装填烟叶，环顾着客厅四周。

"跟冬天那时大不一样了，"他说，"当时我来的时候，这儿的家具上都套着罩布，也没有鲜花。整个房间阴森森的。你的到来，将这些全都改变了。"

"空房子都跟坟墓差不多。"她说。

"嗯，说得不错。可我的意思是说，即使有别的任何人来打破这儿的沉寂，纳伍闰还是会像坟墓一样。"

她没有接话。她不清楚他这么说是什么意思。

就这样两人沉默了半晌。过了一会儿，他说："是什么原因，促使你最终来到了纳伍闰？"

　　她摆弄着枕着的靠垫上的流苏。

　　"昨天你跟我说，圣科伦夫人好歹算个名人。"她说，"你曾听说过她在伦敦的种种胡作非为。也许我当圣科伦夫人当烦了，想换个角色生活。"

　　"换句话说，你想逃避？"

　　"威廉告诉我，你会这么说的。"

　　"威廉是过来人。他目睹我经历过同样的情况。以前有一个叫作吉恩-贝努瓦·奥伯利的人，他在布列塔尼有自己的庄园、财产、朋友和随之而来的种种责任，而威廉就是他的一个仆人。威廉的主人当吉恩-贝努瓦·奥伯利厌烦了，于是就选择当海盗，造了一条船，叫海鸥号。"

　　"一个人真的可以脱胎换骨，变成另外一个人吗？"

　　"我已经亲身实践过了。"

　　"你觉得这样幸福吗？"

　　"我对此心满意足。"

　　"二者之间有何区别？"

　　"你是说幸福和满足之间的差别？哎，这下你可把我难倒了。这不太容易说清楚。满足是一种身心和谐的状态，身心之间没有矛盾冲突。心态平和，身体安宁，两者相互调和。幸福则难以把握。或许一生只能体会一次，让人销魂，近乎癫狂。"

"不像满足那样，可以持续体验吗？"

"不能，它是无法持续体验的。不过，我们可以体验不同程度的幸福。比如，记得有一次，就发生在我当海盗不久，第一次出击，抢劫了你们的一条商船。我得手了，拖着战利品进港。那真是美妙的一刻，既兴奋又幸福。我干成了自己想做的事情，而在这之前，我对此并无把握。"

"是的，"她说。"是的，这我能明白。"

"另外还有好几次。包括画完画之后的那种愉悦心情：我审视画稿，对构图和画面都挺满意。这也是某种程度的幸福。"

"如此说来，男人更容易获得幸福。"她说，"因为男人是创造者。他的幸福来源于自己所成就的事情，来源于他凭借自己的双手、大脑和才干所取得的成就。"

"或许如此。"他回答道，"但女性并非就无所事事。女人要生儿育女。这可比单纯的画画或是制订计划更伟大。"

"你是这样认为的吗？"

"绝无虚言。"

"我以前从未考虑过这一点。"

"你也有孩子，不是吗？"

"是的，我有一双儿女。"

"当你初次触摸他们的时候，难道你就没有成就感吗？你没有对自己说：'这是我创造的，我自己创造出来的？'这难道不是一种近乎幸福的感觉吗？"

她想了一会儿，冲他莞尔一笑。

"或许是吧。"她说。

他转过身去，摸着放在壁炉架上的东西。"你不要忘了我是一个海盗。"他说，"而你却把自家的宝贝随意摆放。比如这个小小的首饰盒吧，就值好几百英镑呢。"

"是吗，但是我信任你呀。"

"此举有欠思量。"

"那我听凭阁下处置。"

"我可是出了名的残酷无情。"

他放下首饰盒，拿起哈利的小画像。他端详了一会儿，嘴里轻轻地吹着口哨。

"你丈夫？"他问。

"对。"

他没有说话，而是把画像放回了原处。他这样做的神情，他对哈利、对画像都不置一词的做法，让她产生了一种奇特的窘迫感。她本能地感受到他对哈利不屑一顾，把他当成呆瓜一个。她突然希望这幅画像没有放在这儿，或者哈利看起来不是这副样子。

"那是很多年以前画的，"只听得她说，像是在为哈利辩护似的，"是在我们结婚前就画了的。"

"哦，是吗，"他应了一声，顿了一下，接着说道，"楼上你的那幅画像，是差不多和他同时画出来的吗？"

　　"对，"她回答说，"至少是在我和他订婚后不久画的。"

　　"后来你就结婚了。那结婚多久了呢？"

　　"六年了。亨丽埃塔都五岁了。"

　　"你当初是怎么决定要嫁人的呢？"

　　她睁大眼睛看着他，一时不知该怎么回答。他的这句问话太出人意料了。但是由于他问得如此沉静，一副轻描淡写的表情，仿佛是在问她晚餐为何选择某道菜看而已，似乎对答案并不在意。于是她就实话实说，根本没意识到自己以前从未这样对别人袒露心怀。

　　"哈利很逗趣，"她说，"而且，我爱看他的那双眼睛。"

　　她觉得自己的答话轻飘飘的，仿佛是从远方飘来，一点儿都不像是自己说的，而像是别人在说。

　　他没有应声。他离开了壁炉架，在一张椅子上坐下，从外衣的大口袋里掏出一张纸来。她继续凝视前方，突然陷入沉思，想起了哈利，想起了过去，想起了他们在伦敦的婚姻生活和那儿熙熙攘攘的人群。她想起可怜的哈利，那时少不更事，可能是被摆在面前的生活责任吓坏了，又缺乏想象力，在新婚之夜为了壮胆而大喝特喝，结果弄得酩酊大醉，出尽了洋相。他们去英格兰蜜月旅行，拜访老友，这样总是寄人篱下，难免矫揉造作，弄得气氛沉闷尴尬。她原本无忧无虑、健健康康，年少不识愁滋味，谁知当时又一下子怀上了亨丽埃塔，就变得暴躁易怒，与平时判若两人。不能骑马、散步，喜欢的事情都不能干，这些都给她平添了不少烦恼。要是她能和哈利推心置腹，让他理解自己的处境，应当会有所帮助。然而，哈利不懂得对妻子的理解就是在她身边静静陪伴温柔体贴，或是营造静谧安宁的环境，而是以为通过尽情玩闹、使劲作乐或大喊大叫，就能让她高兴起来。更有甚者，他总是喜欢亲密爱抚她，却不知那样做根本就无济于事。

她猛然抬头，发现客人正在给自己画像。

"可以吗？"他问。

"没问题，"她回答说，"当然可以。"心里却很想知道他会把自己画成什么模样。她只看到他的手在画纸上娴熟地快速移动，画纸摊在他的膝盖上面，看不到画的内容。

"威廉是怎么成为你的仆人的呢？"她问。

"他的母亲是布列塔尼人，我想，你可能还不知道吧？"他反问道。

"不知道。"她说。

"他的父亲是雇佣兵，一个到处混口饭吃的军人，不知怎的就到了法国，还结了婚。你肯定注意到了威廉的口音。"

"我以为那是康沃尔口音。"

"康沃尔人和布列塔尼人说起话来很相似。他们都是凯尔特人。我最初看到威廉的时候，他衣衫褴褛，光着脚在坎佩尔街道上四处乱跑。当时他走投无路，是我收留了他。从此他就对我忠心耿耿。他会说英语，当然，是跟他父亲学的。我想，在我遇见他之前，他在巴黎流浪过好几年。但我从未探究过他的具体身世。他的过去属于他自己。"

"那为什么威廉不跟着你当一名海盗呢？"

"哈哈，原因实在太过平常，根本就没有丝毫特别之处。威廉的胃不好，而隔开康沃尔和布列塔尼的这条海峡波涛汹涌，让他受不了。"

"于是他就到了纳伍闰，将它变成了自己主人的绝佳藏身之处？"

"说得丝毫不差。"

"于是康沃尔人就惨遭劫掠，康沃尔女人就成天担惊受怕，担心自己小命不保，像戈多尔芬爵爷告诉我的那样，让她们担惊受怕的还不仅仅是自己的性命？"

"康沃尔女人未免太自以为是了。"

"我本来也想这么回答戈多尔芬爵爷的。"

"那为什么不说呢？"

"因为我不忍心吓坏他。"

"法国人素以殷勤风流出名，可这根本就是捕风捉影，没有一点根据。我们要比你们想象中的腼腆得多。好了，我画好了。"

他递给她画像，然后往后一仰，倚靠在椅子上，双手插在外衣口袋里。朵娜静静地端详着画作。她发现，在这页撕下来的纸上，那个瞧着自己的女人属于另一个朵娜——一个连她自己都不认可的朵娜。画中人物，虽然五官没有改变，眼睛鬓发和真人没有两样，但眉目间的神情是她有时在揽镜自照时曾见过的。画中人物丢弃了幻想，她从一个过于狭窄的窗口往外探视，发现外面的世界与她想象中的不一样，让人痛苦，活在其中没有什么意义。

"这张画可不怎么讨人喜欢。"她终于开口说话了。

"讨人喜欢，非我初衷。"他回答道。

"你把我画得比实际上老些。"

"很有可能。"

"嘴角处有种任性蛮横的表情。"

"恕我冒犯了。"

"还有，双眉紧锁，有点奇怪。"

"是的。"

"我不喜欢这幅画。"

"是的，我想你也不会喜欢。可惜了。我本来还想不当海盗了，改行画画呢。"

她将画像递还给他，看到他脸上泛着笑意。

"女人不喜欢别人对自己实话实说。"她说。

"谁又会喜欢呢？"他反问道。

她不想再讨论下去了。"我明白你当海盗为什么会成功了。"她说道，"因为你做起事来认真仔细。这种个性表现在你的绘画里。你已经窥探了被画者的内心世界。"

"或许我这样做不太正当。"他说，"我趁被画者不知情的时候捕捉她脸上的表情。如果我在其他时候画你，比如当你和孩子们一起玩耍的时候，或是干脆趁你沉浸在逃避的快乐中时，那画出来的神情就会截然不同。那时你也许就会说我是在美化你了。"

"我真的就那么变化无常吗？"

"我并非说你是变化无常。只是你脸上流露的表情正好反映了你的内心世界，而这正是一个画家所希望捕捉的印象。"

"这样的画家直接透析人心，未免也太残酷无情了。"

"何以见得？"

"他描摹被画者的隐秘情感，即使暴露对方的内心世界也在所不惜。他通过捕捉被画者的某种情绪，将其呈现在纸端，使对方因此而蒙羞受辱。"

"或许是吧。但换个角度，被画者初次见到自己肖像中反映出的情绪，可能就会痛下决心，将其彻底摈弃，因为这种情绪毫无意义，纯属浪费时间。"他一边说着，一边把画像撕成两半，然后又撕成更小的碎片。"好了，"他说，"让我们忘了此事。不管怎么说，怎么做，这都是不可原谅的。昨天你说我擅闯了你的领地。这无论从哪方面来说，都是我的过错。海盗生涯让人养成了很多坏习惯。"

他站起身来，她看出他打算告辞了。

"原谅我，"她说，"我准是太过计较了，脾气又坏。说实话，我看你画画的时候，心里羞愧难当，因为第一次发现有人就像自己平时经常反省的那样，把自己看得那么清楚，那么透彻。就像我身体上有块疤痕，而你的绘画让我毫无遮拦，就这样赤裸裸地暴露在世人面前。"

"说得很好。可是，假定画家本人身上也有同样的疤痕，而且更加丑陋，那被画者还会感觉羞愧吗？"

"你的意思是，我们是同病相怜？"

"正是这样。"他脸上又露出了笑容，转身朝窗户走去。"当东风在这片海岸刮起时，会持续好几天的工夫。"他说，"我的船会因此受阻，无法起航。我会有几天的空闲时间，可以画很多的画。说不定你会让我给你再画一幅？"

"画一种不同的表情？"

"这可得你说了算。不要忘了你在我的花名册上是签了名的。要是你想让自己逃避得更彻底，那河湾是最适合的场所了。"

"谨受教诲。"

"还可以在河湾中看鸟、钓鱼、探索水道。这些都不失为逃避之法。"

"你觉得哪种方法管用？"

"我觉得每种方法都管用。今晚多谢你的盛情款待。再见，晚安。"

"再见，晚安。"

这次法国人没有碰她的手，而是径直跨出窗户，没有回头。她目送着他两手深深地插在外衣口袋里，消失在树林中。

8

　　房间里空气窒闷，戈多尔芬勋爵鉴于夫人的身体状况，叫用人关紧窗户，拉上窗帘，给她挡住阳光。仲夏时节强烈的阳光会令夫人感到疲惫，而轻柔的空气则会让她业已倦怠的脸颊显得更加没有血色。她倚着靠垫躺在沙发上，和朋友寒暄聊天。客厅里光线昏暗，宾客们一边无聊地拉家常，一边啃着松脆的饼干，房间散发出阵阵热烘烘的气息。这就是戈多尔芬勋爵及其夫人的休闲方式。

　　"一次足矣，"朵娜心想，"绝无下次，不管是为了哈利还是出于礼节，我绝对不会再受人怂恿，前来拜见这些高邻。"她弯下身，假装对趴在身边的一条小巴儿狗感兴趣，将戈多尔芬强塞给她的那块黏糊糊的蛋糕喂给了它。她用眼角的余光瞥见别人注意到了自己的小动作，更糟糕的是，主人又朝她走过来了，手里拿着另一块糕点递来。她只能挤出一个迷人的笑容，躬身致谢，勉强把一团湿乎乎的食物塞进嘴里。

"如果你能说服哈利舍弃伦敦的舒适生活，"戈多尔芬说道，"我们就可以经常进行这样的小聚会了。鉴于内人目前的情况，举办大型宴会对她身体不利。但和几个朋友聚一聚、聊聊天，就像今天这样，对她有益无害。哈利不在，我深表遗憾。"说着，他环顾四周，似乎对自己的殷勤待客深感自得。朵娜百无聊赖地坐在椅子上，暗自把客厅里的十五六个客人数了又数。这些客人相交多年，彼此熟而生厌，都面无表情地望着她。女眷仔细打量她的长裙，打量她放在膝头摆弄的那双崭新的长手套，以及那顶长羽飘飘、遮住她右颊的帽子。而那些男士则目光呆滞地瞪着前方，像是坐在剧院的前排看戏似的。其中一两个客人强打精神，装出深感兴趣的样子，询问她关于宫廷生活的情况，以及关于国王陛下寻欢作乐的消息。好像她来自伦敦这一事实，便足以使她对国王的起居嗜好了如指掌。她讨厌这种为了聊天而聊天的做法。其实，虽然如今她已抽身而退，但是只要她愿意，完全可以大谈特谈自己以前过的那种无聊轻浮的生活和矫揉造作、表面光鲜的伦敦世界。有服务生举着火把，在满是尘土的鹅卵石街道上蹑手蹑脚地走着；还有装模作样的青年浪子，在茶楼酒肆门口狂笑高歌；还有喧闹作乐的醉酒场面，为首之人不学无术，目光阴沉，游离不定，脸上带着一副玩世不恭的笑容。然而她绝口不谈这些，而是说自己如何喜欢这儿的乡村生活。"遗憾的是，纳伍闯实在太过偏僻。"有人说道，"你过惯了伦敦的生活，准会觉得这儿冷清得瘆人。要是我们住得离你近一点儿就好了，大家就可以经常碰面了。"

"你真善解人意。"朵娜说，"您能这么说，哈利一定感激不尽。不过呢，唉，去纳伍闺的路实在太难走了。今天我过来就遭了很多罪。再说呢，你知道，我是个什么事都要操心的母亲，一双儿女几乎占用了我全部的时间。"

她笑对众人，一双眼睛睁得大大的，显得诚挚而又单纯。她口里这样应酬着，脑海中却突然浮现出将在格威克等候她的一叶小舟，舱板上堆着一圈圈的鱼线，旁边一个男子在悠闲等候，他的外衣扔在一边，袖子高卷过肘。

"我觉得您真是胆识过人，"女主人叹了口气，说道，"敢一个人居住在那里，丈夫又不在身边。我丈夫要是白天出去一小会儿，都会让我心绪不宁。"

"鉴于当前的情形，这也是可以理解的。"朵娜低声说道，她刚才差点笑出声来，只是拼命抑制，才没有说出耸人听闻的话来。一想到戈多尔芬夫人病恹恹地躺在沙发上，痛切地思念她那鼻根长着一个惹人注目的可怕疣子的夫君，就忍不住想揶揄一番。

"鄙人猜想，纳伍闺庄园必定是防卫严密吧，"戈多尔芬转过身来看着她，一本正经地说道，"最近外面出现了不少肆无忌惮的不法行径。您的仆人都还可靠吗？"

"绝对可靠。"

"这就好。不然的话，出于鄙人跟哈利的老交情，一定得派两三个手下过去。"

"尽管放心好了，完全没有这个必要。"

"那是您的想法。有人可不这么想。"

说着，他看了一眼离自己最近的邻居，就是那个在彭林有一个大庄园的托马斯·尤斯迪科。此人长得唇薄眼小，一直在客厅的另一端盯着朵娜看。这时他走上前来，旁边跟着来自特里戈尼的罗伯特·彭罗斯。"我想，戈多尔芬已经告诉了您，我们遭到了海盗的侵扰。"他突然开口说道。

"是一个来去无踪的法国人吧。"朵娜笑道。

"他来去无踪的日子长不了。"尤斯迪科说道。

"真的吗？你们从布里斯托尔调来了更多的士兵？"

他脸一红，愠怒地看了戈多尔芬一眼。

"这次没雇佣兵什么事。"他说，"我本来从一开始就反对那么做，但照例被他们否定了。不，这次我们准备自己解决这个外国佬。我相信我们的计划会成功。"

"前提是我们可以联合足够多的人手。"戈多尔芬冷冷地说道。

"还得让我们中最有能力的人担任指挥。"来自特里戈尼的彭罗斯补充道。此话一出，现场出现了一阵沉默。三人你看看我，我看看你，各怀猜忌。气氛不知怎的变得有点紧张。

"后院起火，自乱阵脚……"朵娜低声道。

"您刚才说什么？"托马斯·尤斯迪科问道。

"没什么。我突然想起了《圣经》中的一句话。但你们说的是关于海盗的事情。只手难敌四拳，他肯定会被抓住的。你们计划怎样去抓他呢？"

"尚在酝酿中，夫人。当然目前无法透露太多，但我可以告诉您，想来刚才戈多尔芬询问您仆人的情况也是基于同样的考虑。我想提醒您，我们怀疑当地有人被法国人收买了。"

"您这样说，可把我吓坏了。"

"这种叛徒当然无可饶恕。如果我们的怀疑得到了证实，他们就会跟他一样，全都得吊死。我们确信，这个法国人在这一带海岸地区肯定有一个藏身之地。我们相信肯定有一两个当地人知道这事，可他们守口如瓶。"

"你们有没有彻底搜查一下？"

"亲爱的圣科伦夫人，我们一直在这一带严加查探。可是，您一定也听说了，这个家伙狡猾得像条泥鳅，法国人都这样。他对这一带地区了如指掌，似乎比我们还熟悉。但愿您没有在纳伍闰周围看到什么可疑迹象吧？"

"什么也没看到。"

"从贵府可以眺望赫尔福德河，是吗？"

"可以说景色极为壮观。"

"那您就可以看见任何可疑船只进出河口了，对吗？"

"可以说是洞若观火。"

"我不想吓唬您，但您知道，这个法国人以前可能就利用了赫尔福德河，他将来还可能继续这样做。"

"您这可把我吓住了。"

"我还得告诉您，他这种人是不会顾忌您的身份地位的。"

"您是说，他肆无忌惮？"

"恐怕是的。"

"他的手下都是极为残暴的亡命之徒？"

"他们都是海盗，夫人，还是法国人。"

"那我可得采取最为严密的措施来保卫家园了。您说他们会不会吃人？我儿子还不满两岁呢。"

戈多尔芬夫人吓得尖叫了一声，开始不停地给自己扇风解热。她的丈夫恼火地咂了一下嘴。

"冷静些，露西。圣科伦夫人当然是在说笑而已。不过我得提醒您，"他转向朵娜补充道，"这可不是件小事，我们不能大意。我认为本人对本地居民的财产和生命安全负有保卫责任。恕我直言，既然哈利没有和您一起回到纳伍闰，我对您的安危深表关切。"

朵娜站起身，伸出手来，"您真是太好了。"她说着，冲他妩媚一笑。这是她的撒手锏，只有在处理棘手问题时才会使用。"您的关怀，我会铭记在心。不过我向您保证，不用为我担心。如有必要，我可以关门闭户。再加上有在座的各位高邻，"她的目光从戈多尔芬、尤斯迪科和彭罗斯的身上掠过，"我相信自己不会有事。三位如此办事得力，如此英勇无畏，你们的言行举止，可以说，充满了英国人的风度。"

三人上前躬身吻手，她对他们每人都报以粲然一笑。"也许，"她说，"这个法国人已经离开了我们的沿海地区，永远不会回来了，你们也就不必为此劳神费力了。"

"我们倒是希望如此，"尤斯迪科回答道，"但我们自认为还是对这个恶棍有所了解的。他一直这样：最悄无声息时，也就是他最危险最猖狂时。我们会再次听到他的消息，这用不了多久。"

"是的，"彭罗斯接着补充，"他会在我们最疏于防范时袭击我们，就在我们的眼皮底下。不过这将是他此生的最后一次表演了。"

"我有一个特殊的心愿，"尤斯迪科慢慢说道，"就是能在太阳落山之前，在戈多尔芬园子里那棵最高的树上把他吊死。到时我会邀请在场的各位前往参观的。"

"先生，你太残忍了。"朵娜说道。

"您也会变成这样的，夫人，如果您的财产被洗劫一空。那些画像、银器、餐盘，全都价值不菲啊。"

"但想想重新购置这些物品能给您带来多大的乐趣啊。"

"本人恐怕对此不敢苟同。"他鞠了一躬，转身离去，气得满脸通红。

戈多尔芬陪着朵娜向马车走去。"您刚才的话有些不合时宜。"他说，"尤斯迪科的家产差不多被抢完了。"

"我是出了名的，"朵娜说，"说话不合时宜。"

"当然，这在伦敦别人能体谅。"

"我看未必。这也是我从伦敦来到这里的原因之一。"

他不解地看着她，扶她上车。"您的车夫行吗？"他瞄了威廉一眼问道。威廉手持缰绳，独自一人，连个男仆也没带。

"完全胜任，"朵娜回答道，"我绝对信任他。"

"他看起来不太恭顺。"

"对。可挺有趣，我喜欢他那张嘴。"

戈多尔芬脸色一沉，从马车门前挪开身子。"我本周内要派人到伦敦送信，"他口气冷淡地说道，"有什么口信要带给哈利吗？"

"就说我很好，非常快乐。"

"我有责任告知他我对您的担心。"

"请千万别费心了。"

"此乃本人职责所在。再者，要是哈利回来，对我们会有莫大的帮助。"

"真难以置信。"

"尤斯迪科总爱作梗，彭罗斯又喜欢发号施令，我呢，只好在中间不停地充当和事佬。"

"您觉得哈利能当和事佬？"

"我认为哈利在伦敦是虚掷光阴，他应该回康沃尔照看自己的家产。"

"这么多年来，这份家产没人照看还不是好好的？"

"那得另当别论。事实上，我们现在需要争取尽可能多的帮助。要是哈利知道了如今沿海地带海盗猖獗……"

"我已经跟他提过此事了。"

"但我认为您对此强调得还不够。只要哈利稍微想一想，纳伍闯可能会遭到袭击，他的财产可能会遭到洗劫，夫人的人身安全将受到威胁。那他在伦敦就不会待得下去。我要是他的话……"

"可惜您不是他。"

"我要是他，就绝不会允许您只身来到西部。我们都知道，丈夫不在身边，女人是会失去理智的。"

"她们失去的仅仅是理智？"

"我再说一遍，她们在危急时刻是会失去理智的。别看您现在觉得自己很勇敢，可真要是面对一个海盗，我敢说，您也会浑身发抖，吓晕过去，就跟别的女人一样。"

"我肯定也会吓得发抖。"

"我在内人面前不便多说。她现在神经非常紧张，但我和尤斯迪科，都已听说了一两则不幸的传闻了。"

"什么传闻？"

"女人，呃，不幸，诸如此类的事情。"

"遭受哪方面的不幸？"

"乡民愚昧不化，他们什么也不说。但据我们了解，好像附近村落的妇女遭到了这些该死恶棍的非礼。"

"要是深究此事是否属于不智之举呢？"

"何以见得？"

"你可能会发现她们其实根本就没有受苦，相反，她们乐在其中，极为享受呢。驾车，我们走，威廉。"说完，圣科伦夫人坐在敞开的车厢里欠身一笑，用戴着手套的手朝戈多尔芬爵爷款款一挥。

他们迅速驶过长长的林荫道，只见平坦草坪上的孔雀、林苑中的鹿群一闪而过，马车就这样跑了出去，上了大道。朵娜坐在马车中，取下帽子，一边扇风，一边看着威廉挺直的后背偷偷发笑。

"威廉，我刚才的表现荒唐至极。"

"我有同感，夫人。"

"戈多尔芬勋爵家热得透不过气来，他的夫人让人关上了所有的窗户。"

"的确让人受不了，夫人。"

"在座的客人中没有一个和我谈得来。"

"难为你了，夫人。"

"我当时真想说些不成体统的话来。"

"您最终还是说出来了，夫人。"

"客人中有个男的叫尤斯迪科，另一个叫彭罗斯。"

"嗯，夫人。"

"这两人我都很讨厌。"

"嗯，夫人。"

"其实，真正让人担心的是，威廉，这些人已经开窍了。他们谈了不少关于海盗的事情。"

"我刚才听爵爷说了，夫人。"

"还谈到抓捕计划。说要联合起来，将海盗从最高的树上吊死。他们怀疑到赫尔福德河了。"

"我早料到有这一天，这只是个时间问题，夫人。"

"你认为你的主人清楚现在的危险吗？"

"我想他应当知道，夫人。"

"可他还停泊在这片河湾里。"

"是的，夫人。"

"他来这儿差不多一个月了。他一向待这么久吗？"

"不是的，夫人。"

"他通常待多久？"

"五六天而已，夫人。"

"时间过得真快。也许他没意识到自己已经待这么久了。"

"也许是的。"

"我增长了不少关于禽鸟的知识，威廉。"

"我也注意到了这一点，夫人。"

"我开始能分辨鸟儿不同的叫声和它们在飞行时的差异了，威廉。"

"的确如此，夫人。"

"我对钓鱼也很在行了。"

"这我也看出来了，夫人。"

"你的主人是个出色的老师。"

"的确如此，夫人。"

"真奇怪，不是吗，威廉，我在来纳伍闰前，对禽鸟知之甚少，对钓鱼更是一无所知。"

"是很奇怪，夫人。"

"我觉得，我想了解这些事物的愿望一直是存在的，只不过平时隐藏起来罢了。你能明白我的意思吗？"

"完全明白，夫人。"

"一个女人光靠自己很难获得关于禽鸟和钓鱼方面的知识，你说呢？"

"这几乎不可能，夫人。"

"因此必须得有老师指导她。"

"非有不可，夫人。"

"不过这样的老师必须得体谅学生。"

"这很重要，夫人。"

"并且乐于把自己的知识传授给学生。"

"毫无疑问，夫人。"

"还有可能，通过指导学生，老师自己的知识也变得更完善了。他能在教学过程中遇见一些自己以前没经历过的情况。也就是说，教学相长。"

"您一针见血，结论精辟，夫人。"

威廉真是一个可人儿，他真是太善解人意了。他总能理解别人，就像在忏悔祷告仪式上，一个永远不会责怪别人的神父。

"你是怎么跟纳伍闰的人说的，威廉？"

"我告诉他们您要在爵爷家用餐，可能会晚些回家，夫人。"

"那你把马拴在哪儿呢？"

"都已安排妥当了。我在格威克有朋友，夫人。"

"你也跟他们编了一通故事？"

"是的，夫人。"

"那我在哪儿换衣服呢？"

"我觉得夫人您不会反对在树后将就一下的。"

"威廉，你考虑得真是太周到了。你已经选好了是哪棵树吧？"

"我一路过来，就是为了把树指给您看的。"

道路猛地左拐，他们又来到了河边。透过树林，可见粼粼波光。威廉勒马停下。他停顿片刻，手伸进嘴里，发出一声海鸥似的叫声。立刻从河岸传来一声回应，仆人转向女主人。

"他正在等您，夫人。"

朵娜从马车车厢的垫子下面取出一条旧长裙，搭在手臂上。"你说的是哪棵树，威廉？"

"粗的那棵，夫人，就是那棵枝叶茂密的橡树。"

"你是不是觉得我疯了，威廉？"

"不妨我们说，不完全正常，夫人。"

"但这种感觉真好，威廉。"

"我对此一向有同感，夫人。"

"一个人没来由地快乐得发狂，就像只蝴蝶似的。"

"夫人所言极是。"

"对蝴蝶的习性，你了解多少呢？"

朵娜转过身来，发现威廉的主人正站在她的面前，两手正忙着在一根钓鱼绳上打结。他将绳子的一端穿过一个鱼钩，用牙齿咬着绳子的另一端。

"你走路没有一点声音。"她说。

"长期这样，习惯成自然了。"

"我刚才不过是在跟威廉谈论我的一点看法。"

"我想是关于蝴蝶吧。你怎么知道它们就很快乐呢？"

"你只要看它们的样子就知道了。"

"你是说它们在阳光下翩翩起舞的样子？"

"对。"

"你也想像它们一样跳舞？"

"正确。"

"那你最好先换衣服。跟戈多尔芬爵爷一起用茶点的庄园女主人对蝴蝶是一无所知的。我在小船上等你。河里鱼可多了。"他背转身，向河岸那边走去。朵娜躲在枝繁叶茂的橡树后面，脱下丝质长裙，换上另一条，心里窃笑头发从发夹中滑落下来，盖到了脸上。穿戴整齐后，她把丝裙递给威廉，他站在马儿之间，脸被挡住了。

"我们将顺流泛舟，沿河而下，威廉。然后我会从河湾步行，回到纳伍闰。"

"知道了，夫人。"

"威廉，十点多一点，我就会出现在林荫道上。"

"好的，夫人。"

"然后你就驾车送我回家，好像我们才从戈多尔芬爵爷府上回来一样。"

"没问题，夫人。"

"你笑什么？"

"我并没有觉出自己面部肌肉有放松的迹象，夫人。"

"你在撒谎。再见！"

"再见，夫人。"

她将身上的细布长裙提到脚踝上，束紧腰带，不让裙子摆动，然后光着脚奔过树林，朝等候在岸边的小舟跑去。

9

　　法国人正在往钓鱼线上穿蚯蚓，他抬头一笑："你动作倒是挺利索。"

　　"我身边没带镜子，不需要化妆。"

　　"你现在知道了，"他说，"扔掉镜子之类的东西后，生活将变得如此简单。"她踏进小船，站在他身边。

　　"让我来把蚯蚓穿在鱼钩上。"她说。

　　他递给她鱼线，扳动长桨，一边顺流划船，一边看着她坐在船头给鱼线上饵。她双眉微蹙，全神贯注地干着，由于蚯蚓扭来扭去，鱼钩一下子扎在了她的手指上。她低声诅咒着，一抬眼，看见他正冲自己大笑。

　　"我干不了这活儿，"她气呼呼地说，"在做这种事的时候，女人怎么这么没用？"

　　"待会儿我来帮你弄吧，"他说，"等我把船再划远一点。"

"可问题不在这儿，"她说，"我希望自己能行。我不会泄气的。"

他没有应声，而是轻轻吹起了口哨。见他把目光从自己身上移开，转而望着头顶的一只鸟儿飞过，她也没有再开口说话，重新专心地开始干活。片刻后，就听到她欢快地叫起来："穿上了，瞧，我穿上了。"还拿起鱼线给他看。

"不错，"他说，"你长进不小。"说完就靠在桨上，让船顺水漂荡。

不一会儿，他们就漂了不少距离。他伸手搬出踩在她脚下的一块大石头，将一根长绳绑在上面扔了出去，就这样给小船下了锚。两人一起坐着，她在船头，他在小船中间，手里各自拿着一根钓鱼线。

河面漾起轻轻的涟漪，不时有几团青草顺着落潮飘来，一两片落叶夹杂其中。四周静悄悄的。潮水轻轻冲击着朵娜手里那根湿漉漉的细线。她沉不住气，不时拉起鱼线查看鱼钩，可蚯蚓仍挂在上面，只是线尾缠上了一束黑乎乎的海草。"你的鱼线沉底了。"他提醒她。她往上拉了一截鱼线，同时从眼角瞟了他一眼，发现他并没有批评她钓鱼的方式，根本不对她指手画脚，而是继续钓自己的鱼，在那儿静静享受，怡然自乐。于是她将收上来的鱼线又放了下去，开始观察他下颌的线条、双肩的轮廓以及两手的形状。她猜想，在等自己的时候，他肯定又像平时一样在画画，因为在船尾的一些钓具下面，有一张纸，这会儿已经弄湿了，画的是一群滨鹬，从泥滩上腾空而起。

她回想起一两天前他给自己画的那幅画，完全不同于他第一次给自己画的、后来被撕碎的那幅画。新画的这幅画的是自己倚着船栏，看着皮埃尔·布兰克逗趣地演唱一支奔放的歌曲时，忍不住欢声大笑的情景。后来这幅画被钉在船舱壁炉上方，画像的下边潦草地写了个日期。

"你为什么不撕了它，就像上次那样？"她当时这样问他。

"因为这是我要捕捉并记住的情绪。"他回答说。

"因为这和海鸥号船员的身份更相配吧？"

"也许是吧。"他回答说，没有就此深谈。而此时此地，他已经完全忘了先前的绘画，在专心地钓鱼。就在几英里之外，有一群人在计划着怎么抓住他，将他处死。甚至很可能就在此时，尤斯迪科、彭罗斯和戈多尔芬的仆人们正在沿岸的村落里逐一排查，盘问他的下落。

"你怎么啦？"他轻声问道，打断了她的思绪，"你不想再钓了吗？"

"我在想今天下午的情形。"她回答说。

"嗯，我知道，从你脸上看得出来。跟我说说吧。"

"你不能在这儿多待了。他们已经开始有了疑心。他们一直在谈论这件事，得意扬扬地讨论怎么把你抓住呢。"

"我对此并不担心。"

"我看得出，他们这次是很认真的。尤斯迪科看上去冷酷而又固执。他不是戈多尔芬那种自以为是的傻瓜。他一心想把你吊死在戈多尔芬家园子里最高的树上。"

"这倒不失为一种尊贵的待遇。"

"你这是在笑话我。你觉得我跟别的女人一样,热衷于飞短流长。"

"女人的通病是喜欢夸大其词。"

"于是你就对她们不予理睬?"

"那你想我怎么做呢?"

"首先我请求你得谨慎小心。尤斯迪科说过,当地有人知道你在这儿有一个藏身之处。"

"很有可能。"

"某一天,会有人把你出卖,这个河湾也会被包围起来。"

"我对此早有准备。"

"你是怎么准备的?"

"尤斯迪科与戈多尔芬告诉你,他们打算怎么抓我了吗?"

"没有。"

"所以我也不会告诉你我打算怎么避开他们。"

"你该不会是怀疑我要……"

"我什么也不会怀疑,不过现在我怀疑你有鱼儿上钩了。"

"你这是在故意气我。"

"绝对不是。如果你不想把鱼儿抓上来，就给我鱼线。"

"我当然想把鱼儿抓上来了。"

"那就好。往上拉鱼线。"

她不太情愿地开始照办，心里有点生气。可是，她突然感觉到鱼钩上传来一阵拖拽的力量，于是赶紧加快动作，湿漉漉的鱼线滑过她的腿部，落在两只光脚上。她回头冲他笑道："钓着了，我感觉到了，鱼儿就在那儿，在鱼钩上呢。"

"别拉得太快，"他轻声提醒她，"你这样会让它逃走的。轻一点，把它拖到船的这边来。"

可她不听。她兴奋得站起身来，让鱼线先往下沉一沉，然后使出最大力气往上猛拉。就在她看到银白色的鱼背露出水面时，这条鱼突然发力，挣脱了鱼线，往旁边一跃，逃走了。

朵娜失望得大声尖叫起来，转身嗔怪地看着他。"我没抓住，"她说，"鱼逃走了。"

他抬头看着她，放声大笑，摇头把遮住眼睛的一绺头发甩开。

"你兴奋过头了。"

"我忍不住嘛。那感觉太奇妙了。它在鱼线上一拉一拉的。我太想把它抓上来了。"

"没关系。说不定你还有机会。"

"鱼线都乱成一团了。"

“把它给我。”

“不，我自己能行。”

他又拿起了自己的鱼线。她则在船上弯下身子，将那团湿漉漉、乱麻似的鱼线摊在膝头。鱼线缠绕在一起，乱成一团，死结无数，她使劲用手去解，结果弄得更糟，鱼线反而缠绕得更厉害了。她瞄了他一眼，气恼得蹙起了双眉。他伸出手来，看都没看，便接过绕成乱麻的鱼线。她以为他会取笑自己，可他什么也没说，她便倚着船头，看着他用双手灵活地把又长又湿的鱼线上的缠结一一解开。

日已西斜，此时天边彩霞似锦，水面金光闪烁。潮水迅速回落，汩汩地流过船头。

河流深处，一只孤独的麻鹬在泥滩上走动。过了一会儿，它腾空而起，低声鸣叫着飞走了。

“我们什么时候生火？”朵娜问道。

“等我们的晚餐到手之后。”他回答说。

“要是我们的晚餐到不了手呢？”

“那我们就生不了火。”

她继续盯着他的手。她发现像出现了奇迹似的，鱼线重新变直，可以松松软软地团成一圈。他再次把鱼线扔进河里，将鱼线的另一端交到她手里。

“多谢了。”她说，声音听起来又轻又柔。她望着对面的他，发现他眼含笑意，笑得有点诡秘，不过她现在习惯他的这种笑容了。奇怪的是，虽然他什么也没说，但她知道那笑容跟自己相关，变得轻松起来，心里涌起一种奇怪的兴奋。

他们继续钓鱼。一只乌鸫藏在对岸树林里，不时婉转啼唱，声音深沉悦耳。

她觉得，尽管他们并肩坐着，相对无言，但自己能体会到一种从未有过的平和恬静。直到这一刻，由于这份静谧、由于他的出现，她在内心深处曾一再挣扎、试图摆脱的种种躁动和不安，才终于沉寂下来。她感觉自己在某种程度上仿佛着了魔一般，被某种奇特的力量所控制，因为自己对这种宁静的感觉非常陌生，自己一向生活在嘈杂躁动的乱象中。然而这种魔力同时唤醒了她内心深处的种种回音，听起来那么熟悉，仿佛回到了一个自己心仪已久的所在，但由于不懂珍惜、由于造化弄人，或由于感觉迟钝，自己一再错失了这个地方。

她清楚，自己离开伦敦前来纳伍闰，就是为了找寻这份平和恬静，不过她也知道，自己在山水田园间只找到了其中的一部分而已。只有和他在一起的时候，这份平和恬静的感觉才变得完整圆满，正如此时此刻，或在他透析自己内心世界的时候。

她此时应当在纳伍闰庄园和孩子们一起玩耍，或在花园中漫步，把花瓶插满鲜花；而他留在河湾的船只上。但得知他近在咫尺，她的身心就充满了活力和温暖，充满了一种从未体验过的奇异感觉。

"这是因为我们都是逃避者的缘故，"她心想，"我们之间心灵相通。"她记起他初来到伍闾赴宴的那天晚上，所说的他俩有相同疤痕的话。突然，她发现他正在拉鱼线，身子往前一探，肩膀挨着了他的肩膀，兴奋地大声叫道："你钓到了吗？"

　　"对，"他说，"你想把它拉上来吗？"

　　"但这不公平，"她一脸羡慕地说道，"它是你钓到的。"他听了大笑，将鱼线递给她，她把这条活蹦乱跳的鱼儿拖到船边，拎到舱板上。鱼儿在那儿不停地蹦跳挣扎，结果缠在那堆鱼线里。她跪下身子，双手抓住鱼儿，弄得自己全身湿透，衣裙上满是泥浆。她的鬓发凌乱，几绺发丝滑落到了脸颊上。

　　"这条鱼没有我弄丢的那条大。"她说。

　　"逃掉的总是最大的。"他回答说。

　　"至少我抓住了这条鱼，是我把它拉上来的，不是吗？"

　　"对，你干得棒极了。"

　　她还跪在那儿，试图从鱼嘴里取出钓钩。"哎呀，可怜的小东西，它快死了。"她说，"我弄疼它了，怎么办才好呢？"她转过头来看着他，满脸苦恼的神色。他走过来，跪在她旁边，从她手里拿过鱼儿，猛地一拉，取出了钓钩。接着他用手指插进鱼嘴用力一拉，鱼头便翻转过来。这条鱼挣扎了一会儿，就躺在那儿不动了。

"你把它弄死了。"她伤心地说。

"没错，"他回答说，"你不就是想让我这样做吗？"

她没吱声。兴奋过后，她这才意识到，他俩挨得这么近，竟然肩并肩、手碰手。他脸上又悄悄浮现出那种诡秘的微笑，这让她心里顿时充满了一种从未有过的欣喜，充满了一种放肆的、有失体面的热切盼望，渴望能和他挨得更近，好让他的嘴唇碰到自己的嘴唇，让他的双手抚摸着自己的后背。一时间她心动神摇，心中涌起的激情在熊熊燃烧，让她几乎不能呼吸言语。她的目光从他身上移开，望向河的对面，唯恐他从自己的眼睛中洞察一切，会因此鄙视自己，就像哈利和罗金罕姆鄙视天鹅酒馆那些风尘女子一样。于是她拢紧鬓发、抚平衣衫，心里知道这种愚蠢呆板的小动作肯定骗不过他的眼睛，只不过是给自己某种保护，不让自己的所思所想暴露无遗罢了。

等心神略定，她回头瞄了他一眼，发现他已经盘起了鱼线，正在摇桨划船。

"饿了吗？"他问。

"有点。"她回答道，声音有点含糊，不太自然。

"那我们就来生火做饭吧。"他说。此时太阳已经落山，河面上暮色渐起。由于水流甚急，他将小船划进河中间，好让河水载着小船，顺流而下。她在船头蜷着身子，双手托颐，盘腿而坐。

金色的霞光消失了，天色变得暗淡，神秘而又柔和，河水越发深邃。空气中传来苔藓的味道、树林中新长出的青草的味道和蓝铃花浓浓的苦涩气味。他在河道中央划船之际，曾停桨聆听，而她当时也转头向岸，第一次听到一阵奇异的颤鸣声传来，那声音低沉，略显刺耳，虽然单调平静，却有一种迷人的魅力。

"是夜鹰。"他说着，飞快地扫了她一眼，又移开了目光。就在这一瞬间，她知道他已经洞察了刚才自己眼神中流露出的情感，知道他并没有因此而鄙视自己，他完全清楚并理解这种感情，因为他感同身受，怀有同样炽热的感情、同样强烈的渴望。只因男女有别，他们便无法相互坦陈心迹。两人都被一种奇特的矜持所束缚，除非时机来临，那或许是在明天，或许是在后天，或者这一天永远都不会到来，这可不是他们所能左右的。

他默不作声，继续沿着河流往前划船，不一会儿就划到了河湾的入口。浓密的树丛傍水而生，他们的小船朝着河岸渐行渐近，进了一条窄窄的河道，最后划到了树丛中的一小块空地，那儿原本是个船埠。他停了下来，靠在桨上，问她："就这儿？"

"好的。"她应道。他把船头挨着松软的泥土，两人爬上了岸。

接着他把小船从河面拖了过来，取出刀子，跪在水边把鱼刮洗干净，回头招呼朵娜生火。

她到树下捡来一些干枝，在膝上折断它们。现在她的衣服也破了，皱巴巴的见不得人。她不禁暗自好笑，想到如果此时戈多尔芬夫妇看到自己完全就像一个四处流浪的吉卜赛女人，怀着和她们一样的原始情感，不知要惊愕到何等地步呢，何况自己还是个叛国者。

　　她把树枝一一堆好。他洗完鱼，从水边走了过来，跪在树枝旁边，用火石、火绒慢慢点着了火。起初只有一团小小的火苗，随后火光渐亮。不一会儿，长树枝噼噼啪啪地燃起来，两人隔着火苗相视一笑。

　　"你在野外烤过鱼吗？"他问。她摇摇头。他在树枝下面的灰烬当中拨出一小块地方，在中间放了块扁平的石片，再把鱼放在上面。他在裤子上擦了擦刀子，然后蹲在火堆旁边烤起鱼来。几分钟后，鱼肉开始变得焦黄。这时他用刀子将鱼肉翻转到另一面，好让它受热得更均匀。河湾里比外面的开阔河面更加昏暗，周围的树木在船埠上投下了长长的影子。暮色渐浓，天空透出一种光亮，那是仲夏时节特有的夜色，短暂而迷人，持续片刻之后便倏然而逝。朵娜望着他的那双手，正忙着摆弄烤鱼；又抬头瞄了一眼他的脸，只见他一脸专注地烤着鱼儿，眉头微皱，跳动的火焰映红了他的脸庞。烤鱼的香味同时钻进了他俩的鼻中。他看了她一眼，微微一笑，但什么也没说，只是再次把鱼肉在烧得正旺的火堆中翻了个身。

　　等了一会儿，他觉得烤鱼烤得差不多了，就用刀把它挑到一张树叶上面。此时鱼肉嗞嗞作响，噗噗地冒着热气。他将其一分为二，把其中一半撬到树叶的一边，然后笑着，抓起另一半鱼肉开始吃起来。"可惜，"朵娜一边说，一边用刀叉起鱼肉来，"我们没带什么喝的。"他听了站起身来，朝着水边的小船走去。转眼间就捧着一支细长的酒瓶回来了。

"我差点忘了，"他说，"你过惯了晚上在天鹅酒馆用餐的生活。"

她顿时被他的这句话深深刺痛了，一时无言以对。过了一会儿，他把酒斟进给她拿来的酒杯里，她问道："你对我在天鹅酒馆的生活知道多少？"他吮了吮被鱼肉弄得黏糊糊的手指，然后在另一个酒杯中给自己倒了一些酒。

"圣科伦夫人与伦敦的风尘女子同餐共饮，"他回答说，"然后就像公子哥一样，衣衫不整地在伦敦的大街小巷里四处游荡。等到打更人都就寝了，才回到自己家中。"

她手捧酒杯，一口未饮，呆呆地凝望着下面黝黑的水面。突然想到，他说不定会认为自己就像酒吧女郎一样荒淫无度，认为自己现在与他一起，在野外像吉卜赛人一样盘腿而坐，不过是一连串胡闹行为中的一个短暂插曲而已。他或许认为自己同样和无数其他男人，包括罗金罕姆、包括哈利所有的朋友和熟人，有过同样的行为。在他眼中，自己无异于一个任性的娼妓，一心寻求新的刺激，却又不像真正的娼妓，因为她们尚有贫穷作为借口。她不知道为什么，一想到他可能这么看她，她就会如此痛苦不堪。她甚至觉得今晚已经黯然无光，先前那种迷人的愉悦之情已经荡然无存。她突然渴望回到纳伍闰，回到家中，待在卧室里。詹姆斯会迈着胖乎乎的小腿，摇摇晃晃地走过来。她会张开双臂，将他紧紧地搂进怀中，把脸紧紧地贴在他那嫩滑的脸蛋上，忘掉心头涌起的所有莫名的痛楚、悲伤、迷茫和困惑。

"你就不想喝一点吗？"他问。她转头看他，眼中满是痛苦的神色。"不，"她说，"不想喝。"说完，她又陷入沉默，只顾摆弄腰带的两头。

她觉得自己与他在一起的那份平和静谧已被打破，两人之间产生了一种隔阂和拘束。他刚才的话让她伤心了，对此他心知肚明。两人一言不发，凝望着火堆，却能深深地感到空气中弥漫着所有没有说出口的隐秘情感，气氛因此变得敏感不安。

最后他开口打破沉默，声音听起来低沉而柔和。

"在冬天，"他说，"我常常到纳伍闰你的卧室里去睡觉。看到你的画像，我就在脑海中想象着你的样子。我想象着你或许在钓鱼，就像我们今天下午那样，或者想象你站在海鸥号的甲板上眺望大海的情形。但不知怎的，我的想象总是和我不时从仆人那儿听来的闲言碎语不相吻合，两者协调不起来。"

"你太不理智了。"她缓缓地说道，"居然去想象一个素昧平生的女人。"

"或许你说得对，"他承认，"但你的做法也不算聪明。你将自己的画像挂在卧室里，无人照看，孤零零的，其时正逢像我这样的海盗在英国海岸活动。"

"那你可以掉转画像，"她说，"让它朝向墙壁，或干脆用别的什么画替换掉它，替换掉这个真正的朵娜·圣科伦。她在天鹅酒馆寻欢作乐，身穿丈夫朋友的长裤，深更半夜骑着马、戴着面具去吓唬孤身出行的老太太。"

"那是你过去的一种消遣方式吗？"

"那是我离开伦敦之前的最后一次恶作剧。真奇怪，你竟然没有听说这件事，仆人们其他的闲言碎语你倒是听了不少。"

听了这话，他突然放声大笑，朝身后的柴堆伸出手去，抓了一些扔进火里，火苗噼里啪啦地蹿了上来。"可惜你是女儿身，"他说，"否则你就会明白危险到底意味着什么了。像我一样，你其实在内心深处是一个叛逆者。身穿长裤、吓唬老人，是你想象得出的最像海盗的行为了。"

"对，"她说，"可是，当你在海上劫掠商船或上岸打家劫舍之后，便怀着成就感扬帆而去。而我呢，在不成气候地小小尝试了劫物越货的行为之后，心中却充满了对自己的憎恶感，以及一种自甘堕落的情绪。"

"你终究是女流之辈，"他说，"甚至连鱼也杀不成。"

但这一次，透过火光，她看见他戏谑地冲自己一笑，似乎两人之间的那份隔阂拘束已悄然消失，他们又恢复到了先前的状态。她撑着胳膊肘，让自己身心放松。

"在小时候，"他说，"我就喜欢假扮士兵玩，为国王冲锋陷阵。有一次下雷阵雨，电闪雷鸣的，吓得我把头埋在母亲的腿上，用手堵住自己的耳朵。还有，为了让自己假扮士兵更逼真，我会把手涂得红红的，假装受伤。但是当我第一次看到一条奄奄一息的狗在流血时，却吓得逃到一边呕吐去了。"

"这就跟我一样，"她说，"我在那次戴面具吓唬人之后，就有同样的感觉。"

"对，"他说，"所以我才会告诉你这些。"

"而现在，"她说，"你不再怕流血了。你成了海盗，打打杀杀就是你的生活——抢劫、杀戮、伤人。你过去假扮的角色以及害怕的事情——如今对你而言，不过是小菜一碟。"

"恰恰相反，"他说，"我常常感到恐惧。"

"对，"她说，"但这不是一回事。你不再对自己感到恐惧，不再会因恐惧本身而恐惧。"

"是的，"他说。"你说得对。这样的恐惧一去不复返了。从我成为海盗那天起，这种恐惧就消失了。"

火堆中几根长的树枝坍塌下去，裂成了碎片。火苗越燃越小，现出了白色的灰烬。

"明天，"他说，"我又得开始部署了。"

她隔着火堆朝他望去，但火光不再映照着他，他的脸隐没在黑暗中。

"你是说——你得走了？"她问道。

"我闲得太久了，"他回答说，"得怪这条河湾，我听任了它的摆布。不能再这样了。你的朋友尤斯迪科和戈多尔芬又要为他们的钱财劳神了。我得设法把他们赶到明处来。"

"你要铤而走险？"

"那当然。"

"又在沿海登陆？"

"极有可能。"

"冒着被抓住甚至被处死的危险？"

"对。"

"为什么？有什么特别的理由吗？"

"因为我想证实自己的脑袋比他们好使，这会让我感到很满足。"

"但这个理由很荒唐。"

"不管怎样，我就想这么干。"

"你这样说话，未免太自以为是了，可谓骄横之至。"

"这我知道。"

"起航返回布列塔尼才是明智之举。"

"明智多了。"

"你这样会将手下的人带入绝境。"

"但他们心甘情愿。"

"海鸥号可能会沉没，而不是这样平平静静地停泊在海峡对岸的某个港口里。"

"当初建造海鸥号本就不是为了让它平平静静地停泊在港口里。"

两人隔着灰烬相望，目光久久地对视，就像火堆中蹿起一条火苗，把彼此心里照得亮堂堂的。最后他伸展着身子打了个哈欠，说道："可惜你不是男人，不然你就可以跟我一起去了。"

"为什么非得是男人才可以去呢？"

"因为在海盗船上，连鱼都不敢杀的女人太纤弱、太娇贵了。"

她咬着指尖，望了他片刻，然后说道："你真的这么想？"

"这样想很自然。"

"那你能不能让我跟着你去一次，好证明你的想法是错的？"

"你会晕船的。"他说。

"不会。"

"你会着凉、会不舒服、会害怕。"

"不会。"

"当我的计划顺利进行的时候，你会恳求我把你送回岸上。"

"不会。"

她带着敌对的态度生气地看着他。而他猛然起身，放声大笑，踢散火堆的余烬，熄了火，周围顿时一片漆黑。

"你说我会呕吐、会着凉、会害怕，"她说，"那你敢不敢赌一把？"

"那得看……"他回答道，"我们各自手头有什么赌注。"

"我的耳环，"她说，"你可以得到我的红宝石耳环。就是上次你来纳伍闰吃晚饭时我戴的那副。"

"行，"他说，"那副耳环确属珍品。如果我得到了的话，也就犯不着当海盗了。那如果你赢了，你想我给你什么呢？"

"等等，"她说，"我得想一想。"她站在他身边，低头看水，默默想了一阵，接着像作弄人一样，调皮地笑了，"我要戈多尔芬头上的一束假发。"

"你会得到他的整头假发。"他说。

"很好，"她说着，转身朝小舟走去，"那我们就不用多说了。就这么定了。准备什么时候动身？"

"等我部署好了之后再说。"

"那你明天就开始安排吗？"

"明天就开始安排。"

"那我就不来打搅你了。我也得安排一下自己的事情。我想我应该卧病在床，得了传染病，发着高烧之类的，这样保姆和孩子们都不能进我的卧室。只有威廉来照顾我。每天，忠心耿耿的威廉会给这个病人端饭送水——而实际上病人根本就不在屋内。"

"你的想象力太丰富了。"

她踏上小舟，而他默默摇桨，朝着河湾上游划去。在灰暗的夜色当中，那艘海盗船渐渐出现在眼前。船上有人欢呼了一下，他用布列塔尼方言回应，继续把小船划过去，停到河湾尽头的登岸处。

他俩走过树林，一路无话。走到宅子的花园时，庭院里正好敲响了半点的钟声。林荫道上，威廉正备着马车等在那里，以便让她能按预先设计的那样坐着马车回家。

"我相信今晚戈多尔芬勋爵的这顿晚餐让你非常享受。"法国人说。

"的确如此。"她回答道。

"那条烤鱼的滋味一定很特别？"

"味道鲜香爽口。"

"等你到了海上，就没这种胃口了。"

"恰恰相反，海上的空气会让我胃口大开。"

"起航需要风向和潮水，你知道吗？就是说天不亮就得走。"

"这个时候最合适了。"

"我可能突然派人来叫你，事先也不打招呼。"

“我随时待命。”

他们继续往前走，穿过树林，来到林荫道上。只见马车候在那里，威廉站在马匹旁边。

“我得告辞了。”他说。他在树荫中站立片刻，低头看着她。

“你真的要来？”

“真的。”她说。

他们相视一笑，突然意识到两人之间产生了一种新的强烈情感，一种新的兴奋，仿佛已经在尚不可知的未来，共同拥有了某种秘密和某种承诺。过了一会儿，法国人转身穿过树林走了。朵娜走到车道上，站在高高的山毛榉下，目送他离开。在这个夏日的夜晚，这棵山毛榉枝叶凋零，显得光秃秃的，树枝在微风中轻轻摇曳，仿佛在诉说着即将发生的故事。

10

把她叫醒的是威廉。威廉摇晃着她的手臂，在她耳边低声说："对不起，夫人。刚才先生传话过来，说船在一小时内起航。"这话让朵娜顿时睡意全无，她在床上一下子就坐了起来。"谢谢你，威廉。"她告诉他，"我会在二十分钟内收拾完毕。现在几点了？"

"差一刻到四点，夫人。"

说完，威廉离开了房间。朵娜拉开窗帘，发现外面仍然一片漆黑，天色尚未破晓。她赶紧开始梳妆。她兴奋得心怦怦直跳，双手异常笨拙，觉得自己完全就像一个淘气的孩子，正准备踏上一场被禁止的冒险之旅。此时离她和法国人在河湾共进晚餐已经过去了五天，在这期间她一直未见他的身影。直觉告诉她，他在干正事时喜欢独自一人。这些天来，她连树林都没去过，甚至没有让威廉捎口信，因为她知道，一旦他布置妥当，就会派人通知自己。他们打赌可不是什么一时半刻的荒唐之念，晚上说过，没到早上就忘了。那是他必须信守的一项契约，也是她对自己力量的一种检验，以及对自己勇气的一种挑战。有时她也想起哈利，想到他仍在伦敦过着纸醉金迷的生活，每天骑马出行、游戏消遣、光顾酒肆剧院，与罗金罕姆一起赌牌。而这些浮现在脑海的一幕幕景象就像发生在另一个世界，一个与自己全然无关的世界。这另一个世界以一种奇特的方式属于往日，往日已经一去不返、永远地消逝了。哈利则形同鬼魅，如同在另一个时空漫步的幽灵。

另一个朵娜也已经死了，如今将她取而代之的这个女人生活得更有激情、更有深度，她将一种新的丰富情感赋予每种思绪和每种行为，欣赏日常生活中发生的种种琐碎事情，而这种欣赏本身就能给人的感官带来愉悦享受。

夏日本身就是一种快乐、一种荣耀。上午阳光明媚，她和孩子们一起采摘鲜花、在田野和树林里漫步；午后的时光漫长而又从容，让人慵懒欲眠，她会仰面躺在树下，享受着荆豆、金雀花以及蓝铃花的芬芳。自从来到纳伍闰之后，她甚至觉得就连简单的事情，如吃饭、喝茶以及睡觉这样的日常活动，也变成了一种乐趣，一种慵懒而又平静的享受。

是的，生活在伦敦的那个朵娜已经永远消逝了。在圣詹姆斯街道的宅邸里，两条长毛卷耳犬睡在地板上的狗窝里又抓又挠，敞开的窗户里飘来了一阵阵沉滞闷热的气息，传来修椅子的和店铺学徒刺耳的吆喝声。那位在罩着华盖的大床上与丈夫共眠的太太——那个朵娜——则属于另一个世界。

院子里的钟声敲了四下，这个获得新生的朵娜，身穿一条早就扔在一边准备送给下人的旧长裙，肩上围着披巾，手提着包袱，轻手轻脚地溜下楼梯进了餐厅，威廉已经在那儿等她，手里拿着一支小蜡烛。

"皮埃尔·布兰克在外面等你，就在林子里，夫人。"

"知道了，威廉。"

"您不在的时候，我会照看宅子的，夫人。我会看着，让蒲露照顾好两个孩子。"

"我完全相信你，威廉。"

"我打算今天早上就向全家宣布夫人病了，有点发热，您怕传染孩子，所以不让两个孩子以及女仆进屋，只让我来伺候您。"

"棒极了，威廉！你总是板着一张脸，说这事正合适。我甚至觉得，你天生就是当骗子的料。"

"偶尔有女人也这么跟我说过，夫人。"

"不过，威廉，最重要的是我相信你办事会铁面无私的。你确定我可以放心地让你领着一群没脑子的女人照看这个家吗？"

"我会对她们像父亲一样严厉的，夫人。"

"你可以随意责备蒲露，她喜欢偷懒。"

"我会的。"

"要是亨丽埃塔话太多，就给她点脸色看。"

"好的，夫人。"

"要是詹姆斯少爷真的想要双份草莓……"

"我会给他的，夫人。"

"对，威廉。不过要等蒲露不在场……过后，在餐具室，你一个人的时候。"

"我清楚该怎么做，夫人。"

"现在我得走了。你不想跟我一起去吗？"

"很遗憾，夫人，我胃不好，适应不了船上的颠簸生活。夫人明白我的意思吗？"

"换句话说，威廉，你晕船晕得厉害。"

"夫人用词听起来真让人舒服。其实，说到这里，我斗胆建议夫人带上这一小盒药片，以前我试过，极为管用。您要是在船上感觉不舒服，或许会觉得它有所帮助。"

"你真是太好了，威廉。给我好了，我把它们放在包袱里。我和你的主人打了赌，我不会轻易认输的。你觉得我会赢吗？"

"那得看夫人赌的什么了。"

"当然赌的是我会不会晕船了。不然，你以为我赌的是什么？"

"对不起，夫人。我刚才一时想岔了。对，我相信您会赢的。"

"我们只赌了这一件事，威廉。"

"果真如此，夫人。"

"你好像不太相信。"

"两人一起出行，夫人，其中一个是像我主人那样的男人，另一个是像我女主人这样的女人，这不由让我觉得，会有各种可能性出现。"

"威廉，你太放肆了。"

"冒犯了，夫人。"

"而且，你满脑子法国人的思想。"

"那得怪我母亲，夫人。"

"你别忘了，我嫁给哈利爵爷已经六年了，身为一双儿女的母亲，并且下个月就要满三十了。"

"恰恰相反，夫人，这三点我时刻牢记于心。"

"那你太让我吃惊了，我对你无话可说。快开门，让我到花园去。"

"遵命，夫人。"

他打开百叶窗，拉开厚重的窗帘。有什么东西在窗子上扑腾，想寻找出口逃出去。威廉把门一开，一只被卷在窗帘褶皱中的蝴蝶振翅飞向天空。

"又一个逃避者出逃了，夫人。"

"对的，威廉。"她莞尔一笑，站在门口，呼吸着早晨清凉的空气。抬起头，只见一道灰白的曙光已悄然出现在天际。

"再见了，威廉。"

"再见，夫人。"

她拽紧包袱走过草坪，头上兜着披巾，回头看了一眼，只见整座宅院还沉浸在梦乡中，其灰黑的轮廓显得坚实、安全，而威廉站在窗口守卫着。她向他挥手告别，然后跟着皮埃尔·布兰克走了。皮埃尔·布兰克眼神中透露出欢快的神情，一张黝黑的猴子脸，还戴着耳环。两人穿过树林，朝河湾里的海盗船走去。

她不知怎么的，总以为起航前会出现一片喧嚣忙碌的混乱情景。但他们走近海鸥号，发现这儿一如既往地非常安静。直到她从舷梯爬上甲板，四处张望，才意识到这艘船已经做好了起航的准备，甲板上干干净净的，水手们已经各就各位。

一个水手走上前来，低头躬身向她行礼。

"船长要你到后甲板去。"

她沿舷梯朝着高高的艉楼甲板攀登。在上去的过程中，她听到拖动缆索锚链的咔嗒声、绞盘的转动声以及跑动的脚步声。皮埃尔·布兰克这位歌唱家，喊起了号子，霎时水手们低沉柔和的应和声在空气中响起。她转过身来，倚靠着舷栏，观看他们的行动。他们在甲板上不停跑动的脚步声、绞盘发出的咯吱咯吱声，以及水手们单调的号子声，营造出一种诗意的氛围，一种迷人的节奏，与清新的早晨以及冒险行为融为一体。

突然，她听到身后传来一声号令，清晰而又果断。这时她才看到法国人，他站在舵手身边，背着双手，脸上的神情严肃而又警觉。她觉得此时的他，与先前在河湾中陪自己钓鱼的法国人判若两人。当时他坐在小舟上，替自己整理鱼线，后来又在小船埠上生火烤鱼，他把袖子高卷过肘，几缕头发滑落在脸上，遮住了眼睛。

她觉得自己就像个贸然闯入者，是一个傻乎乎的女人，来到一群忙碌工作的水手当中。她一声不响地远远站在一边，靠着船上的栏杆，这样就不会妨碍他。他不断观察着前方、上空、水面以及河岸的情况，继续站在那儿发号施令。

这艘船缓缓启动了，从山岭吹来的晨风鼓起了船上的几张大帆。在静静的水面，船宛如一只幽灵，悄然驶出河湾，在航道近岸处不时擦着树枝而过。他一直站在舵手旁边，指引航线，留意着河湾堤岸的起伏变化。突然，宽阔的大河展现在了眼前。此时风从西面吹来，风力强劲，河面泛起一阵波涛。海鸥号猝遇强风，船身微微一侧，甲板稍稍有些倾斜，同时一道水浪扑溅在舷墙上。东方开始破晓，天空灰蒙蒙的，隐隐现出一道亮光，预示着今天的天气晴好。空气中有浓重的海腥味，一股来自河口外宽阔海面的新鲜气息扑面而来。于是船驶入河道，空中群鸥翻飞，追逐其后。

水手们停止了喊号，他们一个个站在船上眺望大海，脸上都露出了期盼的神情，仿佛经过太久的闲散懈怠之后，突然产生了一种渴望，一种突如其来的兴奋。船驶过河口的防波提时，一个高高的海浪又飞溅出一阵水花。朵娜笑着舔舔嘴唇，尝了尝海水的味道。她抬头一看，发现法国人已经离开了舵手，站在自己身边。刚才的水花一定也溅到了他身上，他的唇边有水沫，头发也湿了。

"喜欢吗？"他问。她点点头，仰面看他，笑了起来。他也微微一笑，朝大海望去。见他这样，她的心中突然涌起一股巨大的获胜感，一种突如其来的心醉神迷。此刻她确信，他属于自己，自己爱他。她对此早有预感，从一开始，从她最初走进他的船舱、发现他坐在桌边画苍鹭的那一刻起，她就有了这种感觉。甚至可能在那之前，当她遥望天际的一艘船悄然驶向岸边，她就预感到这种事情必然发生，什么都阻止不了。她是他身体的一部分、心灵的一部分，他们原本就各自属于对方。这两个流浪者，这两个逃亡者，是一个模子铸出来的，他们生来便是一路人。

11

傍晚七点左右，朵娜走上甲板，发现船又改变了航向，正朝着海岸前进。

海岸远在天际，若隐若现，犹如一缕云烟。一整天他们都待在船上，在海峡中间航行，周围看不到任何别的船只。海风强劲，吹了整整十二小时，让海鸥号如同一只生灵，在海面不停地晃动倾斜。朵娜知道，他们的计划是要在看不见陆地的海上逗留至黄昏，到了晚上，海鸥号就在夜幕的掩护下悄悄驶向海岸。因此白天只不过是在打发时光，当然，如果凑巧遇到某艘载货上行的商船，也许能顺便劫掠一番。但他们并没有碰到这样的船只。水手们在海上度过了漫长的一天，一个个变得生龙活虎，想到即将到来的冒险，以及夜晚可能发生的种种不测的危险，他们全都兴奋异常。大家仿佛着了魔，兴致高昂，就像即将匆匆踏上探险之旅的顽童。朵娜倚在艉楼甲板的舷栏上望着他们，只听见他们又唱又笑，相互开着玩笑。过去从没有女人和他们一起出海，这次有幸与佳人同舟，让水手们有了一种极为特别的感觉，他们都心照不宣地大献殷勤，不时朝她张望一眼，冲她一笑。

就连天气也颇具感染力。温暖的阳光、清新的微风和湛蓝的海水，这一切让朵娜产生了一种荒唐的想法，希望自己能成为水手中的一员，去摆弄缆索滑轮，或爬上高高的斜桅调整风帆，去操纵舵轮的方向。浪花不时飞上甲板，溅在她的手上和脸上，打湿了她的长裙，可她并不在乎，因为太阳很快就会把衣服晒干。她在舵轮的背风处找了块干的甲板，像吉卜赛人一样盘腿而坐。她将披巾塞在腰带里，秀发被吹乱了，随风飘扬。到了中午，她觉得自己饥肠辘辘，这时从船头飘来热腾腾的烤面包和浓浓的黑咖啡的味道。不一会儿，她就看见皮埃尔·布兰克登梯而上，来到艉楼甲板，手里托着一个盘子。

她从他手里接过盘子，又对自己表现得这么迫不及待有些不好意思。而他呢——滑稽而又随意地冲她眨眨眼，同时他把两只眼睛往上一翻，还用手揉着肚子，逗得她笑出声来。

"先生一会儿直接过来。"他这样通知她，并笑了起来，仿佛知晓其中的秘密。她心想，这些人怎么都跟威廉一样，尽把他俩往一块儿想，怎么都把这看作是一件自然而然、美好开心的事情。

她埋头狼吞虎咽地吃起了面包，切下了一大块黑色的面包皮，里面黄油、奶酪以及生菜心都有。过了片刻，她听到身后响起了脚步声，抬头一看，发现海鸥号的船长正低头看着自己。他在她身边坐下，伸手拿过一条面包。

"船现在不用人照看，"他说，"不管怎样，今天的天气很适合航行，这一天船都不会偏航，只要偶尔调整一下舵轮就行了。给我些咖啡。"

她把热气腾腾的咖啡倒入两只杯子。两人都大口地喝起来，透过杯沿注视着对方。

"你觉得我这条船怎么样？"他问。

"我觉得它简直有灵性，根本就不像一条船。我从来都没有这么兴奋过。"

"这也是我刚开始当海盗时，它给我的最初感觉。奶酪的味道如何？"

"奶酪的味道好极了。"

"你没有感觉不舒服吧？"

"我从来都没有这么精神过。"

"那就尽量多吃些，因为今晚就没什么时间来吃东西了。要不要再来一片面包？"

"好的。"

"白天会一直刮风，但晚上风力会减弱。我们得沿着海岸悄悄航行，充分利用潮水的力量。你现在高兴吗？"

"高兴……为什么问我这个？"

"因为我也觉得高兴。再给我来点咖啡。"

"船员们今天都很兴奋。"她说着拿起咖啡罐，"是因为他们今晚有行动，还是因为他们又出海了？"

"两种原因兼而有之。他们兴奋也是因为你的缘故。"

"为什么跟我有关系呢？"

"你给他们带来了额外的刺激。有你在，他们今晚行动起来会格外卖力。"

"那你以前为什么不带女人上船呢？"

听到这话，他笑了一下，没有回答，嘴里满是面包和奶酪。

"我忘了告诉你，"她说，"那天戈多尔芬说的话。"

"他说什么了？"

"他说乡下出现了一些难听的传言，是关于你船上的这些水手的。他听说有妇女遭受不幸。"

"遭受什么不幸？"

"我也是这么问他的。他的回答让我差点笑岔了气，他说他担心有些农家妇女已经落入你们这些该死的浑蛋手中，并为此痛苦不堪。"

"我怀疑她们到底痛苦了没有。"

"可不是嘛。"

他继续咀嚼着面包和奶酪，不时地抬头检查船帆的风向。

"我的手下从不对你们英国妇女强行非礼。"他说，"相反，通常问题是：你们的妇女不让他们安宁。如果她们觉得海鸥号就停在附近，她们就会溜出农舍，在山岭上转悠、寻人。

据我所知，就连忠厚老实的威廉都是这么陷进去的。"

"威廉可是举止文雅、很有绅士风度的。"

"我也一样，我们都一样。但被人缠着有时让人挺尴尬的。"

"你忘了，"她说，"那些农家妇女觉得自己的男人木讷乏味、不解风情。"

"那她们就该调教一下自己的男人，让他们更懂情趣。"

"英国的庄稼汉在谈情说爱方面可不行。"

"这我也听说过。但情况肯定可以改善，只要加以引导。"

"一个女人自己也不懂，又没人教过，她拿什么去引导自己的男人？"

"她总会有这方面的直觉吧？"

"光靠直觉有时还是不够。"

"那我只能对你们的农村妇女深表同情了。"

他用肘支着身子，在长外套中掏出一支烟斗。她看着他在烟斗中装满深褐色的气味刺鼻的烟叶，应当和放在自己卧室的那罐烟叶一样。过了一两分钟，他手拿烟管，开始吞云吐雾。

"我曾说过，"他开口说道，两眼望着桅杆，"法国人以风流出名，但事实上并非如此。不可能我们在海峡这边的法国人个个风流不羁，而你们在海峡对岸的英国人全都不解风情。"

"说不定是我们英国气候中的某些因素限制了人们的想象力？"

"这跟气候毫不相干，跟种族也扯不上关系。在这种事情上，男人也好，女人也罢，要么生来就善解风情，要么就是榆木疙瘩、永不开窍。"

"那么，假如两人结婚了，其中一方善解风情，另一方却不开窍呢？"

"那这种婚姻注定非常枯燥乏味，而且我相信，大多数婚姻都是这样。"一缕烟飘过面前，她抬头一看，他正冲着她放声大笑。

"你笑什么？"她问道。

"因为你刚才说话时表情那么严肃，就好像是要写一篇探讨夫妻双方个性矛盾的论文。"

"说不定等我老了，真会写呢。"

"圣科伦夫人一定要对所写专题颇有研究才行，这是写任何论文的基本要求。"

"我可能对此确实颇有心得。"

"可能是这样。可要让论文完整，你最后得加上一句关于夫妻性格相容的结论。要知道，有时生活中确实会出现这样的情况，一个男人找到了一个可以满足其所有梦想的女人。两人心心相印，患难与共，至死不渝。"

"但这样的美满婚姻并不常见。"

"对，机会很小。"

"那我的论文只能不完整了。"

"这对读者而言是个遗憾。对你本人而言更是遗憾了。"

"是啊。不过除了你所说的相容性问题，我还想用一两页的篇幅写写为母之道。在这方面，本人堪称楷模。"

"是吗？"

"是的。你可以问威廉。他最清楚了。"

"如果你堪称做母亲的楷模，那为何此刻你会盘腿坐在海鸥号的甲板上，头发凌乱，与一个江洋大盗大谈婚姻中的奥秘呢？"

这次轮到朵娜放声大笑了。她用手拢了拢凌乱的头发，用衣服上的一根饰带把耳后的头发扎起来。

"你知道圣科伦夫人此刻在干什么吗？"她问。

"愿闻其详。"

"此刻她正躺在床上，发烧、头疼、胃部不适，除了忠心耿耿的仆人威廉，她谁都不让进屋。威廉会不时给她送去葡萄，让她清热消火。"

"我真为这位夫人感到难受，要是她卧病在床仍然思考着夫妻性格不相容的问题，那我就更难受了。"

"她不会这样做的，她脑子清醒得很。"

"如果圣科伦夫人真的脑子清醒，那为何她要在伦敦假装蒙面大盗，还像男人一样穿着长裤？"

"因为她心有不甘，因为她愤恨不平。"

"为什么她会心有不甘、愤恨不平？"

"因为她觉得自己生活得一塌糊涂。"

"发现自己生活得一塌糊涂，于是就想选择逃避？"

"是的。"

"如果圣科伦夫人现在卧病在床、辗转反侧，悔恨着自己的过去，那如今甲板上坐在我身边的这位女士又是何许人也？"

"她只是一个船舱服务生，你手下最不起眼的一个。"

"这个船舱服务生胃口好得出奇，将奶酪全吃完了，还吃掉了大半个面包。"

"真不好意思。我以为你吃完了。"

"我的确吃完了。"

他含笑看着她，她忙把目光移开，唯恐他看出自己的心思，觉得自己任性。虽然她也知道自己的确任性，但对此她并不在乎。过了片刻，他在甲板上磕着烟斗，问道："想不想开船啊？"

她转头看着他，眼里闪着激动的神色。

"我能行吗？船不会让我开沉了吧？"

他笑了，站起身来，将她一把拉起，两人一起朝船舵走去。走到那儿，他跟舵手说了点什么。

"我该怎么做呢？"朵娜问道。

"你双手握住手柄——就这样。让船保持在航道上——就这样。别让船偏离得太远，否则前帆会逆风的。你是不是感觉脑后有股风？"

"对。"

"保持这个位置，别让风吹到你的右颊上。"

朵娜站在舵轮旁，双手握住手柄。过了片刻，她感觉船身上扬了一下，整艘船充满了活力，在辽阔的海面劈波斩浪、疾速行进。海风在船索、桅杆间呼啸而过，头顶上方狭长的三角帆被风吹得猎猎作响，巨大的方形前帆仿佛有灵性，在帆索上鼓满张起，拉得紧绷绷的。

下面的甲板中央，水手们发觉舵手易人了，他们用胳膊肘彼此轻推示意，指指点点的，冲她大笑起来，用她听不懂的布列塔尼方言大声交谈。而船长站在她的身边，双手深深地插在那件长外套的口袋里，吹着口哨，两眼巡视着前方的海面。

"看来有一件事，"他最后说道，"是我的船舱服务生能凭直觉完成的。"

"哪件事？"她问道，头发被风吹到脸上。

"她可以开船了。"

他边说边笑，接着走开了，留下她一个人操纵海鸥号。

朵娜掌了一个小时的舵，心里就像詹姆斯拿到新玩具一样兴奋不已。最后，她累得手臂酸麻，回头看了一眼被自己替下来的那名舵手。他正站在舵轮旁边看着自己，笑得合不拢嘴。

见她示意，舵手上前重新掌舵，她就走了下去，来到船长的舱间，躺在他的铺位上睡着了。

当她再次张开眼睛时，看见他走了进来，在桌子旁埋头查看各种图表，在一张纸上写写算算的。她肯定又睡着了，因为等她再度醒来时，船舱里已经空无一人，她起身舒展了一下手脚，就走到了甲板上，同时不好意思地感觉自己又饿了。

当时已是七点，法国人自己在掌舵，把船朝海岸驶去。她默默地走上前去，站在他身边，望着天际若隐若现的海岸。

片刻之后，他对手下喊出一声号令。这些水手身手敏捷，像猴子似的双手交替，快速爬上帆索，紧接着朵娜看到巨大的方形顶帆松垂下来并折叠收拢，被他们收卷在帆桁上。

"当在船上可以望见陆地时，"他告诉她，"陆地上的人们最先看见的就是船的顶帆。现在离天黑还有两个小时，我们可不希望被人发现。"

她眺望着远方的海岸，心里涌起一股莫名的激动，心怦怦直跳，就像他以及他手下的那些水手一样，她也沉浸在即将进行一场超级冒险的兴奋中。

"我相信你们会干出非常疯狂的傻事来。"

"是你告诉我说想要戈多尔芬的假发的。"他回答道。

她用眼角余光，看到他还像上次与她一起钓鱼时一样，非常冷静，说话的声音平和镇定，让她为他着迷。"那又如何？"她问，"你打算怎么做呢？"

他没有立刻回答，而是喊出另一道口令，又有一张船帆收卷起来。

"你认识菲利普·拉什利吗？"他过了一会儿才问。

"我听哈利说起过他。"

"他娶了戈多尔芬的妹妹——不过这是题外话了。菲利普·拉什利正在等一艘从印度群岛过来的商船。这消息传到我的耳朵里时太晚了些，不然我会设法事先截住它。照情形推算，这艘船是在最近这两天才刚刚进港。我的计划是把停泊在港口的船夺过来，我们的人上去，然后将船开到海峡对岸去。"

"可要是船上的人手比你们的人手还多呢？"

"我一直在冒险做这种事情。关键是要出其不意，我在这方面可是百战百胜。"

他低头看她，见她满脸困惑地皱着眉，还耸了耸肩，仿佛真把他当成疯子似的，不由得乐了。

"你以为我在干什么？"他说，"我把自己关在船舱里筹划，难道就是赌运气吗？我在河湾里休闲放松时，我的手下可没闲着。有的就在乡间四处活动，就像戈多尔芬告诉你的那样，但并不是要让妇女受苦。受苦只是小事一桩。"

"他们会说英语吗？"

"那当然。所以我才特意挑选他们来干这项工作。"

"你办事极为谨慎细致。"她说。

"我痛恨办事没有效率。"他回答道。

海岸线渐渐分明起来。他们正驶向一个大海湾。她放眼往西望去，片片白色的沙滩逐渐灰暗起来。船正往北行驶，驶向一个黑黝黝的海岬，那儿似乎既没有河湾，也没有水塘可以泊船。

"你不知道我们要往哪儿去吧？"他问。

"不知道。"她回答道。

他微微一笑，什么也没说，一边轻轻吹着口哨，一边看着她。她不得不移开目光，知道目光已经泄露了心里的秘密，而他也一样。他们就这样在无言中尽诉衷肠。她的目光掠过平静的海面，朝海岸望去。晚风送来陆地的气息，里面有崖壁上余热未尽的青草、苔藓以及树木的气息，还有被烈日暴晒了一整天之后的沙滩所散发出来的热气。她明白，这就是幸福的滋味，就是自己一直期盼的生活。不久他们就将面临危险，体验兴奋刺激，甚至可能经历厮杀。但这一切过去之后，他们就会欢聚一堂，营造一个属于自己的世界。其他的都无关紧要，重要的是他们可以相互给予，给予对方那份可爱迷人，那份恬静平和，除此别无所求。过了一会儿，她把双臂高举过头，回头望着他，笑吟吟地问道："那我们是往哪儿去呢？"

"我们是去福伊港。"他告诉她。

12

夜色漆黑，万籁俱寂。先前还吹着一点北风，但现在由于地处海岬的背风之处，连一丝风影也没有了。只有帆索间不时发出一阵风声，以及黑沉沉的水面漾起的一道涟漪，表明在离海岸一两英里的地方，仍有微风吹拂。海鸥号停泊在一个小海湾边缘，高耸的海崖，近在手边——距离如此之近，连一颗小卵石都能扔到礁石上。但在夜色中，全都显得影影绰绰，模糊不清。船已经悄无声息地到达了指定地点。无人说话，也无人下达号令，船向下风处偏转过来，下了锚。铁链从垫着厚布的缆索放下时，发出一阵沉闷空洞的响声。悬崖上筑巢的数百只海鸥一时被惊动，它们惊恐的叫声从崖壁上传送到海面。由于再没有别的动静，海鸥又渐渐安静下来，于是一切复归寂静。朵娜倚靠在艉楼甲板的舷栏上，望着海岬，觉得这寂静中有种异样感，有种陌生感，仿佛他们无意中闯入了一个沉睡的国度，其中的居民被人施了魔咒，沉睡不醒，而他们靠岸惊起的这些海鸥则是哨兵，被人特意安排在此放哨报警。她又想到，这片乡村以及这些悬崖，虽然是英国海岸的组成地区，但今晚它们对自己来说终究是敌对之地。她现在踏足的是敌人的领地，而此刻正在酣睡福伊港的居民，已经与她形同陌路。

海鸥号的水手们聚集在船中央。她可以看见他们肩并肩地站着，一动不动，一言不发。

从加入历险至此，她才第一次产生了一丝怯意，一种女性特有的担忧、恐惧。她可是朵娜·圣科伦，堂堂英国庄园女主人以及男爵夫人，竟然因一时冲动失去理智，把自己的命运与一帮布列塔尼人绑在了一起，而且自己对他们的情况一无所知，只知道他们身为江洋大盗，是一伙亡命之徒。而领头的那人对其身世只字未提，自己却无缘无故、荒唐可笑地爱上了他。如果静下心来细细一想，整件事简直令人羞愧得无地自容。今晚的行动还可能失败，他和手下可能失手被擒。这伙人全都会受到不光彩的惩罚，由于自己和他们是搅在一起的，那么不久之后，自己的身份也会曝光，哈利会火速从伦敦赶来。她可以想见，消息将立刻传遍全国，成为举国上下的一桩惊天丑闻。会有粗俗下流的传闻掺杂其中，哈利在伦敦的朋友会交头接耳分享种种猥亵的谈笑。哈利可能砰的一声，对着自己脑门就是一枪，两个孩子就成了孤儿，以后周围的人们不会让他们提起母亲的名字，不会让他们知道自己的母亲是跟一个法国海盗私奔了，就像帮厨女仆和一个马车夫私奔了那样。她低头凝视着下面那些一言不发的海鸥号成员，脑海中浮想联翩，快速闪过一幕幕画面：自己在纳伍闰那张舒适的大床、恬静的花园，与孩子们一起无忧无虑的日常生活情景。她一抬头，看见法国人正站在身边，她不知道他从自己的神色中察觉了多少自己内心的秘密。

"下去吧。"他平静地说道。她跟着他往下走，顺从得就像马上要接受老师惩罚的学童。她在心中考虑，要是他责备自己临场怯懦的话，自己该如何辩解。船舱里很暗，只有两支蜡烛发出昏暗的光线。他走到桌旁坐下，她则站在他跟前，两手背在身后。

"你现在意识到自己是朵娜·圣科伦夫人了。"他说。

"对。"她回答。

"刚才在甲板上，你希望自己最好平平安安地待在家里，最好从来没有看见过海鸥号。"

对此她没有应声。他说的前半句或许没错，但后半句大错特错。他们沉默了片刻。她不知道，是否所有恋爱中的女人，都会因为内心隐藏的两种不同冲动而左右为难、备受折磨：一方面渴望丢开所有的矜持做作，勇敢地袒露心扉；另一方面又打定主意，绝不流露真情，一定要故作清高孤傲，宁死也不将内心深处的隐秘情感吐露半句。

她真希望自己能变成另外一个人，可以无忧无虑地吹着口哨，双手插在裤袋里，跟这里的船长讨论当晚行动的部署设想，或者他变成另外一个人，一个自己心无挂念的人，而不是这样一个令自己心生爱慕并渴望伴随在其身边的人。

她心底突然涌起一股怒气：自己曾嘲笑所谓的爱情，对男欢女爱嗤之以鼻，在短短几个星期之内，她竟会堕落到如此地步，变得脆弱不堪、让人鄙视。他从桌旁起身，打开舱壁上的储物柜，取出一瓶酒和两只杯子。

"如果一个人没有受训，"他说，"出发冒险时又腹内空空，心里发虚，这并非明智之举。"他把一只酒杯斟了酒，空着另一只酒杯，然后把斟满酒的杯子递给她。

"我等会儿再喝，"他告诉她，"等我们回来之后再喝。"

她这才注意到，门边的餐具柜上有个托盘，上面盖着餐巾。他走过去，将托盘端到桌子上。里面有冻肉、有面包，以及一片奶酪。"给你准备的。"他说，"赶紧吃吧，时间不多了。"他转身到一旁的小桌边，忙着研究起地图来。她开始用餐，边吃边为自己在甲板上一时的犹豫动摇而感到惭愧。她吃了些肉，切了片面包和奶酪，喝完了他斟的那杯酒，心里明白，自己将不再犹豫、不再害怕，先前的犹豫害怕是由于自己两脚冰冷、腹内空空造成的。而他从一开始就知道这是怎么回事，用他那种难以捉摸的方式揣摩到了自己的心情。

她把头发往后一甩，他听到响动，转过身来，含笑看着她。她报之以一笑，仿佛做错了事似的满脸绯红，就像个备受宠溺的孩子。"觉得好多了，是吗？"他问。"嗯，"她回答说，"你怎么知道的？"

"身为船长理应了解这些事情。"他说，"再说船舱服务生不同于其他船员，应当先经过适当培训之后才能参加海盗行为，要循序渐进，不能操之过急。现在我们来谈正事。"他拿起刚才一直在研究的地图，她发现上面画的是关于这次在福伊港的行动方案，他将地图摊在她面前的桌子上。

"主要的停泊地点在这里，是一个深水区域，在小镇的对面。"他边说边在图上指着，"拉什利的船会停在这儿，他的船一向都停在此处，就系在河湾入口处的一个浮筒上。"

行动图上有个红色的十字架标明了浮筒的位置。

"我会留一些手下的人在海鸥号上，"他说，"如果你愿意的话，也可以和他们一起留在船上。"

"不，"她说，"一刻钟以前我可能会愿意，但现在不了，我不会待在船上。"

"你确定？"

"我从来都没有像现在这样确定过。"

他在摇曳的烛光中低头看她，她突然感到一阵欣喜，莫名其妙地轻松起来，觉得一切都无所谓，哪怕他们会被抓住绳之以法，两人都在戈多尔芬园林里最高的那棵树上吊死，那也值了，至少他俩曾经同生共死，一起冒险。

"就是说，圣科伦夫人又回到病床上去了？"他说。

"是的。"朵娜说着，移开目光，埋头研究福伊港的行动图。

"你看，"他说，"福伊港的入口处有个堡垒，有人把守，两岸各有一个城堡，但城堡中无人守卫。虽然晚上黑漆漆的，但想划船进港也并非上策。尽管我对你的这位康沃尔同胞颇有了解，知道他很贪睡，可还是无法保证堡垒中的每个人都像他一样，闭上眼睛任我出入。所以别无他法，我们只能选择走陆路。"

他略微停顿，一边轻轻吹起了口哨，一边考虑着行动方案。"我们现在的位置在这里，"他指着图上距福伊港一英里左右的一个小海湾说道，"我计划从这里上岸，就从这片海滩。我们从一条崎岖的小路爬到上面的海崖，然后沿着海岸内侧往前走，来到一个河湾——和我们离开赫尔福德地区的那个河湾有点相似，只不过风景可能没有那么迷人。最后在这个河湾的入口，也就是正对着福伊镇的地方，我们就能找到拉什利的船了。"

"你听起来挺有把握。"她说。

"没有把握就不当海盗了。你能攀岩吗？"他问。

"如果你能借给我一条像你们那样的长裤，我攀登起来就更顺当些。"她说。

"我也是这么想的。"他对她说，"那边的铺位上有皮埃尔·布兰克的一条裤子，他原本是为圣徒节和忏悔日准备的，应该挺干净。你这就去试一下。他还可以借给你一件衬衣和一双鞋袜。你不用穿外套了，外面晚上也很暖和。"

"我要不要用剪刀把头发剪短呢？"她问。

"这样你看起来就更像一个船舱服务生了。不过，我宁愿冒险被抓，也不能让你这么做。"他回答说。

他看着她，她一时不知说什么才好。过了一会儿，她问："我们到达河岸之后，怎么上船呢？"

"等到了河湾之后，我再告诉你。"他说。

他伸手取过图折好，将它扔回储物柜。她发现他这样做的时候，似乎在偷偷发笑。

"你要多久才能换好衣服？"他问。

"五六分钟吧。"她说。

"那我走了。换好之后到甲板上来。你得找点东西把头发扎起来。"他拉开储物柜的一个抽屉，在里面翻找了一会儿，抽出一根深红色的腰带，就是那晚他到纳伍闰赴宴时围在腰间的那根。"圣科伦夫人现在重操剪径旧业，又开始乔装打扮了。"他说，"不过这次可没有什么老妇人好让你吓唬了。"

说完他就走出了船舱，随手带上了门。大约十分钟之后，她重新找到他，发现他正站在船边悬吊着的舷梯旁。第一组人已经上岸，剩下的人全都在下面的小船上集合。她穿着皮埃尔·布兰克的长裤朝他走去，略带一丝拘谨，由于裤子不合身，裤管空荡荡的，那双鞋又硌脚，但她只能默默忍受，谁也不会告诉。他打量了一番她，轻轻点了点头。"像那么回事，"他说，"不过如果有月光就蒙混不过去了。"她仰头冲他一笑，攀爬下去，和小船上的其他人会合。皮埃尔·布兰克像猴子一样蹲在船头，看见她来了，他眯起一只眼睛，一只手按在胸口上。小船上发出一阵哄笑，他们一个个面带微笑地看着她，神情既尊重又随意，一点也没让她觉得冒犯。她也报以一笑，倚在船尾的横梁上，双手抱膝，欣喜地发现自己行动起来方便利落，再无衬裙、缎带的束手束脚。

海鸥号船长最后一个下来，他挨着她坐下，握住舵柄，其他水手弯腰划桨。小船疾速驶过小海湾，朝着后面的石滩前进。朵娜把手在水中放了一会儿，河水温温的，像天鹅绒般柔滑，岸边的磷光忽闪忽灭，犹如天上的点点繁星。她在夜色中想到自己终于扮成了一个男孩，脸上不禁露出了笑容，这可是实现了自己多年的心愿。回想小时候，每当看到弟兄们在父亲的带领下策马而去，自己总是恨恨不平地看着他们远去的背影，连玩具娃娃也被她气恼地扔在地板上。那时她是多么渴望自己也能成为一个男孩子啊！船头碰到了石滩，第一组人已经在那里等候他们。他们上前推着小船的两侧，把它推出了水面。海鸥再次被惊起，有两三对海鸥扑腾着翅膀，尖叫着腾空而起。

朵娜感觉到卵石在笨重的鞋子下面被踩得嘎啦嘎啦地响，甚至可以嗅到海崖上草皮发出的味道。接着这群人踏上了那条在海崖边上像蛇一样蜿蜒向前的小径，开始攀登。朵娜咬紧牙根，穿着一双不合脚的鞋子进行这样的攀登可真不容易。她看到法国人就在自己身边，他拉着她的手，两人一起攀岩。她拼尽全力紧紧攥着他的手，就像一个小男孩紧紧攥着自己父亲的手那样。过了一会儿，他们停下来喘口气。她回头张望，只见停泊在海湾中的海鸥号露出模糊的轮廓，耳边传来轻微的划桨声，送他们上岸的小船悄悄地划了回去。海鸥又安静了下来，此刻四周一片寂静，只有水手们往上攀登时发出的沙沙作响的脚步声和下面海水拍打堤岸所发出的声音。

　　"现在继续前进，你还撑得住吗？"法国人问道。她点点头，他把她的手攥得更紧，她背上和肩上都有点紧绷绷的感觉。她既兴奋，又有点不好意思，心想，这可是他第一次拉她的手，从他手上传来的力量让她感觉很舒服。爬上海崖之后，前面还要攀行不少路程。道路崎岖不平，幼蕨齐膝，他继续在前面领着她走。船员们排成扇形在旷野上分散前行，因此她不清楚他们到底有多少人。她心里想，他自然已经仔细研究过地图了，他的这些手下肯定也这样做足了准备工作，无论是他还是这些手下，他们的脚步都没有半点迟疑，也没有人停下脚步来辨认方向。但一路上，那双大小不合适的鞋子不停地硌脚，她知道，自己的右脚跟上已经磨出了一个钱币大小的水泡。

　　他们穿过一段用作公路的马车道，接着又开始下行，最后他松开了她的手，抢先几步走在她前面，她则像影子一样紧随在他的身后。她曾恍惚觉得左边有条河，可转眼又不见了踪影。他们先是躲在一排树篱下行进，随后又往下，从蕨类、灌木丛和荆豆当中穿行而过——空气中弥漫着暖暖的荆豆香气，闻起来像蜂蜜一样香甜。最后来到傍水而生的一处浓密的矮树林，前面有一片狭长的海滩和一条河湾，这条河湾通往一个港口，港口后边就是一个小镇。

他们在树木的遮掩下坐着等候。片刻之后，船上的其他同伴先后赶到，夜色中一个个黑影悄无声息地快步前来。

海鸥号的船长低声清点他们的名字，他们一一回应。确认他们全都到齐之后，他开始用朵娜听不懂的布列塔尼方言讲话。他朝河湾的方向望去，用手指点着。朵娜依稀看见一条泊船的轮廓，在水中摇摆着。此时河水刚开始退潮，船头对着上游的方向。

帆索上高悬着一盏锚灯，此外再无丝毫人迹。对面水域不时传来一声沉闷的撞击声，那是泊船撞击浮筒发出的声音。这声音听起来有些苍凉、有些悲伤，仿佛此船已遭人遗弃，成为过时的古旧之物。过了片刻，传来夹杂着一丝从港口沿河湾吹来的风声，法国人听到之后猛地抬头，朝西边的小镇望去，眉头也皱了起来，别转头来，迎着风向。

"怎么啦？"朵娜轻声问道。出于直觉，她突然意识到事情骤然出现了变故。他一时没有回答，而是像头野兽一样嗅着空气，随后简短地说道："风向转西南了。"

朵娜把脸转朝风吹的方向，她也察觉到过去二十四小时中从陆地吹来的微风，现在转变成从海上吹来。风中的气味也有所不同，带着浓浓的咸湿味，而且是一阵阵吹来，速度很快。她想到了停泊在小海湾中的海鸥号和停泊在这条河湾中的小船，现在他们唯一的指望就只有潮水了，因为风已转向，成了他们的敌对力量。

"你打算怎么办呢？"她问。但他没有回答，而是起身踩着滑溜溜的石头和湿漉漉的海草，朝河湾旁边的那片沙滩走去。其他人一言不发地跟着他走，一个个不停地抬头看天，又朝起风的西南方张望。

他们全都站在沙滩上，目光越过河湾望向那条静静停泊着的小船。这时风向与落潮相悖，在水面翻起了强烈的波浪，缆索撞击浮筒发出的沉闷声也比之前更响了。随后海鸥号船长走到一边，朝皮埃尔·布兰克示意一下。皮埃尔·布兰克走了过来，站在那儿听他吩咐，那猴子似的脑袋不时点几下，表示理解了船长的意思。法国人交代完皮埃尔·布兰克之后，走到朵娜身边，说道："我刚吩咐皮埃尔·布兰克把你送回海鸥号去。"

她顿时觉得心在胸口怦怦直跳，全身发冷。"发生什么事了？"她问，"为什么要送我回去？"他再次仰头看天，一滴雨落在他的脸颊上。

"天气要和我们作对了。"他说，"海鸥号这会儿还处在下风处，我留在船上的那些人就要顶风起航、驶出港口了。

你和皮埃尔·布兰克还来得及赶回去，在他们起航前叫住他们。"

"我明白，"她说，"是天气的缘故。天气让你很难把船开走。我不是指海鸥号，而是说这条船。你不再顺风顺水了。这就是你要我回海鸥号的原因，对吗？怕万一遇到麻烦。"

"对。"他说。

"我不走。"她说。

他没有应声。她没有看到他脸上的表情，因为他又在朝港口方向张望。

"你为什么要留下来？"他最后问道。他的嗓音中有什么东西让她心跳不已，但这次另有缘故，她想起了两人一起垂钓的那个黄昏，他对她说"夜鹰"这个词的时候，也是同样的嗓音，带着同样的温柔。

她心中涌起一股冲动，想不顾一切后果。"那有什么关系呢？"她心想，"我们为什么还要做戏，可能今晚，或者明晚，我们都会死去。有那么多的东西我们将无法共同拥有。"她用指甲掐着自己的手心，和他一起眺望港口那边，情绪激动，脱口而出："噢，真该死，你明知我为什么要留下来。"

她觉察到他转过身来看着自己，又转过身去，然后说道："我要你离开，也是出于同样的原因。"

两人又陷入了沉默。各自都在心里斟酌着词句，要是他们单独相处，倒没有说话的必要，原本阻隔着两人的羞怯倏然消失，就仿佛从未有过似的。突然，他笑了一声，伸手握住她的手，在她的掌心吻了一下，说道："那就留下吧。让我们并肩作战，你和我就在同一棵树上吊死吧。"

他再次离开她身边，又朝皮埃尔·布兰克示意。皮埃尔·布兰克一张脸笑开了花，这次指令改变了。此时雨点变得密集起来，天上乌云堆集，西南风从港口沿着河湾阵阵刮来。

"朵娜。"他第一次叫她的名字，却叫得那么自然随意，就像他一直这样叫她一样。"嗯，"她回应道，"什么事，你想让我做什么？"

"没时间耽搁了。"他说，"我们必须在风势增强之前把船开走，但首先我们得把船主弄上船。"

她睁大眼睛望着他，觉得他简直是疯了。

"你这是什么意思？"她问。

"刚才风从陆地上吹来时，"他简要地解释说，"我们是有时间趁那些懒虫还没睡醒就把船开出福伊港的。但现在我们的船只能逆风而行，甚至可能要把船从两座城堡之间的狭窄航道当中拖过去。菲利普·拉什利在船上就会省事不少，不然他在岸上会把所有人都叫醒，在我们经过堡垒时还会对着我们的船头开炮。"

"这样做有点孤注一掷吧？"她问。

"这事本身就只能孤注一掷。"他回答道。

他低头看她，脸上带着笑容，仿佛这是小菜一碟，他什么也不在乎。"你想不想小小地冒次险？"他问。

"没问题，"她回答说，"告诉我该怎么做。"

"我想要你和皮埃尔·布兰克一起去弄一条船。"他说，"你们沿着这条河湾朝港口走，一会儿就会看到山坡上有些农舍和一个小船埠。船埠边系泊着一些小船。我要你和皮埃尔·布兰克随手去弄一条小船出来，划到福伊镇，然后上岸去找菲利普·拉什利。"

"好的。"她说。

"他家很容易找。"他说，"就在教堂旁边，正对着船埠。你从这儿就能看见船埠，上面有盏灯。"

"好的。"她说。

"我要你告诉他，说船上有急事，要他立刻上船。随便编个借口，想怎么说都行。不过要躲在暗处。在暗处你马马虎虎还像个船舱服务生，但一到灯光下面准得露馅，被人看出是个女的。"

"要是他不愿意上船呢？"

"他不会不愿意，只要你够机灵的话。"

"要是他起了疑心，把我扣下了怎么办？"

"那我会对付他的。"

他朝着水边走去，手下的人紧随其后。她突然醒悟为什么他们全都不穿外衣、不戴帽子，知道了他们为什么要脱下鞋子，用一根绳子穿过鞋扣吊在脖子上了。她朝那条船望去，船在河湾里左右摇摆，将锚缆拉得紧绷绷的，锚灯在一阵紧似一阵的风中飘摇不定。而船上的水手们睡得正酣。她在脑海中想象着那些袭击者趁着夜色，悄无声息地爬上船。黑夜中，没有桨声，没有船影，只见从水里伸出一只湿淋淋的手来，一把抓住锚链；接着艏楼上留下湿淋淋的脚印，湿淋淋的身影敏捷地蹲伏在甲板上；然后只听到一声低语、一声呼哨和一声被掐住喉咙的低吼。

她没来由地全身一颤，可能是她身为女人的缘故。他在水里转过身，笑着对她说："去吧，别管我们，快走。"她照着他的话去做，高一脚低一脚地走过那些岩石和海草，个子矮小的皮埃尔·布兰克跟随其后，就像跟在她脚边的一条狗似的。她一次也没有回头去看河里的情形，但她知道他们正朝着那条船游去，此刻风刮得越来越猛，潮水流得越来越急。她扬起脸来，这时雨水从西南方向倾泻而来，下得又密又急。

13

朵娜蹲在小船尾部，雨水打在她的肩上。皮埃尔·布兰克在黑暗中摸索着寻找船桨。停泊小船的水塘已经涨水，白色的浪花拍打着船埠的台阶。山坡上的农舍里没有半点动静，他们可以毫不费力地顺手弄来一条小船。皮埃尔·布兰克把小船划进河道中间。他们刚刚打开进入港口的栏杆，就迎面刮来一阵强风，加上落潮退得正急，形成一股大浪，撞在他们的舷缘上，顿时水花飞溅。此时大雨倾盆，急泻而下，让人连山坡也看不清楚。朵娜穿着单薄的衬衣冷得瑟瑟发抖，心中感到一阵绝望。她想，也许发生这一切全得怪自己，是自己破坏了他们的好运气，这将是海鸥号的最后一次历险，它以前可从来不带女人出海。

她看了一眼拼命划桨的皮埃尔·布兰克，发现他的脸上没有了平时的笑容，正不时地回头，朝海港的入口处张望。他们逐渐靠近福伊镇了，她看见船埠旁边的一排农舍，农舍上方盡立着教堂的大楼。

整个冒险计划突然就像一场噩梦，再也不会醒来，个子矮小、长着一张猴子脸的皮埃尔·布兰克就是梦境中的人物之一。

小船在浪花飞溅的波浪中颠簸，他累得倚在桨上喘息了片刻。她朝他侧过身去。

"我一个人去找那栋楼，"她对他说，"你必须把船停在船埠旁边等我。"

他疑惑地看了她一眼，见她一手按着自己的膝头，说得郑重其事。"这是唯一的出路，"她说，"如果半个小时后我没有回来，你就赶紧上大船去。"

听了此话，他似乎在脑海中权衡了一下利弊关系，然后点了点头，脸上仍没有笑意。可怜的皮埃尔·布兰克，以前从没有像现在这样严肃过。她猜，可能他也感觉到了这次冒险是多么绝望。他们划船靠近船埠。船埠上的吊灯发出微弱的光线，照在他们的脸上。梯子四周河水涨溢，朵娜站在船尾，用手抓住梯子的横木。"别忘了，皮埃尔·布兰克，"她提醒道，"不必等我。我只需要半个小时。"说完，她立刻转身走了，这样就不会看到他脸上焦虑不安的神情。她经过几间农舍，朝教堂走去。最后来到山坡旁临街矗立着的一栋楼房前面。

底楼的窗口透出灯光，她隔着窗帘也能看见亮光。但此刻整个街上却空无一人。她忐忑不安地立在窗户下面，朝冰凉的手指上呵气取暖。她一直觉得，把菲利普·拉什利叫出来是整个计划中最不靠谱的一招，完全没有这个必要，他肯定过一会儿就要上床睡觉了，不会给他们今晚的行动添麻烦。雨点劈头盖脸地打在她身上，她感觉自己从来没有像现在这么孤单无助、不知所措。

突然她听到头顶上方的窗户打开了，吓得连忙把身子紧紧贴在墙上。她还听到有人把肘支在窗台上，发出沉重的喘气声，接着传来咔嗒咔嗒磕烟斗的声音，烟灰掉下来，落到了她的肩上，然后是有人打了一个哈欠，并叹了口气。房间里面还传出椅子刮擦地面的声音，挪椅子的人问了一句，窗边的这个人应了一声，声音听起来出奇的熟悉。"现在风是从西南方向吹来的。"她听到戈多尔芬在说，"可惜呀，你还是没有把船停在河里。如果天气继续这样，那早上他们开船可就麻烦了。"

房间里陷入了一阵沉默。朵娜只觉得自己的心在胸腔里怦怦直跳。她居然没有想起戈多尔芬，他可是菲利普·拉什利的小舅子。一周以前，她还在戈多尔芬的家里和他喝茶聊天呢。而现在他就在这儿，离她仅有三英尺之遥，还把烟灰磕到了她的肩膀上。

她想起了那个关于假发的荒唐赌注，这才明白：法国人肯定早就知道戈多尔芬今晚会和菲利普·拉什利一起待在福伊镇，在策划夺船方案的同时，他还制订了获取戈多尔芬假发的计划。

想到这儿，她不禁暗自笑了，尽管心里依然担忧害怕，但为了自己的一个疯狂赌注，一个男人宁愿冒着生命危险，要说这种行为愚蠢，也是愚蠢得冠冕堂皇。这反而让她更加爱他了。除了让自己最初心动的缄默无语和善解人意，他竟然还会无视世俗的价值观，拥有这种无法形容的疯狂想法。

戈多尔芬仍靠在敞开的窗台上，她听到上面传来他沉重的呼吸声和哈欠声。她脑海中还在思忖他刚才说过的话。他提到船，说到想把船开到河上。突然灵光一闪，她的脑海中冒出一个点子来，凭此请船主上船就显得合情合理了。就在此时，里面那人又突然开口，窗子也一下就关上了。朵娜脑子里念头急转，已经顾不上自己是否可能被抓了。今晚整个疯狂愚蠢的行动让她重新体会到了几个月前那种令人窒息的快感，当时她可是置别人的流言蜚语于不顾，醉意朦胧地在伦敦街头肆意嬉笑、任性胡闹。

不过这次面临的却是真正的危险，不像以往，由于伦敦的天气闷热，让人透不过气来，哈利又总是缠着她，让她心烦，于是只能想出恶作剧来打发漫漫长夜的无聊时光。她转身离开窗子，走到门前，毫不犹豫地拉响了挂在门外的大钟。

钟声立刻引起了一阵狗吠，接着传来脚步声和门闩拉开的声音。令她大惊失色的是，戈多尔芬就站在她面前，手里拿着一根小蜡烛，笨重的身躯把门道都堵住了。"你想干什么？"他怒喝一声，"你不知道现在是什么时候了吗？都快半夜了，大家都睡觉了。"

朵娜低着头，避开灯光退了回去，似乎被他的一通怒喝给吓坏了。"他们要拉什利先生过去。"她说，"他们让我来请他。船长很着急，想趁现在风势不大，将船移开。"

"是谁呀？"菲利普·拉什利在屋里问道。几只狗一直叫个不停，在她腿上抓来抓去。戈多尔芬不停地把它们踢开。"下来，瑞恩吉尔，你这个畜生。退后，坦克雷德。"接着他说，"进来，小伙子，好不好？"

"不了，先生。我全身淋得像个落汤鸡一样。烦请您告诉拉什利先生，他们想请他到船上去。"说着，她抽身后退，他正低头看她，眉头困惑地皱在一起，好像她的样子有点反常，让他觉得奇怪。菲利普·拉什利又从屋里不耐烦地喊道："到底是谁呀？是丹·托马斯家的小子吗？从坡湖岸来？是不是小吉姆？"

"别搞得这么匆匆忙忙的，"戈多尔芬大声说着，一把抓住朵娜的肩膀，"拉什利先生有话问你。你是不是叫吉姆·托马斯？"

"对的，先生。"朵娜回答，她不顾一切地抓住他递过来的这根救命稻草，"情况紧急。船长说请拉什利先生立刻上船，不能再耽搁了。船有危险。放开我，先生。我还要再去送个信。我妈病得厉害，我得赶紧请医生去。"

可戈多尔芬仍抓住她的肩膀不放，他把小蜡烛凑近她的脸。"你头上包的是什么东西？"他问，"你是不是也病了，跟你妈一样？"

"你们胡说八道什么呀？"拉什利大声叫道，来到门厅。"吉姆·托马斯他妈都死了有十年了。是谁呀？船上出什么事了？"朵娜使劲挣脱抓在自己肩上的那只手，奔过广场，一边朝船埠跑下去，一边回头叫他们动作快点。此时风越刮越紧，拉什利的一条狗追在她身后狂吠不已，让她兴奋得差点笑出声来。

就在离船埠不远的地方，她突然停住了脚步，躲在一家农舍的门道里。先前空无一人的梯子旁边这会儿突然站了一个人，他的目光越过港口，正朝着河湾入口处眺望。此人手提一盏灯，她猜他肯定是镇上的巡夜人，正在履行职责、巡逻守更，不过现在让她觉得可恶的是，他竟然站在那儿不走了。他不走，她也不敢上前，反正皮埃尔·布兰克看见巡夜人也会把小船划走的。

她躲在门道里望着那人，焦急地咬着指甲。他仍在朝港口那边的河湾张望，似乎那儿有什么动静引起了他的注意。一丝不祥的感觉悄悄涌上心头，也许海鸥号的水手至今仍未能按计划登船，他们仍在水里苦苦挣扎，领头的那人也和他们在一起。也许他们在船上遇到的抵抗比预想的要厉害得多，此刻他们正在拉什利的船甲板上大打出手，巡夜人听到了这些声音，便使劲地望着河湾。可她如今是爱莫能助。实际上，连她自己都可能引起了别人的疑心。她正这么绝望地站在那儿，只听到说话声和脚步声，从街道拐角处走来了拉什利本人和戈多尔芬，两人都穿着遮风挡雨的厚外套，拉什利手里还提着盏灯。

"嘿，这儿。"他喊道。巡夜人闻声转过身来，赶紧迎上前去。

"你有没有看见一个小伙子从这里跑过去？"拉什利问道，巡夜人摇了摇头。"我没看见。"他回答说，"可那边有点不对劲，先生。您的船好像挣脱了浮筒。"

"怎么回事？"拉什利说着朝船埠走去。戈多尔芬跟在后面，说道："这么看来那个小伙子还是没有撒谎。"朵娜缩回门道。他们从她身边走过，朝船埠走去，根本就没有朝农舍这边望上一眼。她躲在门后望着，他们都背对着她站着，就像巡夜人先前那样盯着港口那边看。戈多尔芬的斗篷在狂风中翻腾着，大雨从他们头上倾泻而下。

"看哪，先生。"巡夜人喊道，"他们把帆都张起来了，船长准是想把船开到河上去。"

"这家伙是疯了。"拉什利叫道，"船上的人才十多个，大部分人都在岸上睡觉。船没开出去就得搁浅。去叫醒他们，乔，我们必须召集所有人手上船。该死的丹·托马斯，这个没用的废物，看在上帝的分上，他以为自己在干什么呢？"

他两手合在嘴前，朝着港口对岸大喊起来。

"嘿，嘿！那边的人！好运号，嘿！"巡夜人快步走过船埠，抓起锚灯旁边挂着的钟绳一摇，钟声当当响起，清脆又响亮，足以把福伊镇上一个个熟睡的人全都惊醒。临街一间农舍的窗子应声打开，一个脑袋探出来问道："怎么啦，乔，出什么事啦？"拉什利气急败坏，拼命跺脚，厉声喝道："穿上衣服，该死的，叫上你的兄弟，好运号还在港口漂着呢。"

另一间农舍的门道里也有人走了出来，边走边穿衣服，又有人沿着街道一路跑来。在这期间，只听得钟声一直当当作响，还传来拉什利的大声呵斥。只见风雨厮打着他的斗篷，他手里的提灯摇晃个不停。

教堂下面一间间农舍的窗户都透出了亮光。人们嚷嚷着，不知从什么地方全都拥了出来，纷纷朝船埠奔去。"给我弄一条小船，知不知道？"拉什利大声叫道，"你们中有谁，可以送我上船？"

朵娜藏身的那间农舍有了动静，她听到楼梯上传来一阵脚步声，于是她离开门道，朝船埠走去。四周漆黑一片，现场十分混乱。在狂风暴雨中，她混在人群当中，朝船的方向望去，只见船上风帆高悬，船头向着海港入口处，正奋力逆风而行，准备驶入海峡。

"瞧，没希望了。"有人在大声说，"潮水正把船往礁石上冲，船上的人肯定是疯了，要不就是全都烂醉如泥了。"

"他干吗不顺风掉头，将船开进来呢？"又有人高声问道。"瞧，潮水把船困住了。"有人在回答。还有人在朵娜耳边尖叫道："还是潮水比风势强，每次都是潮水困住了船。"

一些人使劲去拖那些系泊在船埠下面的小船。她听到有人一边摸索绳索一边骂骂咧咧。拉什利和戈多尔芬一边在船埠旁看着，一边骂他们的动作慢慢吞吞。"有人在绳索上捣鬼，做了手脚。"其中一人高声叫道，"绳子断了，肯定是有人用刀割的。"听到这儿，朵娜眼前顿时浮现出小个子皮埃尔·布兰克在黑暗中暗自窃笑的模样，此时船埠上大钟还在当当地响个不停。

"你们哪个，可以游过去？"拉什利高声叫道，"游过去，给我弄艘船来。天哪，我要揍一顿那个捣鬼的家伙，我要吊死他。"

现在船离他们更近了，朵娜可以看见甲板上水手的身影。巨大的顶帆在风中招摇，有人在舵轮旁发号施令，那人仰着头，观察着帆在风中拉紧鼓胀的情况。

"嘿，嘿！那边的人！"拉什利高声大叫。戈多尔芬也跟着喊起来："掉头，伙计，快掉头啊，不然没机会了！"

落潮翻滚，好运号仍没有转向，而是沿着航道一直往港口驶去。"他疯了！"只听得有人尖叫，"他是在朝港口行驶。看哪，大家快看啊，看那边。"现在船越来越近，朵娜看见三条小船排成一行，各用一根缆绳拖着大船。小船上的人拼尽全力躬身摇桨，大船的顶帆完全张开拉满，航道平坦顺直，从小镇后面的山岭上刮来一阵疾风，船身微微一侧。

"他在朝海上开船。"拉什利喊道，"天哪，他想把船开往海里。"突然戈多尔芬转过身来，他那双鼓起的眼睛落到了朵娜身上。原来她兴奋得忘乎所以，竟不知不觉地走到了船埠边上。"他就是那个小伙子，"他大叫起来，"这都怪他。抓住他，你们快抓住那个小伙子。"朵娜一转身，弯腰从旁边一个看得目瞪口呆的老头的胳膊底下钻了出去，不管东南西北，撒腿就跑。她奔过船埠，径直从小巷跑过拉什利的院子，冲过教堂，出了小镇，一口气跑进山岭的掩映中。她竭尽全力奔跑着，身后人声鼎沸，传来奔跑的脚步声和一个人的大叫："回来，听到没有，我说回来。"

她的左边是一条山路，蜿蜒曲折，长满了荆豆和幼蕨。她穿着那双不合脚的鞋子踩着崎岖的路面，跌跌撞撞地往前跑。密集的雨点劈头盖脸地打下来，她看到下面港口的水光，听到潮水拍打崖壁的响声。

她脑子里只有一个念头：跑！她要逃脱戈多尔芬那双四处转悠的水泡眼的监视，此时自己已经和皮埃尔·布兰克失去了联系，而好运号还没有驶出港口，正在航道中苦苦挣扎。

她在夜色中顶着狂风，沿着那条山路一路飞奔，穿过山腰一直来到海港入口。直到此刻，她仿佛还能听到从船埠那边传来的可怕钟声，响彻小镇，惊醒众人；仿佛还看见菲利普·拉什利气急败坏的身影，站在那儿冲摸索缆绳的村民破口大骂。山路终于开始向下了。她停下了飞奔的脚步，抹了抹满脸的雨水，发现这条路先是一路往下，通往港口附近的一个山洼，然后又蜿蜒向上，通往海岬上面的堡垒。她凝望前方，一边聆听从下面传来的波涛声，一边睁大眼睛，搜寻好运号的影子。后来，她回头一看，发现有一点灯光正沿路而下，朝自己移动，还听到嘎啦嘎啦的脚步声。

她扑倒在蕨丛当中，只听到脚步声越来越近。过来一个人，手里提着一盏灯。他走得很快，目不斜视，径直经过她的身边，朝山洼走去。接着又一路向上，朝海岬走去。她可以看见他上山时，手里的灯光一闪一闪的。她明白了，此人是到堡垒去，准是拉什利派他去给堡垒中的士兵报警。她不清楚到底他是起了疑心，还是仍然以为好运号的船长发了疯，担心船长的行动会毁了他的船。然而这些都无关紧要了，因为结果都一样：这些扼守港口的士兵一定会朝好运号开炮。

于是她沿着山路往下跑向山洼，但没有像提灯的那人一样往海岬攀爬，而是沿着沙滩左转，踩着湿漉漉的岩石和水草朝港口走去。她仿佛又看到了那幅福伊港的行动图。她仿佛看到了那狭窄的入口、那个堡垒和那些在山洼上面突起的石岗。现在她就身处山洼中。此刻她脑子里只有一个念头，她必须赶在船驶出港口前爬上石岗，用某种方式向法国人发出警告，让他知道堡垒中的士兵已经得到了信息。

她在海岬的背风处躲了一会儿，暂时不用再顶风冒雨了。但潮水刚退，岩石又湿又滑，她在上面站立不稳，走得跟跟跄跄，摔了一跤，两手都划破了，下巴上出现了一道口子。她扎在腰带中的头发也散开了，秀发飘得满脸都是。

不知何处有只海鸥在鸣叫。它叫起来就不停，声音在她头顶上方的山崖间回荡，气得她不禁狠狠地诅咒起来，这根本不管用，现在每只海鸥都是哨兵，对自己，以及自己的同伴充满了敌意。这只躲在暗处鸣叫的海鸥是在嘲笑她，告诉她所有企图赶上船的努力都是徒劳无功。

再过片刻，就可以到石岗上了。她已经听到浪花拍岸的声音了。她双手一撑，往上望去，只见好运号正朝着港口驶去，乘风破浪，船头水花翻腾。先前拖拽大船的小舟已经吊起放到甲板上，刚才划桨的那些人聚在大船的一边。就在一瞬间，奇迹发生了，海风突然转向，朝西略微一偏，这样，好运号就可以顺着滚滚潮水驶向大海。这时水面上出现了别的一些小船，是来追赶大船的。上面的人高声大叫、不停咒骂。其中一个肯定就是戈多尔芬，旁边站着拉什利。看到这一幕，朵娜大笑起来，伸手从眼前拨开头发。现在再也没什么好担心的了，不管拉什利暴跳如雷也好，戈多尔芬会认出自己也罢，反正好运号正驶离他们，大摇大摆、欢快自由地驶入夏日的海风中。那只海鸥又叫了起来，不过这次离她很近。她四下张望，想找块石头扔它，却看见一只小船从面前的石岗一闪而过，皮埃尔·布兰克在船里，他瘦小的脸仰望着山崖上边，又模仿海鸥发出了一声鸣叫。

朵娜一边笑，一边站起身来，双臂高举过头，朝他高声呼喊。他看见了她，赶紧把船划到她跟前的岩石旁。她连滚带爬地跳进小船，坐到他身边，什么也没说。他也不问，只是奋力划船，劈波斩浪地追向大船。她下巴上的伤口还在流血，上半身完全湿透了，可她并不在乎。小船一下子跃入巨浪中，狂风暴雨夹杂着咸咸的浪花打在她的脸上。一道亮光，一声炮响，有什么东西扑通一声落在他们前面十英尺远的地方。皮埃尔·布兰克只是猴子似的咧嘴一笑，把小船向航道中间划去。只见好运号乘风破浪疾驶而来，海风吹鼓着片片风帆，猎猎作响。

　　又是一道亮光，又是一声震耳欲聋的巨响，这次听到一阵木头断裂的咔嚓声。但朵娜什么也看不见，只知道有人朝小船里扔了根绳子，然后有人把他们拉到大船旁边，许多张脸冲着自己大笑。他们用手把她抬起，而她身下则是黑色的漩涡。那条小船翻了个底朝天，消失在了黑暗中。

　　法国人站在好运号的舵轮边，下巴上也有一处伤口。他的头发同样吹得满脸都是，衬衣上的水直往下淌。刹那间两人目光相遇，彼此一笑。只听得他说：“趴下去，朵娜，他们还会开炮。”她扑倒在他身边的甲板上，筋疲力尽、浑身疼痛，在雨水和浪花的冲击下瑟瑟发抖。可一切都不打紧，她什么也不在乎了。

　　这回炮弹还没打到船上就落下去了。“节省些弹药吧，伙计！”只听他放声大笑，"这次你们可追不上我们了！"瘦小的皮埃尔·布兰克全身湿透，他像狗一样把身上的水抖了抖，趴在船舷上，用手指按着鼻子做鬼脸。此时好运号速度加快，在海上乘风破浪、势不可挡。船帆鼓满海风，猎猎作响，后面追赶的小船上有人在高声大叫，还有人持枪对着帆索开火。

"你的朋友来了，朵娜，"法国人大声对她说，"你看他瞄得准吗？"她朝船尾爬去，目光越过舷栏，看见领头追赶的小船几乎紧挨着他们的大船，拉什利仰头望着他们，戈多尔芬将火枪托举在自己肩上。

"船上有个女的！"拉什利大叫起来，"看哪，在那儿！"他正嚷着，戈多尔芬又开了一枪，子弹从她头上呼啸而过，她却毫发未损。突然一阵风吹来，好运号颠簸了一下，此时朵娜看见法国人暂时把舵交给了站在他身边的皮埃尔·布兰克。他放声大笑着，纵身跃过浸入海水的下风舷。朵娜看见他手中拿着一把利剑。

"向两位先生致意，"他高声说，"祝你们顺利返回福伊港。但我们要先留个纪念！"他一剑刺出，把戈多尔芬的帽子击落水中，用剑尖挑着他那卷曲的假发套，得意地高高举起，在空中挥舞。戈多尔芬的脑袋变得光秃秃的，像个刚出生的婴儿，他满脸涨得通红，一双水泡眼瞪得差点掉下来，仰天跌倒在小船船尾，火枪也咣当一声掉在身边的船板上。

一阵急雨打来，将他们隐没在雨雾中。海浪冲过舷栏，朵娜一下冲入甲板上的排水沟里。等她重新站起来，喘了口气，拂开脸上的乱发，发现海岬上的那个堡垒已经被甩到了船尾，刚才的那些小船全然不见了踪影。法国人正站在好运号上，一边掌舵，一边冲她大笑，而戈多尔芬的假发吊在舵轮的手柄上晃来晃去。

14

在海峡中间，相距三英里左右，有两条大船一前一后地往前航行。前面那艘船显得洒脱不羁，桅杆斜立、浓墨重彩，仿佛是在引领着后面那条矜持稳重的商船，一起驶入水天相接处那未经勘测的遥远海域。

夏日的狂风在海上一刻不停地肆虐了整整二十四小时，现在终于风势稍减，露出了清澈湛蓝的天空，不见一丝云彩。海浪渐渐平息，海面又恢复了平静，异常安宁。此时只有一点北风在轻轻吹拂，让帆桁上悬挂的风帆丝毫不起作用，两艘船几乎停在海峡里静止不动。好运号的厨舱里飘来一阵香味，是热乎乎的烤鸡的焦香味，从敞开的舷窗钻进舱间，与清新的海腥味以及暖洋洋的阳光融为一体。朵娜睁开了眼睛，她此时才意识到船已经不在大西洋的惊涛骇浪中颠簸翻腾，将她折磨得够呛的晕船的感觉也已消失，她现在只感到饥肠辘辘，自己似乎从来都没有这么饿过。她打了个哈欠，双臂高举过头，伸了个懒腰。发觉自己已经不再晕船之后，她不禁暗自一笑，接着轻声诅咒了一句，用的是哈利那种无伤大雅的脏话，她想起来了，自己先前既然晕船，就相当于输掉了这场打赌。她伸出手去，恋恋不舍地摩挲着红宝石耳环。突然，她醒悟过来，自己竟然是一丝不挂地裹在毯子里，而她先前扔在船舱地板上的衣服已经不见了踪影。

在她的印象中，那仿佛是发生在很久以前的事了。当时她跟跟跄跄地摸黑下了舱梯，不但全身湿透，而且精疲力竭、头晕恶心，于是她匆匆褪下衬衣长裤，还有那双把脚磨出水泡的鞋子，一头钻进温暖舒适的毯子里，只想安安静静地睡一觉。

她睡着之后肯定有人进来过，先前为了防风挡雨而关得紧密严实的舷窗，如今已经打开，她的衣服也被拿走，取而代之的是一罐开水和一条毛巾。

她从躺了一天一夜的那张宽敞大床上下来，赤裸裸地站在地板上洗漱自己，心里想着，好运号的船长不知是谁，看来他虽然不太在意安全问题，但真够讲究享受生活的。她梳着头发，从舷窗望出去，只见海鸥号右侧的船头在阳光下亮闪闪、红彤彤的。鸡肉香味又飘进了她的鼻中，接着，从外面的甲板传来脚步声，她赶紧钻回铺位，拉过毯子，把自己盖得严严实实的，只露出脸部。

"你醒了吗？"法国人大声问道。她请他进来，自己斜靠在枕头上，莫名其妙地心跳加快，他站在门口，端着一个托盘，含笑望着她。"我最终还是输掉了耳环。"她开口道。

"是的，我知道。"他说。

"你是怎么知道的？"

"因为我下来过一次，看看你怎么了，当时你朝我扔枕头，叫我滚蛋。"他回答说。

她摇着头，扑哧一声笑了。"你撒谎，"她说，"你根本就没来过，我连一个鬼影都没看见。"

"你睡得太沉了，什么都记不起来了。"他说，"不过咱们还是别争了。你饿了吗？"

"饿了。"

"我也饿了。咱们一起吃吧。"

他开始收拾桌子。她裹在毯子里看着他。

"什么时候了？"她问。

"大概下午三点了。"他告诉她。

"今天是星期几？"

"星期天。你的朋友戈多尔芬今天肯定不能到教堂做弥撒了。除非他能在福伊镇找到一个像样的理发匠。"

他说着，朝舱壁上看了一眼。她循着他的目光，发现自己头顶上方的一颗钉子上挂着那个卷曲的假发套。

"你什么时候把它放在这里的？"她笑着问。"就在你晕船的时候。"他回答说。

这下她不吱声了。想到自己那副狼狈不堪、丢人现眼的样子被他看到了，她心里很是尴尬。她将毯子裹得更紧了一些，看着他在那儿准备鸡肉，两手忙个不停。

"你能吃下一只鸡翅吗？"他问。

"嗯。"她点着头，心里却在考虑自己一点衣服都没穿，该怎么坐起来呢？见他转过背去开酒瓶，她一下子坐起身来，同时用毯子盖过自己的肩膀。

他递了一盘鸡肉给她，上下打量着她。"我可以让你穿得更方便些。"他说，"别忘了，好运号可是去过印度群岛的。"他出去了一会儿，弯腰打开舱梯旁的一口大木箱，从里面取出一件颜色鲜艳、金红交错的披巾和一条丝质的流苏。"说不定这是戈多尔芬给他老婆买的。"他说，"你想要的话，下面货舱中还有很多这样的东西。"

他坐到桌旁，撕下一只鸡腿，抓在手里吃起来。她喝着酒，目光越过酒杯的边缘看着他。

"我们本来有可能在戈多尔芬家园林的那棵树上吊死。"她说。

"是有这种可能。当时多亏了从西边吹来的那场风。"他回答说。

"那我们现在打算怎么办？"

"我从不在礼拜日部署行动。"他告诉她。

她继续吃着鸡肉，像他那样手里捏着鸡翅。船尾传来皮埃尔·布兰克弹琴的声音和水手们轻声应和的歌声。

"你一直这么走运吗，法国人？"她问。

"一直走运。"他回答说，把鸡腿骨扔出了舷窗，又拿起鸡身啃起来。

阳光洒在桌面上，海水懒洋洋地拍着船舷。他们继续享用鸡肉，感受着彼此的陪伴。同时意识到，他们剩下的相处时间不多了。

"拉什利对水手的待遇倒是不错。"过了一会儿，法国人四处打量着说道，"可能就是由于这个原因，我们上船的时候，他们才个个都睡得像死猪一样。"

"当时船上有多少人？"

"五六个而已。"

"你是怎么处置他们的？"

"噢，我们把他们背对背地绑起来，堵上嘴，扔进一条小船四处漂浮。后来肯定是拉什利把他们救起来的。"

"海上还会有风浪吗？"

"不会了，一切都结束了。"

她往后倚靠在枕头上，望着阳光在舱壁上留下的斑驳日影。

"我很高兴自己经历了这一切，经历了这些危险和刺激。"她说，"不过我也很高兴这一切都结束了。可是我不想再冒险了。不想再守在拉什利的门口，不想再躲在船埠上，不想再穿过山岭跑到山洼去，弄得我心都快跳出来了。"

"作为一个船舱服务生，你干得真不赖。"他说着，看了她一眼，又把目光移开了。她开始玩弄着他给自己的那条披巾上的丝质流苏。皮埃尔·布兰克还在弹着鲁特琴。弹的是她第一次看见停泊在纳伍闯下面的河湾里的海鸥号时，所听到的那支轻快的曲子。

"我们要在好运号上待多久呢？"她问道。

"怎么啦，你想回家了吗？"他反问道。

"不，不是的，我只是想知道。"她说。

他从桌旁起身，走到舷窗前，望着前面的海鸥号，它现在离他们约两英里远，停在那儿几乎一动未动。

"海就是这样。"他说，"风不是太大就是太小。只要有一丁点儿风，我们这会儿就到法国海岸了。可能我们要今晚才能到。"

他站在那儿，双手深深地插在长裤口袋里，嘴里哼着皮埃尔·布兰克正弹奏的那支曲子。

"如果起风了，你会怎么做？"她问。

"沿着看得见陆地的航道一直开，然后留几个人把好运号开进港口。至于我们，就回到海鸥号上去。"

她继续玩弄着披巾上的流苏。

"接下来我们到哪儿去呢？"她问。

"当然是回赫尔福德了。你不想见到你的两个孩子吗？"

她没有接口，只是默默地注视着他的后脑、他的肩膀。

"说不定河湾里的夜鹰还在叫呢。"他说，"我们可以去找到它，还有那只苍鹭。我一直没画完苍鹭，对吧？"

"我不知道。"

"河里还有好多鱼等着我们去钓呢。"他说。

皮埃尔·布兰克的琴声弱了下去，最后消失了。四周一片寂静，只听到海水拍打船舷的声音。这时好运号上的钟声敲响半点，与远处海鸥号的钟声遥相呼应。明媚的阳光照耀着静谧的海面，一切都那么安详平静。

过了一会儿，他转身从舷窗走过来，坐到她身边的铺位上，嘴里仍轻轻哼着那支曲子。

"对于一个海盗而言，这可是最美妙的时光。"他说，"计划已经实施完成，行动取得了成功。事后回想起来的都是其中顺利的时光，倒霉的时刻都给暂时遗忘了，只有到下次行动时才会再想起来。所以，既然要晚上才会刮风，此时此刻，咱们不妨尽情享受。"

朵娜聆听着海水拍打船身的声音。

"咱们可以游泳，"她说，"等到了傍晚，太阳还没下山，天气凉爽的时候就去。"

"好主意。"他说。

说了这话之后，两人又是一阵沉默。她继续凝望着头顶上方反射的阳光。

"我衣服没干，不能起来。"她说。

"嗯，我知道。"

"衣服在太阳下要晒很久吗？"

"我想，至少得三个小时吧。"

朵娜叹了口气，躺倒在枕头上面。

"或者你可以放条小船下来，"她说，"让皮埃尔·布兰克去海鸥号上把我的衣服拿来。"

"这会儿他睡着了。"船长说，"他们都睡着了。你不知道吗，法国人喜欢在下午一点到五点的时候休息？"

"不知道，"她说，"以前没听说过。"

她把双臂枕在脑后，闭上了眼睛。

"在英国，"她说，"人们从不在下午睡觉。这准是你们法国人特有的习俗。可在这段时间，我的衣服又没干，咱们可以干什么呢？"他盯着她，一丝笑意浮上了嘴角。

"在法国，"他说，"他们会告诉你，咱们只有一件事可做。不过，这或许也是我们法国人特有的习俗。"

她没有应声。于是他俯下身，伸出手来，非常温柔地取下了她挂在左耳的红宝石耳环。

15

朵娜站在海鸥号的舵轮旁,船在宽广无垠的碧绿海面上劈波斩浪、疾速航行,掀起的海浪扑到甲板上,朝她飞溅而来。片片白帆迎风鼓满,在她头顶欢唱。她已渐渐熟悉并喜欢船在航行时发出的各种声响,此刻听在耳里,觉得充满了一种阳刚之美。她听着大滑轮发出的咯吱声、缆绳的拉扯声、风吹索具的碰撞声,以及下面的水手们在甲板上相互说笑逗乐的声音。他们还不时抬头看她一眼,像孩子似的卖弄着,只为赢得她的关注。她在上面没戴帽子,感觉烈日直射头顶。不时有浪花溅上甲板,她舔到了唇间海水的咸腥味,甚至甲板本身都散发着热烘烘的强烈气味,那是沥青、绳索以及海水混在一起的味道。

这一切,她知道,不过是转瞬即逝,是一去不复返的时间长河中一个短暂的片段而已。昨日属于过去,它已逝去不可强留,明日属于未来,对我们而言福祸未知。只有今天才属于自己,是我们可以把握的时光,此刻的阳光为我们所拥有,包括清风、大海以及甲板上唱歌的水手。当下的时光将被永久记忆、永久珍惜，因为我们生活在当下，我们亲手缔造了这样一个世外乐园，我们生活在其中，我们彼此相爱，除此之外，再也没有什么重要的了。她低头看他，只见他靠着舷墙躺在甲板上，两手枕在脑后，嘴里叼着烟斗。他就这样躺在那儿晒太阳，脸上不时露出笑意。她想起了与他整夜贴背而眠的那种感觉，想到所有那些不能无忧无虑尽情相爱的男男女女，他们或是冷若冰霜，或是故作矜持，或是腼腆害羞，或是误以为激情和温柔互不相干，他们不知道二者其实完全可以融洽地合为一体，因此狂热奔放即为温柔似水，默不作声即为无言的交流。就她目前的理解而言，爱情应当是毋庸羞怯、无所保留的，是心心相印的两人不带任何骄傲地相互占有。不管生活中的种种情感、种种举动，或是身心的种种感触，两人都可以同甘共苦、一起体验。

舵轮在她手里转动着，海鸥号在清风的吹拂下往前航行。她觉得，所有这一切都属于我俩爱情的一部分，属于生活中可爱事物的一部分。船身劈波斩浪所展现的力量之美、船帆迎风招展的飞扬之美，加上海水翻腾奔涌的冲劲、海水又咸又腥的滋味、清风拂面的那种感觉，甚至包括饮食起居中体现出的种种细微朴实的生活乐趣……所有这一切，都为我们所共享，带给我们以欣喜和默契，让我们能彼此从对方身上获得幸福。

他睁开眼睛看着她，取出嘴里含着的烟斗，在甲板上磕掉烟灰。烟灰随风飘散，他站起身来，伸了个懒腰，打了个哈欠，显得悠闲宁静，心满意足。接着他走过来，站到掌舵旁的朵娜身边，抓住她双手上方的手柄。两人就这样站在一起，默默无言地望着天空、大海和风帆。

在遥远的地平线上，康沃尔的海岸犹如一根细线。此时第一群海鸥飞来迎接他们，在桅杆上方盘旋翻飞、不停鸣叫。他们知道，过一会儿就会从远处的山岭上飘来陆地的气息，太阳也会失去灼热的威力。不久之后，赫尔福德宽阔的河口就会出现在眼前，落日会在水面投下金红相间的余晖。

沙滩上被烈日暴晒了一整天的地方准会热乎乎的，河水则由于涨潮而溢满，十分清澈。滨鹬掠过礁石，蛎鹬在小水塘边单腿独立着憩息；而河的上游，小湾的近旁，苍鹭一动不动地立在那儿，似乎进入了梦乡，只有感觉到有人靠近时才悄无声息地展开巨大的双翼，飞身掠过树林。

河湾在烈日炙烤和海浪肆掠之后显得安静而又平和，茂密的树丛傍水而生，让人感觉安详而又静谧。夜鹰会像他说的那样高声啼叫，鱼儿也会突然跃出水面。他们在熹微的暮色中漫步林间，踩着嫩绿的蕨类和苔藓走过，感受着仲夏时节的种种气息和声响。

"我们在河湾里，再生起一堆火做饭，好吗？"他仿佛看出了她的心思，这样问道。"好啊，"她说，"就在船埠那儿，像我们上次那样。"她靠在他身上，望着远方的海岸线由细变粗，逐渐清晰。她想起上次两人一起做的那场晚餐，想起当时他俩之间的那种腼腆与矜持，如今已经不复存在。爱情一经坦白、分享和实践，就会变得无比简单，就不再是短暂疯狂的迷恋，而变成了日益升华的快乐。

海鸥号再度悄然驶向陆地，其情形就如很久以前最初的那个黄昏，朵娜站在悬崖上望见它的到来，心中已然隐隐有了某种预感。夕阳西下，海鸥纷纷飞来迎接他们，上涨的潮水和柔和的夜风轻轻地把船悄悄送入河口的航道。虽然才离开短短数日，树木的色泽却较平常更为浓郁，苍翠的山峦也比以前更为妩媚，空气中飘荡着仲夏时节依然暖和的芬芳气息。这时柔风拂面，犹如一只手在抚摸着你。正当海鸥号顺水而行，一只麻鹬突然尖叫一声，疾速沿江往前飞去。进入河湾之后，海风已歇，船也停滞不前，于是他们把小舟放了下来。此时河湾上暮色初现，缆索拉紧，大船被拖进了它那隐秘的停泊之处。

锚链在树木掩映的深水塘中发出沉闷的响声。在最后一股涨潮的冲击之下，大船缓缓掉过头来。突然，不知何处冒出来一只天鹅，带着它的伴侣，如同两只白色的驳船，一起游了过来，后面还跟着三只小天鹅，羽毛显得又柔又黄。这些天鹅顺着河湾游了下去，像船只一样，在身后留下一道水纹。片刻之后，一切都隐没在夜色中，甲板上空无一人，前面的厨舱中飘来饭菜的香味，船舱中隐隐传来水手们交谈的声音。

船长的小舟停靠在舷梯下等候着。他从船舱中走了过来，招呼朵娜。当时朵娜正倚在艉楼甲板的栏杆上，仰望着一团树影之上最初出现的星星。他俩一起泛舟沿河而下，朝刚才天鹅消失的地方划去。小舟一路荡漾前行。

空地上很快就燃起了篝火。干枯的树枝噼啪作响、燃得很旺。这次他们的晚餐是熏制的五花肉，用火烤得又卷又脆，还有面包，也在火上烤得焦黄发黑。他们用手撕开熏肉，又在曲柄炖锅里煮了一锅又浓又香的咖啡。用餐完毕，他拿出烟斗和烟叶，朵娜则双手枕在脑后，靠在他的腿上。

"这种生活，"她望着火堆说道，"只要我们愿意，可以一直持续下去。比如我们可以就这样待到明天、后天，或者一年之后的今天。也不仅仅是在这儿生活，还可以生活在别的国度，在另一条河畔，或在我们选择的任何地方。"

"对，"他说，"只要我们愿意。但圣科伦夫人和当船舱服务生的朵娜毕竟不一样。她的生活属于另一个世界。此时此刻，她会在纳伍闰的卧室里慢慢醒来，不再发烧，对昨晚的梦境只是依稀还有一点印象。她起身穿好衣服，然后去料理家务、照看孩子。"

"不对，"她说，"她还没醒过来呢。高烧仍很厉害，梦中景象生动迷人，是她这一辈子从来都没体会过的。"

"即便如此，"他告诉她，"那也不过是一场梦境而已。清晨来临，她照样会醒来。"

"不对，"她说，"不会，不会的。这一切都将永远铭刻在我心中。我永远不会忘记这里的篝火、这个黑漆漆的夜晚，还有我们一起做的晚餐、你放在我心口的这只手。"

"别忘了，"他说，"女人要比男人原始得多。她们会一时心血来潮，玩玩爱情游戏，玩玩冒险游戏。她们会像鸟儿一样，觉得自己必须筑巢。她们受本能的影响太大。鸟儿渴望建造自己的巢穴，让它变得暖和安全，然后就在里面住下来，抚育幼鸟。"

"可幼鸟总要长大，"她说，"飞走，然后大鸟也会飞走，这样它们就重新获得了自由。"

他听了此话，笑了起来，望着火堆，凝视着火苗。

"我们是不会达成一致意见的，朵娜。"他说，"我可能此刻就随海鸥号起航而去，在外漂泊二十年之后，才回到你的身边。到时我看到的不再是以前那个船舱服务生，而是一个生活平静安逸的女人，她早已把年轻时的所有梦想抛诸脑后。而我自己呢，变成了一个饱经风霜的水手，关节僵硬、胡须满面，对海盗生涯的热衷之情也随着岁月的流逝而荡然无存。"

"我的法国人对未来的生活挺悲观失望。"她说。

"你的法国人是一个现实主义者。"他回答道。

"要是我现在就随你远航，永远也不再回到纳伍闰了呢？"她问。

"谁知道呢？或许会心生愧疚，会梦想破灭，于是会回顾过去、留恋往昔。"

“和你在一起不会的。”她说，“绝对不会。”

“那好吧，可能你不会愧疚。依旧只是营造更多的巢穴，抚育更多的幼鸟，而我还是会独自出海，继续沉湎于冒险生涯。所以你瞧，我亲爱的朵娜，女人无路可逃。只能暂时逃避一个夜晚或是一个白天。”

“无路可逃，你说得对。”她说，“女人的确无路可逃。所以，要是我再次随你出航，我就得继续充当你的船舱服务生，把皮埃尔·布兰克的长裤一直借用下去，不会因女人的原始本性而引起其他并发症。这样我们就能生活得安安心心，你可以劫掠船只，登陆作案，而我作为你谦卑的船舱服务生，只会在船舱里给你做饭，什么也不问，什么也不说。”

“这样的生活，我们能忍受得了多久呢？”

“能忍多久就多久。”

“你是说，我想忍多久就多久。这可不是一个晚上或一时片刻。不管怎么说，反正不是今晚，也不会是此刻，我的朵娜。”

火焰低了下去，慢慢熄灭。过了一会儿，她问他：“你知道今天是什么日子吗？”

“知道。”他回答，“今天是仲夏日。一年中白天最长的日子。”

“既然这样，”她说，“今晚我们就睡在这儿，不到船上去了。以后不会再有这样的机会了，至少我俩没有这样的机会了。不会再像这样，在这条河湾旁。"

"我明白，"他说，"我从小舟中拿来了毯子，还给你带了个枕头。你刚才没看见吗？"

她抬头看他，但看不清他的脸，此时火光已灭，他隐没在夜色中。他一言不发地站起身来，走到船边，手里抱着床褥和枕头走了回来，把它们在水边树丛下的空地上铺好。开始退潮了，泥滩渐渐露出水面。树丛在微风中摇曳，过了一会儿又平息下来。夜鹰不再啼叫，海鸟也已憩息。天上没有月亮，一片黑沉沉的天空压在他们头顶。在他们身边，则是河湾黑黝黝的水流。

"明天，我一早就回纳伍闰去。"她告诉他，"在刚刚日出，你还没醒来的时候就走。"

"好的。"他说。

"趁家人还没醒，我会叫醒威廉。要是孩子们都没事，不用我再待下去，我就会回到河湾里来。"

"然后呢？"

"然后……我也不知道。那得由你定。提前计划不太明智。这样做往往会出偏差。"

"假定我们要提前计划。"他说，"假定你回来和我一起吃早餐，然后我们一起乘船沿河而下，接着你再钓一次鱼，只是这次可能会比上次要顺手得多。"

"我们会不会钓到很多的鱼？"

"我们今晚不讨论这个话题。到时再说吧。"

"等我们钓完鱼后，"她继续说，"我们一起游泳。就在中午，太阳把河水晒得最烫的时候。在那之后，我们吃饭，接下来找个小海滩仰面躺着睡一觉。苍鹭会在潮平的时候来觅食，到时你就可以再画一幅苍鹭了。"

"不，我不画苍鹭。"他说，"我到时会给我海鸥号的船舱服务生再画一幅画。"

"于是一天的时间就这样过去了。"她说，"接着又过去一天，一天又一天。没有过去，没有未来，只有现在。"

"不过只有今天，"他说，"白天最长。今天是仲夏日，你忘了吗？"

"不会。"她说，"我没有忘记。"

她心想，在她入睡前的某个地方，一定存在着另一个朵娜，她躺在伦敦那张饰有华盖的大床上，辗转反侧，形单影只，对发生在河湾里的这一晚一无所知，也对停泊在水塘里的海鸥号，以及他俩在黑暗中靠背而坐的情形毫不知情。那个朵娜属于昨日。她与眼前这一切毫不相关。此外在某个地方还有一个明日的朵娜，她属于未来，离现在十年有余，她会珍惜眼前所有的一切，将其铭刻在心。到那时，很多细节或许会被遗忘，比如此刻泥滩上海浪拍打的声音、深邃的夜空、黑黢黢的河水、身后摇曳的树丛和它们投在水面的黑影以及空气中传来的幼蕨和苔藓的气味。甚至说过的话，双手互握时的那份感觉，那份温馨甜蜜，也会被忘记。但永远都将铭刻于心的是我们给予对方的那份安详，那份宁静平和。

当她醒来时，一抹灰白的曙光已升上树梢。水面笼着一层薄雾，两只天鹅犹如清晨的精灵，又回到了河湾。昨夜篝火的余烬已变成一团白尘。她看着身畔兀自安睡的他，觉得奇怪，为什么那人睡着时看上去就像孩子一样。所有的皱纹都已抚平，所有的城府也已消失，他又恢复成了很久以前的那种小男孩的样子。清晨的第一丝凉意袭来，令她身体微微一颤。她掀开毯子，光着双脚踩在篝火的余烬上，目送两只天鹅消失在晨雾中。

接着她弯腰拿起斗篷披在身上，转身从船埠走进树林，踏上了那条狭窄崎岖、通往纳伍闰的小径。

她试图重拾往昔的生活。孩子们还在床上。詹姆斯睡在小床里，脸蛋红扑扑的，拳头也攥得紧紧的。亨丽埃塔像往常一样，扑在床上睡着，一头金色的卷发散在枕上。蒲露则张着嘴巴，睡在两个孩子的身旁。而威廉，忠心耿耿的威廉，一直照管着这个家，替她，还有他主人，不停撒谎、圆谎。

晨雾很快会散去，太阳会从河边的树梢上升起来。当她走出了树林，站在草地上时，她也看见第一束晨曦抹上了纳伍闰庄园，此刻整个庄园还在沉睡，四周寂静无声，只露出宅院的轮廓。她悄悄地穿过点缀着晶莹露珠的草坪，轻轻推了一下大门。门自然闩着。她等了片刻，接着就绕到宅子后边的庭院，从威廉房间的窗口可以看见这里，所以她如果在此轻声呼唤，或许他能听见。她在他的窗下侧耳倾听。窗是开着的，窗帘也没拉上。

"威廉？"她轻声叫道，"威廉，你在吗？"

没有人回答。于是她弯腰拾起一块卵石，朝窗格扔去。片刻之后，威廉在窗边露脸了。他瞪大眼睛望着她，好像她是不知从哪里冒出来的幽灵似的。他伸出手指放在唇上示意她不要作声，接着就消失了。她在下面等着，心里七上八下的，威廉脸色苍白憔悴，只有没睡好觉的人才会看起来这样。难道詹姆斯生病了，她心中猜疑，或者詹姆斯死了？他是来告诉自己詹姆斯死讯的吗？过了一会儿，她听到他轻轻地抽开了门闩，大门打开一条缝，仅够容她只身而进。"孩子们呢？"她一把抓住他的衣袖，问道，"他们病了吗？"他摇了摇头，仍示意她不要作声，回头朝大厅的楼梯口警觉地张望。

她一边进屋，一边举目四望，顿时醒悟，一颗心不由得剧烈地跳动起来。她看见了椅子上的大氅、马鞭和有客到来的那种凌乱景象，石板地上还漫不经心地扔着一顶帽子，外加一根马鞭和一块厚厚的编织毯。

"哈利老爷来了，夫人。"威廉告诉她，"他太阳下山前刚到的，从伦敦骑马过来。罗金罕姆爵爷是和他一起来的。"她听了没有说话，只是继续凝视这椅子上的大氅。突然，她听到从楼上传来一只长毛垂耳犬的尖声吠叫。

16

威廉抬头看了一眼楼梯口，苍白的脸上，一双小眼睛闪烁着精光。朵娜默默地摇摇头，蹑手蹑脚地穿过门厅，来到客厅。威廉点起两根蜡烛，站到她跟前，等候吩咐。

"他说什么原因没有？"她问，"为什么他们会赶过来？"

"我猜哈利老爷是由于您不在伦敦，心神不安，夫人。"威廉回答道，"而罗金罕姆爵爷一句话就让他下定了决心。似乎这位爵爷在白厅遇到了戈多尔芬的一位亲戚，说他们目前亟待老爷回康沃尔处理棘手事务。我从他们吃晚饭时的谈话中听出的就是这些了，夫人。"

"是的，"朵娜仿佛没听见他的话似的，说道，"是的，只能是罗金罕姆了。哈利太懒，没人鼓动的话是不会回来的。"

威廉一动不动地站在她面前，手里举着一支蜡烛。

"你是怎么跟哈利老爷说的？"她问，"你怎么阻止他进我的屋子的？"

威廉的脸上这才露出了一丝笑容，他会意地望着女主人。

"除非哈利老爷先杀了我，夫人，"他说，"否则他不会进您的屋的。他们一下马，我就禀报说，您发高烧已经卧病多日了，好不容易才刚刚睡着，如果哈利老爷执意进去，将对您的健康极为不利。您当时的情况需要保持绝对安静。"

"他就信了你的话？"

"完全相信，夫人。开始他发了一通火，骂我不派人通知他，但我解释说是夫人再三叮嘱，不让告诉他的。后来亨丽埃塔小姐和詹姆斯少爷跑来见哈利老爷，两个孩子和我一样，也都说夫人情况糟糕，卧病在床。当然蒲露也来了，满脸愁悲的模样，说夫人生病，竟然不肯让她去照料。于是，他们和孩子们玩了一会儿，吃过晚餐，再到花园里面转了一圈，现在哈利老爷和罗金罕姆爵爷都回房休息了。哈利老爷就睡在蓝屋里，夫人。"

朵娜冲他笑了，手搭在他的胳膊上。

"真够忠心的，"她说，"于是你就睡不着了，想到要是到了早上，我还没回来，又该怎么办呢。"

"我当然会想出对策来的，夫人，虽说这样的问题确实有点棘手。"

"那个罗金罕姆爵爷呢？他对此有什么看法？"

"您没下去迎接他们，那位爵爷显得很失望，他没怎么说话。不过当蒲露告诉哈利老爷，说您只允许我照顾时，他似乎来了兴趣。我注意到他很好奇地打量我，夫人，不妨说对我刮目相看了。"

"他会这样的，威廉，罗金罕姆就是这种人。你得留神，他就像狗一样，喜欢伸长鼻子东闻西嗅的。"

"好的，夫人。"

"说来奇怪啊，威廉，真是人算不如天算。我原本打算和你的主人一起去河湾吃早餐、钓鱼游泳，然后我们像昨晚那样，在星光下做晚饭。可现在这一切都完了。"

"不久之后，总还有机会的，夫人。"

"这不好说呢。无论如何得想法先去通知海鸥号，告诉它必须随下一次涨潮离开这里。"

"等天黑之后再开船离开会更保险些，夫人。"

"你的主人自会决断的。哎，威廉。"

"夫人，怎么了？"

她只是摇摇头，耸耸肩，那些难以言传的内容尽在眼神里流露无遗。他突然俯下身去，拍了拍她的肩膀，好像她就是亨丽埃塔似的，同时他那张滑稽的圆嘴巴也撇了一下。

"我懂你的意思，夫人。"他说，"不过一切都会好起来的。你们俩会再团聚的。"一回家就遇到这么扫兴的事情，由于身心疲惫，加上他刚才那么好心又那么好笑地拍着自己的肩膀，顿时令她情不自禁地泪流满面。"对不起，威廉。"她说。

"夫人。"

"我真傻，又愚笨又软弱，简直无法形容。这段时间我感觉太幸福了。"

"我知道，夫人。"

"我和他都那么快乐，威廉。有阳光、清风、大海，还有以前从未有过的那种迷人感觉。"

"我想象得出，夫人。"

"这种事情不会经常发生的，是吗？"

"简直是千载难逢，夫人。"

"所以我不应当像一个被宠坏的孩子那样，再流眼泪了。不管接下来会发生什么，至少我们曾经拥有这一切。没有人能把这一切从我们身边夺走。我感觉自己身上充满了活力，而我以前从未这么精神过。好了，威廉，我现在得回自己的房间了，换一下衣服，然后上床睡觉。待会儿到上午的时候，你叫醒我吃早餐。等我做好充分的准备来应付这场磨难，我就去见哈利老爷，问清楚他打算在这儿待多久。"

"遵命，夫人。"

"不管怎样，你得设法到河湾去通知你的主人。"

"好的，夫人。"

这时，阳光从百叶窗的缝隙里透了进来，他们离开了客厅。朵娜手里提着鞋子，肩上搭着斗篷，蹑手蹑脚地上了楼梯。虽然她是五天前从这里下来的，但感觉已过了一年半载，甚至整整一生。她在哈利的屋子前听了一下，没错，里面传来了公爵和公爵夫人这两条长毛垂耳犬的呼噜声和哈利本人沉重缓慢的呼吸声。她心想，就是这些事情，它们属于以前生活的一部分，曾经惹得自己心烦意乱，逼得自己放浪形骸，做出许多荒唐之举。如今，它们再也不能影响自己了，它们不属于现在的世界，自己已经从往昔的生活中逃离出去了。

她回到自己的卧室，关上门。房间里的空气清凉芬芳，窗户敞开着正对外面的花园，威廉在她的床边摆了一些铃兰花。她拉下窗帘，换好衣服，躺了下来，双手捂着眼睛。此刻，她心想，他已在河畔醒来，伸手往身边一摸，发现我已经走了。他想起昨晚的事情，微微一笑，伸个懒腰，打个哈欠，望着太阳在树梢上冉冉升起。片刻之后，他会站起身来，就像我以前见他所做的那样，嗅嗅清晨的空气，轻声吹着口哨，挠挠左边的耳朵，然后就走到河湾旁下水游泳。海鸥号上的水手们在洗刷地板，他会大声招呼他们，有人会放下绳梯，让他上去，有人会划着小船去把他俩的那条小舟、吃晚餐的器皿以及毯子等东西带回来。接下来他会走进船舱，用一块毛巾擦干身体，从舷窗往外观察水面的情况。等他穿好衣服，皮埃尔·布兰克就给他端来早餐，他会先稍等片刻。后来饿了，我又不去，他就自己吃了。吃完早餐，他走上甲板，望着林间的那条小径。她想象着他把烟斗填满，倚在舷栏上，望着下面的河水。或许那两只天鹅游了回来，于是他朝它们扔面包屑，一切都显得那么悠闲自在。他先前晨泳，这会儿身上懒洋洋、暖乎乎的，心里盘算着待会儿可能要去钓鱼，与烈日和大海相伴。她知道，如果自己穿过树林走向河湾，他会抬头看她一眼，脸上露出欣然的笑容，但他会什么也不说，一动不动地倚在舷栏上，继续朝水面的两只天鹅扔面包屑。不过，现在回想这些还有什么用呢？朵娜心想，毕竟一切都已结束了，消逝了，不会再发生了，船会趁无人发现之际驶出河湾。现在，我躺在这儿，躺在纳伍闰的卧室里，而他却在那边，在下面的河湾里，我俩永远都不能再团聚了。那我现在的所思所想，都是伴随爱情而产生的痛苦，是无法忍受的折磨、痛苦和煎熬。所以，与爱情的美丽迷人结伴而行的是悲伤和痛楚。她就这样仰面躺在床上，用双臂挡着眼睛，一丝睡意也没有，直到太阳高高升起，亮光透过窗口洒满房间。

九点过后，威廉进来给她送早餐。他把托盘放在床头柜上，问道："昨晚休息得好吗，夫人？""很好，威廉。"她撒了个谎，从他送来的那串葡萄上摘了一颗放进嘴里。

"两位先生在下面用早餐呢，夫人。"他告诉她，"哈利老爷要我问一下，您现在是不是好些了，可以让他上来见您了。"

"我好些了，我现在不能不见他，威廉。"

"恕我直言，夫人，窗帘稍稍放下一些会更妥当，这样阳光就照不到你的脸上了。要是哈利老爷见您气色如此之好，会起疑心的。"

"我看起来气色很好吗，威廉？"

"好得让人生疑，夫人。"

"可我头疼难忍。"

"那是有别的缘故，夫人。"

"我已经有黑眼圈了，还累极了。"

"对极了，夫人。"

"我看你最好出去，威廉，否则我会扔东西砸你。"

"遵命，夫人。"

他走了出去，轻轻地带上了门。朵娜起身洗漱，梳理头发，像威廉所说的那样，拉上了窗帘，随后回到了床上。很快，她就听到那两条长毛垂耳犬刺耳的叫声，还有它们在门上抓挠的声音。紧接着传来沉重的脚步声。片刻后，哈利进了房间，两条狗兴奋地吠叫着，扑到了她的床上。

"下来，嘿，快点，两个小畜生。"他冲它们嚷起来，"嘿，公爵，嘿，公爵夫人，没看见女主人正病着吗。过来，到这儿来，两个小畜生。"像往常一样，他比两条狗还忙，将它们赶下来后，他就一屁股重重地坐在床上，一边用洒了香水的手帕掸去它们留在床上的爪印，一边连连喘气。

"真该死，早上就这么热。"他说，"我的衬衣都湿透了，可还没到十点呢。你怎么样，好点了吗？你是怎么染上这种莫名其妙的高烧的呢？吻我一下好吗？"他朝她俯下身去，身上带着一股浓浓的香水味，头上卷曲的假发擦到了她的下巴。他笨手笨脚地想抚摸她，结果手指弄疼了她的脸颊。"尽管光线很暗，但你看起来病得不是很厉害，我的美人。先前听那家伙的口气，我还以为你快不行了呢。对了，那个仆人到底表现得怎么样？要是你不喜欢他，我就把他给辞退了。"

"威廉是个难得的仆人。"她说，"他是我见过的最好的仆人了。"

"哦，那好吧。只要他讨你喜欢，这就行了。就是说你病了，是吗？你根本就不该离开伦敦。伦敦一向适合你。不过我承认，你不在的这段日子，生活无聊透了。没一出戏好看，那天晚上玩牌我差点输得精光。他们说国王找了个新情妇，不过我还没看到。是个戏子什么的。知道吗，罗金罕姆也在这儿，就等着见你呢。该死的，在伦敦时他跟我说，咱们去纳伍闰看看朵娜在做什么。于是我们就来了，谁知你却病恹恹地躺在床上。"

"我现在好多了，哈利。生病的事已经过去了。"

"嗯，这话听着让人高兴。我看你的气色也不错。你晒黑了，对吗？黑得就像个吉卜赛人似的。"

"准是这病让我脸色发黄。"

"真该死，你的眼睛比以前大了一圈。"

"这是发烧造成的，哈利。"

"这高烧发得真够邪门的。准是和这里的气候有关。两条狗可以上床来吗？"

“不，不行。”

“嘿，公爵。亲一下女主人，然后就下去。到这儿来，公爵夫人，女主人在这儿呢。公爵夫人背上有块地方发痒，它几乎把自己的皮都挠破了。瞧，就在那儿，你有什么办法给它治一下吗？我已经给它擦了些润发油，但一点用也没有。噢，对了，我新买了一匹马，现在就拴在马厩里。是枣红色的，性子很烈，跑得倒挺快。罗金罕姆说要出一千买它，然后再转手五千卖出去。我告诉他，那我就忍痛割爱了，他又不干了。据说乡下这边海盗猖獗，到处都是抢劫、强奸和暴力，弄得人心惶惶的，是吗？”

“你从哪儿听说的？”

“哦，是在伦敦时，有一天罗金罕姆带来的消息。他遇见了乔治·戈多尔芬的一个表亲。戈多尔芬这人怎么样？”

“我上次见他时，他有点气呼呼的。”

“我猜也是。不久前他写了封信给我，但我忘了给他回信。好像这回是他的小舅子损失了一条船。你认识菲利普·拉什利吗？”

“没见过面，哈利。”

“嗯，你很快就会见到他的。我已经邀请他过来。我昨天在赫尔斯顿见过他。当时他简直气急败坏，和他在一起的尤斯迪科也是一样。好像是这个可恶的法国人把他的船直接开出了福伊港，就在拉什利和戈多尔芬的眼皮底下。真是嚣张至极，无法无天了，是吧？随后那船肯定是被开到法国的海岸去了，当时连一条追赶的船都没有。天知道，那条船刚从印度群岛回来，上面的东西可是价值连城。"

"为什么要邀请菲利普·拉什利过来呢？"

"哦，这其实是罗金罕姆的主意。他对我说：'那咱们也来玩上一把。要知道，你在这一带可谓是地头蛇。咱们不妨借此机会找找乐子。''找乐子？'拉什利说，'要是你们像我一样损失惨重，你就乐不起来了。''哎，'罗金罕姆说道，'你们大可高枕无忧。我们替你把这个家伙抓来，这样够你们乐上一阵了。'所以我觉得要开个会，叫上戈多尔芬和其他一两个人，给那个法国人下个套，等我们抓住他，就在某个地方吊死他，让你笑个够。"

"你以为其他人都抓不住他，就你自己能行？"

"噢，罗金罕姆会想出计策来。这事由他负责。我不行，我好歹还有自知之明。谢天谢地，我这个人本来就没脑子。对了，朵娜，你打算什么时候起床呢？"

"等你出去后。"

"和我还这么生疏啊？呃，不想让人在一旁看着？我可没从太太身上一饱眼福，是吗，公爵？嘿，去，把这只拖鞋衔回来。鞋子在哪儿呢，好狗狗，去找一下，把它衔回来。"他把朵娜的鞋子扔到房间的另一边，让两条狗去追逐争抢，它们又叫又挠，叼着鞋扑到了朵娜的床上。

"好了，咱们走，没咱们的事儿了，狗狗们，咱们在这儿碍事呢。我去告诉罗金罕姆，说你起床了。他会高兴得直蹦起来，就跟猫一样。我让孩子们来见你，好吗？"

说完，他迈着重重的步伐走出了房间，一路高声唱着，而两条狗跟在他身后汪汪直叫。

就是说菲利普·拉什利昨天在赫尔斯顿，尤斯迪科也和他在一起。戈多尔芬此刻肯定也回到了家中。她想起最后一次见到拉什利时，他在福伊港的小船上，气急败坏，脸色通红，但又一筹莫展。他瞧见了她，瞪着眼高声大叫："船上有个女的！看哪，在那儿！"而她当时头上的腰带掉了，满头卷发在风中凌乱飘扬，挥着手冲着下面的他哈哈大笑。

他不会认出她来的。这根本就不可能。当时她女扮男装，穿着衬衣长裤，满头满脸都是雨水。她站起身来，开始穿戴，头脑中仍不停地思考着哈利透露给她的消息。想到罗金罕姆也来到了纳伍闰，一心想找麻烦，就让她深感不安，罗金罕姆可不是傻子。此外，他属于伦敦，属于鹅卵石铺就的街道，属于戏院，属于圣詹姆斯街那闷热无比、香味刺鼻的氛围。而在纳伍闰，在她的纳伍闰，他是一个不速之客，会破坏此地的宁静祥和。他破坏了这儿的田园诗意。她可以听到他在窗下花园里和哈利相互交谈的声音。他们一边大声谈笑，一边扔着石子让两条狗去追逐取乐。完了，现在这一切都完了。逃避已成往事。海鸥号或许再也不会回来了。此刻，这艘船可能仍安静平和地停泊在法国的某个海岸，船上的水手们正把好运号拖进港口。她想象着宁静的白色沙滩上浪花片片，阳光下碧绿的海水泛着金光，凉爽干净的海水浸泡着她赤裸的身体。一番畅游后，她仰面躺在船上，背后干燥的甲板传来阵阵温热，一抬眼则望见海鸥号上高耸的斜桅直插蓝天。

正在此时，门外有敲门声，是两个孩子来了。亨丽埃塔抱着哈利给她新买的玩具娃娃，詹姆斯嘴里塞着一个玩具兔子。两个小家伙一下子扑进她的怀里，用热乎乎的小手搂着她，不停地亲她。后边跟着蒲露，她行了个屈膝礼，就急切地问候她的身体状况。朵娜搂着两个孩子，心里却想，在某个地方也有一个女人，她对这一切毫不在乎，而是躺在船甲板上，与情人言笑晏晏。两人的唇上都沾着咸湿的海水，一起感受着太阳和大海的温暖。"我的娃娃比詹姆斯的兔子好看。"亨丽埃塔说。詹姆斯在朵娜的膝上蹦来跳去，胖乎乎的小脸紧挨着朵娜的面颊，嚷了起来："不对，不对，我的好看，我的好看。"说着把兔子从嘴里拔出来，朝姐姐的脸上扔去。又是一通眼泪，一顿责骂，随后重归于好，跟着一番亲吻，再找出巧克力来安慰和奖赏。就这样闹了半天，叽叽喳喳、不可开交，搞得船没有了，大海消失了，只剩下纳伍闰庄园的圣科伦夫人，绾着高可及额的发髻，穿着一袭浅蓝色的长裙，一手牵着一个孩子，下楼来到花园。

"听说你发烧了，朵娜？"罗金罕姆说着，迎上前来，吻了吻她伸出的手背。"不管怎么说,"他退后一步打量着她,加了一句,"这场高烧让你容光焕发了。"

"我也是这么认为。"哈利附和道,"我刚才在楼上就这么说的。不过她黑得像个吉卜赛人。"他说着,弯腰拉过两个孩子,让他们高高地骑在自己肩上,乐得两个小家伙尖叫起来,两条狗也跟着狂吠。

朵娜坐在露台上的椅子里。罗金罕姆站在她跟前摆弄着袖口的花边。

"你见到我好像不是很高兴。"他说。

"为什么我要高兴?"她反问道。

"我有好几个星期没看到你了。"他说,"你在汉普顿宫胡闹一番之后,就这么出其不意地消失了。我以为我什么地方得罪你了呢。"

"这根本就和你毫不相干。"她说。

他从眼角瞟了她一眼,耸了耸肩。"你在这儿都忙些什么呢?"他问。朵娜打了个哈欠,看着哈利带着一双儿女在草坪上逗两条狗玩。"我在这儿过得很快活。"她说,"一个人在这儿,和孩子们在一起。我离开伦敦前告诉过哈利,我只想单独生活一段时间。但你们俩破坏了我的宁静生活,真是气人。"

"我们可不是纯粹为了来玩。"罗金罕姆说道,"我们也是为了干一件正事。我们要设法抓住那个海盗,他似乎给你们大家带来了不少麻烦。"

"那你打算怎么做呢？"

"嗯，这个嘛……我们还得商量。哈利对这件事挺起劲的。一天到晚无所事事，都让他有些腻了。伦敦在仲夏时节臭气熏天，让人受不了，包括我在内。到乡下来会对我们俩大有裨益。"

"你打算在这儿住多久？"

"等到我们抓住那个法国人为止。"

朵娜听了，大声笑了起来。她从草丛中摘了一朵雏菊，把花瓣一片片扯下。"他回法国去了。"她说。

"我不这样认为。"罗金罕姆说。

"何以见得？"

"因为那个叫作尤斯迪科的家伙昨天透露了一些情况。"

"那个脾气暴躁的托马斯·尤斯迪科？他说什么来着？"朵娜问道。

"不过是说从圣迈克尔山过来的一条渔船曾报告说，他在昨天清晨看见有一艘船朝英国海岸驶来。"

"证据不足。不过是某条商船从海外返回罢了。"

"那个渔民可不这么想。"

"英国海岸长着呢，亲爱的罗金罕姆先生。从兰兹角到怀特岛，要守望的话可是够漫长的。"

"没错。不过那个法国人并没有涉足怀特岛。他似乎哪儿也没去，只对康沃尔这一带窄窄的沿海地区有兴趣。拉什利甚至认为他光顾过你们这儿的赫尔福德河。"

"那他一定是晚上来的，等我上床睡着了的时候。"

"可能是这样。不管怎么说，用不了多久，他就不敢再这么做了。终结他那些小把戏一定会大快人心。我想，你们这一带海岸一定有许多河湾和岔流吧？"

"没错。哈利可比我讲得更清楚。"

"附近乡村人烟稀少。我还知道纳伍闰是这一带唯一的一处大宅子。"

"对，我想也是。"

"这真是不法之徒的活动天堂。连我都希望自己是一个海盗了。要是我得知这宅子里没有男人保护，女主人又长得像你一样美丽动人，朵娜……"

"那会怎样，罗金罕姆？"

"我再说一遍，如果我是一个海盗，得知了这一切，我会抵制不住诱惑，一而再、再而三地回来。"

朵娜又打了个哈欠，扔掉了被她撕碎的雏菊。

"可惜你不是海盗，亲爱的罗金罕姆，你只是一个骄横惯了、衣着光鲜、极度荒淫的纨绔子弟而已，整天沉湎于酒色中。我们可不可以不提此事了？我都谈厌了。"

她从椅子上起身，朝屋内走去。

"曾几何时，"他看似随意地说道，"你对我本人，以及我的谈话，从不厌烦。"

"你太高估自己了。"

"你还记得在沃克斯豪尔的那个夜晚吗？"

"我记得在沃克斯豪尔度过了很多夜晚，尤其是有一次，我喝了两杯酒，困得要命，你竟放肆地吻我，我也懒得反抗。从那之后，我就讨厌你，更讨厌自己。"

说这番话时两人正站在长窗旁。他凝视着她，脸上一阵泛红。"说得真好，本人受教了。"他恨恨地说，"康沃尔的空气几乎把你变成了一个毒舌女人。当然，你变成这样，也许是先前发烧的缘故。"

"也许是这样。"

"你对那个照顾你的怪模怪样的仆人，说话也如此尖刻吗？"

"你不妨去问他本人。"

"我想我会的。我要是哈利，会好好盘问他的，问的都是极为私密的事情。"

"你们在说谁？谈什么事呢？"哈利进来了，他一屁股坐在客厅的椅子上，插嘴问道，还用装饰有花边的手帕擦着前额，"都在说些什么呀，你们俩？"

"我们在谈论那个男仆。"罗金罕姆说着，脸上露出得意的笑容，"真够奇怪啊，朵娜生病期间竟不让其他任何人照顾。"

"说得对。老天爷啊，他就是个古里古怪的混账家伙，我这样说可一点都没冤枉他。我要是你的话，朵娜，就不会那样信任他。你说那个家伙有什么好？"

"他不多嘴多舌，并且做事谨慎，走路没有声音。家里没人像他一样。所以我就打定主意让他，而不是别人，来照顾我。"

"恐怕这个男仆对此求之不得呢。"罗金罕姆一边说道，一边修着指甲。

"正是，该死的，"哈利闷闷不乐地嘟囔起来，"洛克说得对，朵娜。那家伙可能会放肆的。这事也太不妥当了。你病倒在床上，虚弱无力。而那家伙就在你身边转来转去。再说他也不像是个老仆，我不了解他的底细。"

"哦？这么说他替你当差不久喽？"罗金罕姆问道。

"不久，真该死。洛克，你知道，我们从不来纳伍闹的。我又懒得很，从不知道自己有哪些仆人。我打算辞了他。"

"你不能这么做。"朵娜说道，"只要我乐意，威廉就得留下来替我做事。"

"那好，那好，别为此事生气了。"哈利说着，抱起公爵夫人摩挲起来，"可这事有点古怪，让那家伙在你卧室里转来转去的。看，他又来了，还从哪儿拿来一封信。瞧他那样子，好像他自己也在发烧呢。"朵娜朝门口瞥了一眼，看见威廉站在那儿，手里拿着一封信，脸色比平时更加苍白，目光中带着几分焦虑。

"什么事，呃？"哈利问。

"戈多尔芬爵爷派人送来的一封信，哈利老爷。"威廉回答道，"刚送来的，他的人还等着回信呢。"

哈利撕开信封，看完之后，呵呵大笑，把信扔给了罗金罕姆。"猎人都聚齐了，洛克。"他说，"我们有好戏看了。"

罗金罕姆微笑着读完来信，将它撕成碎片。

"你准备怎么回信？"他问。

哈利撩起垂耳犬的衣服，查看爱犬的背部。"这儿又长湿疹了，真该死。"他说，"我涂的润发油根本就不管用。你说什么？哦，对了，给戈多尔芬回信。告诉来人，威廉，就说我和夫人今晚恭迎爵爷及各位先生前来赴宴。"

"遵命，老爷。"威廉回道。

"赴宴是怎么回事？"朵娜一边对着镜子整理秀发一边问道，"我要恭迎哪些贵人呢？"

"乔治·戈多尔芬、托米·尤斯迪科、菲利普·拉什利，还有另外六位。"哈利说着，将爱犬从腿上赶下，"他们最终会抓住那个法国人的，可不是吗？公爵夫人，我们将亲临观战。"

朵娜默然，她从镜子反光中观察屋里的情况，发现罗金罕姆正注视着自己。

"这次聚会一定会让人非常开心，你说呢？"他问道。

"我看未必，"朵娜说，"我清楚哈利的待客之道。等不到午夜，你们就一个个烂醉如泥，全都躺在桌子底下了。”

她走了出去，拉上门，轻声唤着威廉。他立马就过来了，眼里愁云密布。

“怎么啦？”她说，“你很担心吗？戈多尔芬爵爷和他的那帮朋友成不了气候的。他们为时已晚，海鸥号已经开走了。”

“没有，夫人。”威廉回答说，“船没有开走。我去河湾给主人报过讯了。结果发现早上退潮的时候，船搁浅了。水下一块岩石撞破了船壳外板。我去的时候他们正在抢修呢。二十四小时内船根本就没法起航。”

他把目光从她脸上移开，转身走了。朵娜回头望了一眼，先前关上的房门又打开了，罗金罕姆正站在门口，摆弄着袖口的花边。

17

　　漫长的白昼终于熬到了尽头。马厩里的那座大钟的指针似乎很不情愿地在移动，半小时一次的钟声听起来抑郁而沉闷。整个下午又闷又暗，天色阴沉，似乎在酝酿着一场充满电闪雷鸣的暴风雨。

　　哈利四仰八叉地躺在草坪上，脸上盖着一张手帕，鼾声如雷，旁边两条狗嗅着鼻子。罗金罕姆手捧一本书坐在那里，却没怎么翻动书页。朵娜不时瞥他一眼，知道他正盯着自己看。他那满腹狐疑的眼神中又流露出按捺不住的急切。

　　他目前当然对她这几天的经历一无所知。但凭着某种奇怪的、几乎像女人一样的直觉，他觉察到她发生了某些变化。她在纳伍闰度过的那几个星期、她对仆人威廉的亲切随便，以及对他和哈利比以往更为冷淡的态度，都使他疑窦丛生。他可以发誓，这种冷淡绝非无聊所致，而是出于某种更严重、更危险的原因。她比以往更加沉默，不像以往那样跟他闲聊、打趣，或是讥笑哈利，而是坐在一旁，手里拨弄着草茎，双眼半开半合，仿佛在不经意间陷入了某种恍惚的梦乡。这一切都被他看在眼里，她也知道他在观察自己。随着时间的流逝，他俩之间的气氛变得越来越紧张。她觉得他像只猫，悄悄地躲在树下，警觉地注视着周围，自己则好比伏在长草丛中的鸟儿，正伺机脱逃。

哈利呢，他对周围所发生的一切毫无知觉，每天不是睡觉，就是叹气。

朵娜知道那些水手现在一定在忙着抢修船板。她想象着他们此刻站在浅水里，赤着双脚，光着膀子，汗流浃背，而海鸥号的船身露出一个大口子微微摇晃，船板上沾着灰黑的泥浆。

他肯定也和他们一道抢修，眉头拧起，双唇紧闭，满脸专心致志的表情——她对这种专注的神情越发地爱慕钦佩——抢修一事极其重要，关乎生死，就像先前在福伊港上岸传递消息一样，容不得半点耽搁，更别说有闲暇做梦了。

不管怎样，她必须在今晚之前到河湾去，恳求他随着下一趟涨潮离开，哪怕海鸥号仍然会漏水也必须走了。对他撒开的网已经开始收紧，即使多耽搁一晚，对他本人和手下的水手们也会带来致命的后果。

罗金罕姆是这样告诉她的，说有人看见船朝海岸驶来。现在，差不多二十四个小时过去了，这段时间他的对手们想必又有了不小的收获，做出了更多的安排部署。可能已经有人在海岬上放哨，在山岭和树林里窥视。今晚，拉什利、戈多尔芬和尤斯迪科等人会齐聚纳伍闰庄园，天知道他们究竟在打什么鬼主意。

"你看起来心事重重啊，朵娜。"罗金罕姆说道。她望了他一眼，看到他已经把书放下，正凝视着自己，头微微侧向一边，细长的眼睛里没有一丝笑意。"肯定是那场高烧将你弄成这样的，"他继续说，"在伦敦，你可从来没有哪次会超过五分钟都不说一句话。"

"我现在老了。"她淡淡地说，嘴里嚼着一根草茎，"再过几周我就满三十了。"

"这场高烧真是古怪，"他没有理她，而是继续说道，"让病人黑得像个吉卜赛人，眼睛也大了一圈。我猜，你没有去请医生吧？"

"我自己就是医生，久病成良医嘛。"

"再加上聪明的威廉给你出谋划策。对了，他的口音真是特别，听着就像外国口音。"

"康沃尔人都是这种口音。"

"但据我所知，他根本就不是康沃尔人。至少今天上午马夫是这么跟我说的。"

"那他可能是德文郡人。我从来就没过问威廉的来历。"

"好像在你回来前，这儿简直算得上空旷无人。这个了不起的威廉不需要任何帮手，一个人负责照料整个纳伍闰庄园。"

"想不到你居然对在马厩里听到的闲言碎语兴趣浓厚，罗金罕姆。"

"没想到吧，朵娜？这可是我的一大嗜好。我总是从朋友的奴仆那里打听到伦敦发生的最新丑闻。楼梯后面的闲言碎语总是极为可靠，因此研究起来也就特别有意思。"

"那你从纳伍闰庄园的楼梯后面打听到哪些闲言碎语呢？"

"信息不少，亲爱的朵娜，足以挑起人们的好奇心。"

"真的吗？"

"我打听到的消息是，夫人喜欢在日头正旺的时候长时间散步。她似乎乐于穿旧的衣服，回来后，衣服上有时还溅上了泥水。"

"的确如此。"

"夫人的胃口似乎时好时坏。有时她会一觉睡到中午，然后才吃早餐。有时她从中午到晚上十点之间什么也不吃，等仆人们都上床睡觉了，忠实的威廉才给她送去晚餐。"

"又说对了。"

"可后来，本来身体极为健康的她莫名其妙地卧病在床，而且闭门谢客，连两个孩子也不得见面。她似乎发烧了，可并没有请医生。这次又是忠实的威廉，成为唯一获准可以进入夫人卧室的仆人。"

"还有呢，罗金罕姆？"

"哦，没别的了，亲爱的朵娜。只是你似乎很快就退烧了，而在见到你的丈夫及其挚友时，没有丝毫的喜悦。"

这时传来一声叹息，紧接着一个哈欠，哈利伸着懒腰，掀开脸上的手帕，挠了挠头上的假发。

"老天在上，你刚才说的那句话真是一针见血。"他说，"不过朵娜一向是这样冷若冰霜，洛克，我的老兄。我和她结婚快六年了，对这点真是再清楚不过了。这些该死的苍蝇！嘿，公爵夫人，快去抓苍蝇。别让它们来烦你的主人，行吗？"说着，他坐了起来，将手帕在空中挥来挥去。两条狗也醒了，在那儿又蹦又叫。接着两个孩子出现在露台边上，他们临睡前要散半小时的步。

刚过六点，一场阵雨把他们全都赶回了屋内。哈利还在打哈欠，不停地抱怨这儿的天气炎热，坐下来和罗金罕姆一起玩牌。现在离吃晚餐还有三个半小时，海鸥号仍停泊在河湾里。

朵娜站在窗边，手指轻敲着窗棂，外面的阵雨下得又大又急。虽然房门是关着的，但仍能闻到狗身上的气味和哈利喷在衣服上的香水味。哈利不时爆发出一阵大笑，取笑罗金罕姆出错了牌什么的。此刻时钟的指针在急急地转动着，似乎要弥补白天的迟缓。她在屋子里开始来回踱步，心头不由得阵阵发怵，预感到这回海鸥号算是玩完了。

"我们的朵娜好像心神不宁呢，"罗金罕姆说着，目光从纸牌上移开，扫了她一眼，"该不是那场神秘的高烧还没有完全消退吧？"

她没有应声，走到长窗前再次停下了脚步。

"你大不过这张J了吧？"哈利哈哈大笑，将一张牌扔在桌子上，"这次又输了不是？别管我老婆的事情，洛克，专心打你的牌。瞧你的钱包，又一个金币进了我的口袋。过来坐下，朵娜，你老是不停地走来走去，让两条狗都安静不下来。"

"帮我看着哈利，瞧他有没有作弊。"罗金罕姆说道，"过去打牌，我俩加起来都赢不了你。"

朵娜瞟了他们一眼，看到哈利兴奋地高声说笑，刚才喝下去的酒让他脸色开始泛红。此刻他除了打牌，已将其他的事情全都抛诸脑后。罗金罕姆像往常一样跟他打趣取笑，但仍保持着戒心，就像一只狡猾的猫，细长的眼睛不时朝朵娜瞄上一眼，目光中不仅有贪婪，还充满了好奇。

她深知哈利的习惯，知道他们坐在那儿，至少还要再玩上一个小时的纸牌，于是打着哈欠，转身从窗边走向门口。

"我想晚餐前躺上一会儿。"她说，"我有点头疼。准是要打雷了。"

"出牌吧，洛克老兄。"哈利说着，往后靠在椅子上，"我敢打赌，你手里没有红桃。你要加点赌注吗？嗯，这才叫有牌品呢。朵娜，既然你要上去了，替我斟满酒，我现在渴极了。"

“别忘了，”罗金罕姆笑着说道，“我们午夜前可有要事要干呢。”

“没忘，老天在上，我真的没忘这事。我们要抓住那个法国佬，对吧？你干吗盯着我看，我的美人？”

他抬头看着妻子，头上的假发稍稍有点歪斜，泛红的脸尽管还算英俊，但一双蓝色的眸子里，眼神已经迷离模糊。

“我刚才在想，哈利，再过十年左右，你看起来就会像戈多尔芬一样。”

“你是这么想的？这不是咒我吗？好吧，即使这样，那又如何？他很结实，乔治·戈多尔芬，是我的一个老朋友。你摊在我面前的这张牌是A吗？天哪，你这个该死的骗子，老是打劫无辜的人。”

朵娜悄悄走出房间，上楼来到自己的卧室，关上房门，拉响了挂在壁炉旁边的那根粗重的钟绳。过了几分钟，有人敲门，一个小女仆走了进来。

“去把威廉给我叫来。”朵娜吩咐她。

“对不起，夫人。”女仆躬身回答道，“威廉现在不在府里。他五点过后就出去了，现在还没有回来。”

“他到哪儿去了？”

“我不知道，夫人。”

“那就没事了，去吧。”

女仆离开了屋子，朵娜倒卧在床上，两手枕在脑后。威廉肯定和她怀着同样的想法。他是去看船抢修得怎样了，是去跟他的主人报信，今晚他的对手们会齐聚纳伍闰庄园就餐。只是他怎么会耽搁那么久呢？他在五点离开宅子，现在都差不多快七点了。

她闭上了眼睛，房间内幽静无声，只听得自己的心怦怦直跳，就像上次一样，当时她站在海鸥号的甲板上，等着在兰提克海湾上岸。她记起自己那时脊背发凉，就到下面的船舱里吃了点东西，喝了点酒，才不再感到紧张害怕，身上反而充满了一种前去历险的兴奋。但今晚情况不一样。今晚她是孤身一人，不再有他牵着自己的手，不再有他与自己进行眼神交流。她形单影只，还得向他的对头们尽地主之谊。

她继续躺在床上，窗外的雨势转小，渐渐停了。外面鸟声婉转，威廉还是没有回来。她从床上起身，走到门后侧耳细听。只听到客厅里隐约传来两个男人的谈话声，哈利爆发出一阵响亮的笑声，罗金罕姆也跟着哈哈大笑，随后两人准是继续在玩纸牌，此时又传来低声说话的声音，哈利责骂那条挠个不停的狗。朵娜再也等不下去了。她披上了一件斗篷，蹑手蹑脚地悄悄下楼，走到客厅，从侧门出去，来到花园。

雨后的草坪湿漉漉的，闪着银光，空气暖暖的、湿湿的，就像秋天起雾的日子一样。

树林里的树叶在滴水，通往河湾的小径原本就曲折崎岖，此刻更变得泥泞不堪。雨后没有了太阳，林子里一片昏暗。仲夏时节树木绿盖繁密，在她的头顶遮蔽下来。她来到了小径分岔的地方，正要像往常一样左转朝下面的河湾走去，突然听到一点响声，赶紧停下脚步，不敢再往前走。她手扶一根低垂的树枝，在那儿迟疑了片刻。刚才听到的是有人从蕨丛走过，脚踩断树枝发出的响声。她静静地站在那儿不敢移动。过了片刻，周围又恢复宁静。她从藏身的树枝后四处张望了一番，发现在离她二十码开外的地方，站着一个男人，他靠树而立，手里拿着一支火枪。

她甚至可以从侧面看见三角帽下的那张脸，是自己不认识的，以前也没见过。他现在就站在那儿守候着，一直朝下面的河湾张望。

一颗雨滴从树上重重地砸到他身上，他取下帽子用手帕擦脸。他这样做的时候，背对着她，于是她趁机赶紧离开，沿着来时的小径朝家跑去。她两手冰冷，将披在肩上的斗篷拉得更紧了一些。她知道，这就是威廉迟迟不能回来的原因了，他要么被人抓住关押起来，要么就像自己刚才那样，只能躲在林子里。既然这儿有一个人，那肯定还有其他同伙。刚才看见的这个家伙不是赫尔福德村的人，那就应当是戈多尔芬、拉什利或尤斯迪科的手下了。她想，既然这样，自己可就束手无策了。只能回去，进入卧室，梳妆打扮，戴上耳环、项坠和手镯，笑盈盈地走下楼去，移步餐厅，落座桌首，让戈多尔芬坐于右面，拉什利坐于左边，而他们的手下则继续在林子里守望。

她沿着小径疾步赶回宅子。一路上，密集的树枝上不断有水珠落下，乌鸫也不再鸣啼，黄昏时分四周异常静穆。

　　当她走到草坪前面的空地时，朝前面的楼宅望去，看到客厅通往露台的长窗敞开着，罗金罕姆站在那儿，凝望着天空。公爵和公爵夫人跟在他屁股后面，四处走动着。朵娜赶忙抽身躲了起来。这时，一条狗朝草坪这边嗅了嗅，一边沿着她留在湿漉漉的草地上的脚印走过来，一边摇着尾巴。她看到罗金罕姆的目光跟随着这条狗，又朝头顶上方的窗户看了一眼。隔了一两秒，他小心翼翼地跟了上去，走到草坪边上，低头查看那些暴露行踪的脚印，这些脚印穿过草坪，消失在树林里。

　　朵娜潜回树林，听到罗金罕姆在轻唤着那条狗："公爵夫人……公爵夫人。"她听到那条狗在离自己左侧不远的蕨丛中东闻西嗅。她在树林间绕来绕去，穿梭而行，朝着车道走去，沿着它就可以走到宅子前面，回到庭院。此刻公爵夫人肯定沿着她的脚印从树林追踪到了河湾，她没有再听到它发出什么动静了。于是朵娜神不知鬼不觉地回到了院子。

　　她从大门走了进去，幸亏此时餐厅没点蜡烛，仍然一片黑暗，只有在餐厅的一角，一个女仆正往靠墙的小桌上放盘子，哈利从伦敦带来的仆人也在旁边帮忙，但还是没有看见威廉的踪影。

　　朵娜在暗中停顿了片刻，等这些仆人从对面的房门走进后面的厨房后，她迅速登上楼梯，沿着过道朝自己的卧室溜去。

"谁呀？"她听到哈利在他的房间大声问道。她没有应声，而是溜回了自己的卧室，关上了房门。过了片刻，她听到门外响起了他的脚步声。等她刚刚甩下斗篷躺到床上，拉起被单盖到腿上时，他就像以往一样，门也不敲就一头闯了进来。

　　"威廉那该死的家伙到底去哪儿了？"他问，"他把地窖的钥匙不知藏哪儿了，而托马斯过来问我要酒。他说到处都找不到威廉。"

　　朵娜躺着一动不动，闭着双眼，接着翻了个身，打着哈欠，抬眼望着哈利，仿佛怪他把自己吵醒了。

　　"我怎么知道威廉去哪儿了？"她说，"说不定他正在马厩里和马夫聊天呢。他们干吗不去找他？"

　　"他们找过了。"哈利暴跳如雷，"这家伙根本就不知去向。乔治·戈多尔芬他们就要赶来赴宴了，我们却没有酒水招待客人。我告诉你，朵娜，我受够了。我要让他滚蛋，我告诉你。"

　　"他可能就要回来了。"朵娜无精打采地说道，"还有的是时间嘛。"

　　"太不像话了！"哈利说，"家里没个男人，下人就这副德行。你就惯着他胡作非为。"

　　"恰好相反，他对我百依百顺。"

　　"好了，我受不了了，我直说了吧。洛克说得对。这个家伙态度傲慢。洛克在这些事上的判断向来准确。"他站在屋子中间，低头气呼呼地看着朵娜，脸色通红，蓝眼睛里闪着怒气。她顿时回想起他平时微醉的样子，知道再过片刻，他就要破口大骂了。

"你打牌赢没有？"朵娜问道，试图分散他的注意力。他耸了耸肩，走到镜子前，打量着自己，用手指摩挲起眼袋来。

"和洛克打牌，只要超过十分钟，哪回我是赢了的？"他恨恨地说道，"没有。每次我都要输上二三十个金币，我都快输不起了。哎，我说朵娜，今晚我能睡你这儿吗？"

"你今晚不是有事要办，去抓海盗吗？"

"噢，这事到午夜的时候就应当搞定了，也许稍稍多耽搁一会儿。要是这家伙躲在赫尔福德河的某个地方，就像戈多尔芬和尤斯迪科认为的那样，那他今晚就插翅难飞了。从这儿到海岬，一路上我们布满了人手，连河的两岸也做好了埋伏。这次可是天罗地网，他逃不了。"

"那你打算在其中扮演什么角色呢？"

"哦，我只是旁观，等抓到了他再去凑热闹。到时我们要为此好好庆祝一番。你还没有回答我的问题呢，朵娜。"

"我们就不能到时再说吗？要知道午夜过后你的那副德行，你就不会在乎到底是睡在我这儿，还是躺在桌子底下了。"

"那是因为你一向对我硬心肠，朵娜。跟你说吧，你这回做得太过分了。就这么逃到纳伍闰来，把我一个人撇在伦敦，后来又发起不知哪门子的高烧来。"

"关上门，哈利。我想睡觉了。"

"睡你的大头觉。你总是说要睡睡睡。天知道有多久了，每次你都这么敷衍我。"他噔噔噔地大步走出房间，砰的一声摔上了门。她还听到他在楼道里站了片刻，扯着嗓门向楼下的仆人喊，问那该死的浑蛋威廉到底回来了没有。

朵娜从床上起身，朝窗外望去，看到罗金罕姆穿过草坪走了回来，那条小狗公爵夫人也紧随其后。

她不慌不忙地开始精心化妆，手指绕着乌黑的鬈发绾在脑后，戴上红宝石耳环，颈项间扣好红宝石项坠。此时的朵娜·圣科伦，身穿一袭浅黄色的缎子长裙，绾着发髻，满身珠光宝气，和海鸥号上那个浑身湿透的船舱服务生判若两人。而就在五天前，这个船舱服务生还站在菲利普·拉什利的窗台下，雨水顺着单薄的衬衣直往下淌。她端详着镜中的自己，又抬头看了一眼挂在墙上的肖像，意识到就在来纳伍闰的这段短暂日子里，自己的变化确实不小：脸庞变得丰润饱满，嘴角那丝抑郁的神色也消失了。正如罗金罕姆所说的那样，她双眸中的眼神也发生了变化。至于她晒得像吉卜赛人一样皮肤黝黑，更是一目了然。此外，她的手上和颈上也晒得黝黑黝黑的。她暗中问自己，谁会相信这是发烧造成的呢？谁会相信皮肤黝黑是黄疸造成的呢？这样说或许骗得了哈利，他根本就缺乏想象力，但罗金罕姆才不会上当呢。

过了一会儿，她听到从院子的马厩里传来大钟的敲击声。

第一批客人到了，他们的马车停在了台阶前面。过了几分钟，又传来马蹄声，钟声再度敲响。餐厅传来人们说话的声音，而哈利的嗓门盖过了其他人，其中还混杂着两条狗的吠叫声。这时天几乎全黑了，窗外的花园隐没在黑暗中，树木也纹丝不动。树林里，她想，有人在站岗，朝河湾窥视。说不定又添了其他人手过来。他们全都站在那儿，背靠着树木静静地守候着。等我们在这儿用完晚餐，酒足饭饱后，戈多尔芬看看哈利，哈利看看罗金罕姆，他们推开椅子，相视一笑，拔出佩剑，就朝树林走去。要是退回到一百年以前，她想，我就能早做准备，将蒙汗药放到他们的酒水里，要不然就把自己的灵魂出卖给魔鬼，用魔力镇住众人。但现在不是一百年以前，在如今的这个时代里，这种事情再也不会发生了。我现在唯一能做的就是坐在桌旁，笑脸相迎，举杯相劝，让他们频频喝酒。

她推开了房门，餐厅里的嘈杂声立刻扑面而来。她听到戈多尔芬拿腔捏调的声音，菲利普·拉什利尖锐刺耳的咳嗽声，还有罗金罕姆问了句什么，对比之下，他的声音轻细柔和。她在下楼前沿着走廊去了孩子们的房间，看到他们都睡着了，就吻了吻他们，拉开窗帘，好让夜晚的凉风从敞开的窗户飘进来。随后她又走回楼梯口，这时她听到身后传来一个声音，细细的，有气无力，就像有人在黑暗中迷失了方向，在走廊上摸索前进那样。

"谁在那儿？"她低声问道，但没有回应。她停顿了片刻，身上一阵凉意袭来。此时楼下传来客人的大声喧哗。稍后，漆黑的走廊中又发出一种有气无力、摸索前进的窸窣声，以及一声轻轻的低语和叹息。

她从孩子的房间取来一根蜡烛，高高举过头顶，低头仔细查看长长的走廊上发出声响的地方。突然发现就在那儿，一个人半蹲半躺地靠在墙角，竟然是威廉。他的脸色灰白，左臂无力地耷拉着。她在他身旁跪下，可他推开了她，他那张圆圆的小嘴痛苦地咧了一下。"别碰我，夫人。"他低声说，"您会弄脏衣服的，我的衣袖上有血。"

"威廉，好威廉，你伤得要紧吗？"她急忙问道。他摇了摇头，右手紧按着肩膀。

"没事的，夫人。"他说，"就是不太走运……偏偏就在今晚。"他合上眼，虚弱无力，忍着疼痛。她知道他没有说实话。

"到底怎么回事？"她问。

"我穿过树林回来，夫人。"他说，"看到了戈多尔芬的一个手下，他冲了上来。我总算逃了回来，但挨了一刀。"

"你得去我的房间，我给你清洗伤口，包扎一下。"她低声说。他已近乎昏迷，没有出声反对，只能听凭她搀扶着自己，穿过走廊进了房间。一进房间，她就赶紧把房门关紧闩好，扶他上床。接着她取来水和毛巾，替他清洗了肩上的伤口并包扎好。这时他睁开眼来，望着她，说道："夫人，劳您费心了。"

"躺着别动,"她低声说,"好好躺着,休息休息。"

他仍然面如死灰,而她也不知道伤口的深浅以及如何帮他缓解疼痛,一时深感绝望,不知如何是好。他准是觉察到了,于是开口说道:"别担心,夫人,我没事。我好歹完成了任务,我去海鸥号见过了主人。"

"你已经通知他了?"她问,"你告诉他戈多尔芬、尤斯迪科和其他人今晚在这儿赴宴?"

"是的,夫人。他听后笑了,对我说:'回去告诉你家女主人,我一点儿都不用担心。还有,海鸥号正需要一个船舱服务生呢。'"威廉正说着,门外传来了脚步声,有人在外面敲门。"谁呀?"朵娜大声问道。门外传来一个小女仆的声音:"哈利老爷吩咐我告诉夫人,他和诸位先生正等着用餐呢。"

"告诉哈利老爷开饭好了,我马上就来。"朵娜说完,俯身对威廉轻声说,"船怎么样,修好了吗?今晚能起航吗?"但他只是茫然地盯着她,仿佛认不出她来,接着就闭上了眼睛。她知道他晕过去了。

她替他盖好毯子,心里茫然无措,不知道下一步该怎么办。她用水洗去手上的血迹,接着照了一下镜子,见自己面无血色,就用颤抖的手指在脸颊上抹了点胭脂。随后她离开房间,留下威廉人事不省地躺在床上。她沿着楼道,拾阶而下,朝着餐厅走去。她听到客人们起身相迎,椅子在石板地面发出一阵刮擦声。她高昂着头，嘴角含笑，可实际上对眼前的一切都视而不见：她没有看见明亮的烛光、满桌的杯盏菜肴、身穿紫色上衣的戈多尔芬、头戴灰色假发的拉什利、抚弄佩剑的尤斯迪科，也没有看见那些注视她走来，并向她鞠躬行礼的宾客。她朝着桌首女主人的位置走去，对这一切全都视而不见。在她眼里，只见一片静静的河湾，一个男人站在船甲板上，一边等候潮起，一边在心里默默地跟自己告别。

18

　　这么多年以来，纳伍闰庄园这间宽大的餐厅里第一次摆上了筵席。在明亮烛光的照耀下，客人们六人一组，分坐在长长的餐桌两边。桌上琳琅满目，摆满了银制餐具、玫瑰镶边的盘子和堆满了水果的大碗。餐桌的一端坐着这次宴会的男主人，他长着一双蓝色的眼睛，脸色泛红，金色的假发有些倾斜，客人每讲一个笑话都会令他大笑不止。女主人则坐在餐桌的另一端，心不在焉地拨弄着面前的盘子，不时朝坐在自己左右两侧的客人抛个媚眼，仿佛他们是这个世界上最尊贵的客人，而她今晚只为他们作陪。只要客人愿意，即使再多陪一会儿也无妨。真是大开眼界啊，哈利·圣科伦爵爷一边踢着桌下的两条爱犬，一边心想，自己的妻子朵娜以前从没有这样肆无忌惮地调情，还旁若无人地乱抛媚眼。如果这就是那场该死的发烧导致的后果，那在座的诸位今晚可就艳福不浅了。真是大开眼界啊，罗金罕姆也是同样感叹。他一边隔着桌子望着她，一边心想，朵娜今晚看起来比以往任何时候都明艳动人。同时他心里又止不住疑惑：先前黄昏七点的时候，自己还以为她在睡觉，但她为什么要穿过树林走到河边呢？

眼前这位，在座的每位客人心里都在想，就是芳名远扬的圣科伦夫人，他们对她早有耳闻，听说了很多关于她的闲言碎语和谣传丑闻，知道她在伦敦酒肆与风尘女子同餐共饮，穿着丈夫的长裤半夜策马街头，连马鞍也不用。她自然跟圣詹姆斯街上的每个花花公子都有过一腿，更不用说和国王陛下之间关系暧昧了。

一开始，客人们尚心存疑虑，碍于面子羞于开口，可她言笑晏晏眉目传情，热情地询问起各位客人的家庭情况、兴趣爱好以及是否婚配等私密的事情，让他们觉得自己所说的每一句话她都极感兴趣，都会听得入耳入心。他们只要有机会向她倾诉，她会比任何人更能理解自己。于是，客人释然了。统统见鬼去吧，年轻的彭罗斯心想，所有对她恶语中伤的人，不过是由于姿色平平心生嫉妒而乱嚼舌根罢了。老天在上，尤斯迪科心想，要是自己有这样一位太太，一定会金屋藏娇，与她整日厮守，这才算艳福不浅，果真如此，这辈子就算值了。还有特里梅因，他来自普洛布斯，头戴红色假发的卡尼斯克，他拥有西海岸的所有地产。前者既无妻室又无情妇，此刻正呆呆地望着她，因艳羡不已而心生懊恼。后者的太太比自己年长十岁，见朵娜在对面冲自己眨了一下眼睛，不由得想入非非，心中盘算是否可能晚宴后与她独处一室。就连装腔作势的戈多尔芬——眼珠突出、鼻端长疣的戈多尔芬，尽管不太情愿，也在心里不得不承认哈利的这位太太仪态万方，魅力无穷。当然他对她现在没有、以后也绝不会有什么好感，反正他不会让露西与她交好，她的眼神大胆放肆，充满挑逗，让他深感不安。菲利普·拉什利在女人面前一向不苟言笑，总是态度生硬沉默寡言，这次却跟她大谈自己的童年往事，大谈对自己十岁时就去世的先母的拳拳追念。"现在差不多快十一点了。"朵娜心想，"我们还在这里吃喝聊天，只要我这样继续下去，哪怕再多拖延一秒，都能给他赢得宝贵的时间。现在河湾里一定在涨潮，不管海鸥号的船身是否有洞，他们先前的抢修工作一定管用，船肯定能起航出海了。"

她朝候在一旁的仆人以目示意，于是酒杯又一一斟满，客人们推杯换盏的交谈声不绝于耳，她冲着坐在自己左首的客人嫣然一笑，心里却牵挂着威廉，不知他是否从昏迷中苏醒过来，或者仍躺在自己的床上，脸色惨白，双目紧闭，肩头一片暗红的血迹。"我们应当来点音乐。"哈利半闭着双眼，说道，"我们应当来点音乐，就像我的祖父生前喜欢的那样，就在上面走廊里播放，那时年迈的女王还在世呢。哎，真该死，怎么如今就没有演奏乐队了呢？看来是那些该死的清教徒把他们都杀光了。"他已经半醉了，朵娜一看他的神情就知道，今晚他不会碍事了。"我看那种蠢事还是消亡为好。"尤斯迪科听了皱紧眉头，刚才哈利话中对清教徒的嘲讽令他颇为不快，因为他的父亲就曾为国会[1]而战。

"宫廷里经常举办舞会吗？"年轻的特里梅因问道，他满脸通红，神情热切，一双眼睛紧紧地盯着她。"啊，没错。"她回答道，"我说，等我和哈利回伦敦之后，你得上伦敦来，我给你物色个太太。"可他摇着头，嘴里虽然支支吾吾地说不，但眼里流露出极度艳羡的神情。"再过二十年，詹姆斯就和他一样大了。"她心想，"也会在凌晨三点溜进我的房间，倾诉自己最近一次的情场失意。不过眼前这一切都将被遗忘，被抛诸脑后。也许，以后看着詹姆斯的眼睛和他急切的神情，我会突然想起今天的这一幕来，告诉他我在晚宴上如何把十二个男人稳住，一直拖到午夜，好让自己心爱的男人逃回法国，从自己的生活中永远消失。"

罗金罕姆正在悄悄跟哈利嘀咕些什么呢？"哎呀！我的天！"哈利在餐桌那头大叫起来，"你那个浑蛋仆人一直没有回来，你知道吗，朵娜？"他用拳头捶着桌子，酒杯都震动了。戈多尔芬皱起了眉头，这下弄得他把酒洒在镶了花边的领带上了。"知道，"朵娜笑吟吟地答道，"可那有什么关系呢，没有他，我们不是照样能尽兴？"

"要是你的话会怎么办，乔治？"哈利大声问，一心要发

1　在英国革命期间，清教徒控制着国会，提出要"净化"（purify）和改革英国国教。

泄自己的怨气，"主人当晚有宴请，当仆人的却连人影都不见了。"

"自然是打发他走人喽，我亲爱的哈利。"戈多尔芬回答。

"还要狠狠地揍他一顿。"尤斯迪科补了一句。

"对啊，这都没错。"哈利一边说，一边打着嗝，"可这该死的家伙是朵娜跟前的红人。她生病时，他不管白天黑夜都可以随意出入她的卧室。你能受得了这个吗，乔治？你太太是否允许一个男仆随便进出她的卧室，呢？"

"没有的事，"戈多尔芬回答道，"戈多尔芬夫人目前身体欠佳，只有她的老保姆一人伺候，当然还包括鄙人在内。"

"这听起来多么富有人情味，"罗金罕姆说道，"多么富有乡下的田园风格，感人至深哪。但圣科伦夫人正好相反，似乎身边根本就不需要女仆，"他说着，隔着桌子冲朵娜一笑，举起了酒杯，"散步散得怎样，朵娜？林子里是不是湿漉漉的？"

朵娜没有应声。戈多尔芬疑惑地看着她。如果哈利真的任由太太跟下人胡来，那他很快就会成为这一带乡村茶余饭后的话柄。戈多尔芬还记得哈利太太到自己家用茶点那天，赶车的那个家伙表现得非常放肆无礼。

"尊夫人还受得了这么热的天气吧？"朵娜问戈多尔芬道，"我可是常常记挂着她呢。"可她没听到对方的回答，坐在左边的菲利普·拉什利开口插话了。"我保证以前在哪儿见过您，夫人。"只听他说，"可我怎么也想不起是在什么时间和什么地点了。"

说完，他盯着自己的盘子，双眉紧锁，似乎是要极力回想起当时的场景。

"再给拉什利先生满上，"朵娜说着，笑靥如花，将酒杯朝他轻轻一推，"是的，我也有这种似曾相识的感觉，想必是在六年前，我还是个新娘子的时候来过这里。"

"不对，我敢对天发誓，"拉什利摇着头说道，"我觉得和你说话的声音语调有关，我应当在不久前听到过。"

"每个男人见了朵娜之后都会有这种感受。"罗金罕姆说道，"都会产生似曾相识的感觉。等着吧，亲爱的拉什利，你今晚难以成眠了。"

"这是你的经验之谈吧？"卡尼斯克说着，与罗金罕姆交换了一下眼色，后者微微一笑，整了整袖口的花边。

"真是恶心至极，"朵娜心想，"那双像猫一样贼溜溜的小眼睛，还有那种意味深长的微笑。他巴不得在座的每个人都以为我和他关系暧昧。"

"您到过福伊港吗？"菲利普·拉什利问道。

"我肯定从未去过。"她回答道。他听后喝了口酒，仍然疑惑地摇着头。

"你有没有听说我遭到了抢劫？"他问。

"是的，我听说了。"她回答道，"真是太不幸了。后来您就没有再听到关于那条船的任何消息了吗？"

"什么消息也没听到。"他恨恨地说，"不过，这条船现在一定停靠在法国的某个港口，他们不能合法地把它开走。宫廷里全是外国人，当国王的法语说得比英文还好，这也是无可奈何的事。不过，但愿今晚我可以新账老账一起算。"

朵娜瞥了一眼楼道上方的挂钟。离午夜还差二十分钟。"那阁下您呢？"她笑着问戈多尔芬，"您也卷入了拉什利先生船只被劫事件中去了？"

"是的，夫人。"他冷冷地答道。

"但愿您没有因此受伤吧？"

"幸而无恙。那些恶棍只晓得落荒而逃。法国人个个都是那样的尿包，遇事只会一逃了之，不敢与我们堂堂正正地开战。"

"他们领头的就是您跟我说起过的那个亡命之徒？"

"他岂止是亡命而已，夫人。他是我见过的最肆无忌惮、最嗜血如命、最狰狞丑恶的狂徒。听说他每次出海，船上都带着一大群女人，其中大多是从英国乡村抢去的可怜人。不用说，我是不会把这些事情告诉我太太的。"

"当然不讲为妙啦，没必要让尊夫人跟着担惊受怕。"朵娜低声说。

"他带了个女人上好运号。"菲利普·拉什利说道，"我亲眼看见她就站在上面的甲板上，看得一清二楚，就像我现在看你一样。那准是一个厚颜无耻的婊子，披头散发，下巴上还有条口子。肯定是法国码头上的一个娼妓。"

"还有个小伙子。"戈多尔芬补充道，"一个混账东西，来敲菲利普家的门。我敢发誓，他跟这事脱不了干系。他说话带着哭腔，举止像个娘们，让人恶心透了。"

"这些法国人真是荒淫无耻。"朵娜附和道。

"要不是那阵风，他们本来是逃不出我们的手心的，"拉什利气呼呼地说，"当时正好从金港吹来一阵风，满船风帆都鼓了起来。你准会说这是魔鬼在帮他。乔治用火枪对着那歹徒连连开枪，可就是没打中。"

"怎么会呢，我的爵爷？"

"当时鄙人正好处境不利，夫人。"戈多尔芬开口解释，脸一下子涨红了。哈利在桌子那头看着他，用手拍着膝盖大声嚷道："我们都听说了，没关系的，乔治。你丢了假发，是不是？那个法国佬抢走了你的假发？"所有人的目光顿时都集中到戈多尔芬身上，他直挺挺地坐着，盯着面前的酒杯不说话。

"别理他们，亲爱的戈多尔芬爵爷。"朵娜笑道，"再多喝点。说实在的，丢了假发算什么？本来可能会丢比这宝贵得多的东西呢，要真是那样，戈多尔芬夫人可怎么办？"听到这话，她左侧坐在拉什利旁边的卡尼斯克猛地呛了一口酒。

离午夜还有十五分钟、十分钟、五分钟，年轻的特里梅因正和来自特里高尼的彭罗斯大谈如何斗鸡；一个来自博德明的不知姓甚名谁的家伙用手捅了一下罗金罕姆的肋部，手捂着嘴低声和他说着什么下流故事；卡尼斯克坐在对面色眯眯地瞄着自己；菲利普·拉什利的手上满是皱纹和汗毛，正在摘葡萄吃；哈利半躺在椅子里，兀自哼着一支跑了调的曲子，一只手摆弄着酒杯，另一只手抚弄着趴在腿上的长毛垂耳犬。突然间，尤斯迪科扫了一眼挂钟，跳了起来，高声叫道："诸位，诸位，我们已经浪费了太多时间！你们难道忘了吗？我们今晚来此相聚可是有要务在身的？"

霎时席上一片默然。特里梅因涨红了脸，埋头盯着盘子；卡尼斯克用花边手帕抹了抹嘴，直愣愣地盯着前方。有人窘迫地咳嗽着，有人两脚在桌下不停地敲着地板，只有哈利脸上继续保持着笑容，哼着不成曲调的醉酒歌，此时外面已敲响了午夜的钟声。尤斯迪科意味深长地看向女主人。朵娜立刻会意地站起身来。"你是想让我出去回避一下？"她问道。

"这是什么话，"哈利睁开一只眼睛，大声嚷起来，"让内人留在这里，蠢蛋。没有她在，这宴会就冷场了，一向都是这样的。祝你健康，我的美人。哪怕你允许下人随意进出房间也罢。"

"哈利，现在不是开玩笑的时候。"戈多尔芬说着转向朵娜，"夫人若能回避，我们议事会更方便些。刚才尤斯迪科已经说了，我们都差点儿把正事给耽搁了。"

"这我当然明白，"朵娜回答说，"我可一丁点儿也不想碍你们的事。"他们起身送她离开。正在此时，外面院子里的大钟当当地响了起来。

"到底是谁呀？"哈利打着哈欠说，"竟然有人赴宴会晚两个半小时？那咱们再开一瓶酒吧。"

"我们人都齐了。"尤斯迪科说道，"没别的人了。你说呢，戈多尔芬？"

"对，我没通知别的人了。"戈多尔芬皱着眉头，"毕竟今晚的聚会是秘密举行的。"

大钟又响了起来。"来人哪，去把门打开。"哈利大声叫道，"仆人们都到哪儿去了？"

趴在他腿上的那条狗跳了下来，汪汪叫着朝门口跑去。

"托马斯，来人哪，你们都在干什么？"哈利回头喊起来。罗金罕姆站起身，走到餐厅后通往厨房的门边，一把将门推开。"喂，有人吗？"他叫了起来，"你们都睡了吗？"但没人应声，甬道里面一片漆黑，静悄悄的。

"有人吹灭了蜡烛。"他说，"甬道里面黑漆漆的，什么也看不见。喂，你在吗，托马斯？"

"你是怎么吩咐下人的，哈利？"戈多尔芬说着，推开了身后的椅子，"你允许他们去睡觉了吗？"

"去睡觉？没有的事。"哈利说着摇摇晃晃地站了起来，"这些家伙肯定在厨房的哪个地方候着呢。洛克，你再叫一下，好吗？"

"我跟你说了没人，"罗金罕姆说，"没有灯光，到处都漆黑一片。厨房那边也是黑灯瞎火的，什么都看不见。"

大钟第三次响了起来。尤斯迪科骂了一声，大步走到门口，动手抽开门闩。

"肯定是咱们的人过来报告情况。"拉什利说道，"就是那个我们埋伏在树林里的人。有人走漏了风声，他们打起来了。"

大门砰然打开，尤斯迪科站在门口，朝着外面的夜色大声问："是哪位造访纳伍闻？"

"吉恩-贝努瓦·奥伯利来访，乐意为诸位先生效劳。"话音才落，法国人已闯进大厅，手里拿着佩剑，嘴角挂着微笑。"别动，尤斯迪科。"他警告说，"还有你们，都待在原地。我将你们包围了，一个也别想逃掉。谁敢动，谁就得先挨枪子儿。"

朵娜在楼梯口朝上面的走廊望去，只见皮埃尔·布兰克双手持枪，旁边站着埃德蒙·瓦克奎利埃，而威廉站在通往厨房的门口，脸色苍白，神情莫测，一条胳膊无力地垂着，另一只手拿着一把出鞘的短刀，刀锋正指着罗金罕姆的咽喉。

"我请诸位先生就座。"法国人说道，"本人不会耽搁各位太久的时间。至于这位夫人，敬请随意好了，不过先得烦请夫人将佩戴的红宝石耳环给我，因为我为此和自己的船舱服务生打过赌。"

　　法国人站在她的跟前，鞠了一躬，然后摆弄着手里的佩剑。旁边赴宴的十二位客人只能眼巴巴地看着他，目光中又怕又恨。

19

　　赴宴的众人如同僵死了一般，呆坐在餐桌旁一动不动。没有谁说话，每个人都死死地盯着法国人，看着他站在那儿，微笑着伸出手去取首饰。

　　现在形势是五比十二，但这五个人全副武装，对方虽说有十二个人，刚才却不合时宜地山吃海喝了一番，腰间的佩剑还来不及出鞘。尤斯迪科的手仍按在门上，海鸥号的水手卢克·杜蒙站在他旁边，拿枪顶着他的肋骨，尤斯迪科只得拉上门，插上门闩。皮埃尔·布兰克和他的同伴沿着楼梯从上面的走廊走了下来，分别在大厅两头找了个位置守好，只要有谁敢伸手碰一下随身携带的佩剑，那就正如他们的首领所警告过的那样，此人必定血溅当场。罗金罕姆靠在墙上，眼睛盯着威廉的刀锋，用舌头舔了舔嘴唇，什么也没说。只有那位男主人，不知发生了什么事情，又瘫坐在椅子里，一脸茫然地打量着周围的情形，还将剩了一半的酒杯端到唇边。

朵娜从耳垂上取下红宝石耳环，放进伸在自己面前的那只手里。

"够了吗？"她问。

他用剑指着她脖子上的项坠。

"能否劳驾您将它一起取下？"他说着扬起了眉毛，"不然我的船舱服务生会责怪我的。还有您臂上的手镯，我也一并要了。"

她取下了手镯和项坠，一言不发，面无表情，把这些东西放进了他的手里。

"不胜感激，"他说，"夫人想必玉体康复，高烧已退了吧？"

"我原本已经康复，"她回答道，"只是今晚阁下的光临，会令我旧病复发的。"

"那可就遗憾之至了，"他正色道，"我对此深感愧疚。我的船舱服务生也时常发高烧，不过海上的空气对他大有裨益。此乃治病良方，夫人不妨一试。"他略一欠身，将首饰放入口袋，从她面前转过身去。

"想必这位就是戈多尔芬阁下了，"他说着，走到他跟前，"上次见面我取走了你的假发。那也是为了一场打赌的缘故。但此次相逢，我或许应当取些更值钱的东西。"他伸手抓住戈多尔芬胸前的装饰物件——一根缎带和一颗星星，一剑削了下来。

"抱歉，佩剑不能留在你身上。"戈多尔芬的佩剑哐当一声落在了地上。法国人又略一欠身，来到菲利普·拉什利的跟前。"晚上好，先生。"他说，"你看起来没有上次见面时那样热情了。但我得感谢你将好运号馈赠与我。那是艘出色的船，算得上一份厚礼。我保证你现在再也认不出它来了。他们在法国给它另行装配了帆索，还重新油漆了一遍。劳驾，先生，你的佩剑。你口袋里又装着些什么呢？"

拉什利头上的青筋迸出，呼吸也急促起来。"你会得到报应的，上帝不会饶过你。"他说。

"可能会吧。"法国人说道，"不过眼下，得到报应的是你。"他把拉什利的金币全部倒进腰间系着的口袋里。

他不慌不忙地绕着桌子，依次打劫，赴宴的客人失去了腰间的佩剑、口袋里的钱财、手指上的戒指以及领结上的饰针。法国人绕着餐桌漫步而行，嘴里轻轻地吹着曲子，不时倾身从果盘里摘颗葡萄来吃。甚至在等来自博德明的那位矮胖客人从肉墩墩的手指上取戒指的时候，他还坐在杯盘狼藉的餐桌旁，给自己倒了杯酒喝。

"你地窖里的藏酒不错，哈利爵爷。"他调侃说，"不过我还是建议你把这酒再放上一两年，这样口味更好。我早先在布列塔尼的家中也有几瓶这样的酒，但当时我像个傻瓜一样，早早地将酒全喝光了。"

"去死吧，该死的浑蛋！"哈利嘴里含糊不清地咕哝着，

"你这个罪该万死的……"

"别担心，"法国人笑道，"如果我想喝，我可以从威廉那儿拿到钥匙。但我无意剥夺你四五年后享用此酒的乐趣。"他挠了挠耳朵，低头瞧了一眼哈利手上的戒指。

"好一枚品质上乘的祖母绿戒指。"他说。

哈利闻言，从手指上取下戒指，朝法国人劈面扔去。法国人一把接住，凑近烛光仔细审视着。

"没有一丝瑕疵。"他说，"这样的祖母绿的确罕见。不过，我不想要了。我改变主意了，哈利爵爷，我从你身上已经拿了不少东西。"他欠了欠身，把戒指递还给朵娜的丈夫。

"好了，诸位先生。"他说，"本人最后还有一个请求。可能不太雅观，但鉴于目前的情况，却很有必要实施。你瞧，我要回船上去了，要是让你们跟树林里的手下会合后来追赶我们，恐怕会坏了我的好事。简而言之，我要各位脱下你们的长裤，交给我的人。还有你们的鞋袜。"众人闻言，都对他怒目而视。"天哪，不行，"尤斯迪科叫了起来，"你还没有把我们耍够吗？"

"我很抱歉。"法国人笑着说，"但我非得这么做不可。瞧吧，夜间空气暖和，昨天也是仲夏日。圣科伦夫人，您不妨行个方便，退到客厅去，好吗？这些先生不愿在您面前当众脱衣露体，虽然私下里他们巴不得这么做呢。"

他替她打开门，让她出去，回头冲众人高声说道："我给你们五分钟的时间，只有五分钟。皮埃尔·布兰克、朱尔斯、卢克、威廉，好好照看这些先生。趁他们脱衣服，我要和夫人谈一谈今天的情况。"

他跟着她进了客厅，关上了门。

"你呀，"他说，"站在餐桌前，笑得那么高傲，我可不可以让你重操旧业呢，我的船舱服务生？"他把佩剑扔在椅子上，朗声笑着，张开双臂。她走上前去，搂住他的肩膀。

"你怎能如此轻举妄动？"她娇嗔地问道，"如此放肆无礼，如此胆大妄为？你不知道树林里、山冈上全埋伏着他们的人吗？"

"知道。"他说。

"知道还来？"

"因为，我过去的行动经验告诉我，越是冒险，往往胜算越大。再说，我差不多有二十四小时没有吻你了。"他低下头，双手捧住她的脸庞。

"早餐时我没有来，"她问，"你是怎么想的？"

"我来不及细想。"他回答说，"我是在日出后被皮埃尔·布兰克叫醒的，他告诉我海鸥号搁浅进水了。你可以想象，我们当时费了多大的劲来修理它。后来，大伙儿正在甩开膀子干呢，威廉就赶来替你送信了。"

"可那时你还不知道今晚赴宴的事情啊？"

"是不知道，但我当时就存了个心眼。我手下有人看见河滩上有一个人影，还看到对面的山冈上也有一个人影。我们那时就知道得争分夺秒地干了。尽管如此，他们还是没有发现海鸥号。他们守卫的是河流和树林，但没有到河湾来。"

"后来威廉又来了？"

"是的，在傍晚五六点的时候。他告诉我你们要在纳伍闰组织晚宴，我当即就做出了决断。我当然把计划告诉他了，不过他在回去的路上在树林里挨了一刀，所以没能通知到你。"

"晚宴时我一直记挂着他，他当时躺在我的床上，身上有伤，人昏迷着。"

"的确如此。不过，他还是按原计划硬撑着来到窗口，让我们进来。噢，对了，你的仆人全都关在猎物贮藏室里，背靠背绑着。就像好运号上的那些人一样。你还想要回你的三件首饰吗？"他把手伸进口袋里去取那些首饰，但她摇头阻止了他。

"最好放在你那儿，"她说，"做个纪念。"

他没有说话，只是端详着她，抚摸着她的卷发。

"海鸥号两个小时之内就要起航出发了，要是一切顺利的话。"他说，"船身那侧的破洞修补得太匆忙了，但一定能坚持开到法国海岸。"

"天气怎么样？"她问。

"风向很好，风力也足够稳定。我们应当用不了十八个小时就可以开到布列塔尼了。"

朵娜不再说话，他继续抚摸她的秀发。

"我没了船舱服务生。"他说，"你知道有哪个合适的小伙子可以随我出海吗？"她抬头看着他。但他脸上没有丝毫笑容，他将目光从她身上移开，捡起了自己的佩剑。

"恐怕我得带走威廉了。"他说，"他已经完成了他在纳伍闻的使命，你的府上不会再有他的消息了。他伺候你还算尽心尽力吧，是吗？"

"的确如此。"她回答道。

"要不是因为他今晚在尤斯迪科的手下那里挨了一刀，我可能会把他留下来的。"他说，"但他转眼就会被认出来，尤斯迪科会不由分说就把他吊死的。况且，我很难相信他会愿意留下来听你丈夫的差遣。"

他环顾客厅，目光在哈利的画像上逗留片刻，接着就走向长窗，推开窗户，拉开了窗帘。"你还记得我第一次和你共进晚餐的那个夜晚吗？"他说，"后来你望着炉火出神，我就给你画了一幅画。当时你对我的画作很生气，还记得吗？"

"不对，"她说，"当时我不是生气。只是很羞愧，因为你洞察了一切。"

"告诉你一件事，"他说，"你永远都成不了一个钓鱼高手。你太性急了。你会把鱼线弄得一团糟。"

有人敲门。"怎么样？"他用法语大声问道，"诸位先生都按我说的照办了吗？"

"是的，先生。"威廉在门外回答道。

"那就好。告诉皮埃尔·布兰克，将他们的双手反绑在背后，带到楼上的卧室里去。关好门，锁起来。这样两个小时内他们就不会给我们找麻烦，而我们需要的就是这段时间。"

"好的，先生。"

"哎，威廉？"

"在，先生？"

"你的胳膊怎么样？"

"有点疼，先生，但不是很厉害。"

"那就好。我要你用马车，带夫人到三英里外克弗雷克那边的沙滩上去。"

"没问题，先生。"

"然后待在那儿等我的吩咐。"

"遵命，先生。"

她疑惑地盯着他，他来到她跟前，手里握着剑。"你有什么计划？"她问。

他停了片刻才开口，脸上没有了笑意，双眸黑幽幽的。

"你还记得那晚我们在河湾旁边是怎么说的吗？"

"当然记得。"她说。

"我们都认为，女人无路可逃，除非是逃避短短的一个小时，或是一天。记得吗？"

"是的。"

"今天上午，"他说，"我正忙着修船，威廉带信来说你不再是一个人，我就明白咱俩的梦幻天堂消失了，这片河湾不再是我们的避风港了。从此以后海鸥号必须到其他水域航行，在别的地方寻找藏匿之处。虽然船是自由自在的，船上的水手们是自由自在的，船长却处于囚禁中。"

"你这是什么意思？"朵娜问道。

"我的意思是，我受困于你，正如你受困于我一样。从一开始，我就知道这是咱俩的宿命。打我冬天来到这儿，躺在你楼上的卧室里，双手枕在脑后，看着你挂在墙上的那幅略带愁容的画像，我就笑着对自己说：就是她了，不会是别人。于是我等着，什么也不干，因为我知道，咱俩相会的日子终究会到来。"

"还有呢？"她问。

"还有你，"他说，"我那洒脱不羁的朵娜，那么伤心，那么失望，在伦敦女扮男装，与丈夫还有一帮朋友胡闹，心里却在想，在别的某个地方，天知道到底是在哪个国度，有那么一个人，天知道长什么模样，但他是自己身心的一部分。要是没有这样一个人，自己就会像一根稻草，随风飘荡，早已迷失在这个尘世间了。"

她走上前去，用手蒙住他的双眼。

"所有这一切，"她说，"你所感受的这一切，我也感同身受。我完全能体会你的每个想法，每个愿望，以及瞬息万变的种种心境。但一切都太晚了，我们现在无能为力。你已经这么告诉过我了。"

"我是昨晚这样告诉你的。"他说，"但那时我们无牵无挂，两厢厮守，离天明还有好长的时间。在当时的情形下，身为男人，可以对未来不屑一顾，因为他把握着现在，对未来的残忍设想令人心碎，却能平添几分现时的欢愉。然而，当一个男人真正陷入情网的时候，我的朵娜，他就从爱情的重负下解脱出来了，同时也从自身中解脱出来了。"

"是的，"她说，"我明白你的意思。我一向也有这种感受。不过并非每个女人都有这样的感受。"

"当然不是，"他说，"不是每个女人都有这种感受。"他从口袋中掏出手镯，戴在她手腕上。"因此，"他继续说，"当清晨来临，我看着晨雾在河湾升起，我的身边没了你的身影，于是我清醒过来，不再幻想。我这才明白，即使是我，要想逃避，也同样做不到。我业已成为一个披枷戴锁的囚徒，被囚禁在深深的地牢里。"

她握住他的手，放在自己的脸颊上。

"于是整整一天，你专心修船。"她说，"你汗流浃背，埋头苦干，一言不发，眉头紧锁。就像我知道的那样聚精会神地工作。终于，船修好了，这时你得出了什么结论？"

他把目光从她身上移开，投向窗户外面。

"我的结论，"他缓缓说道，"还是和原来一样。你仍然是朵娜·圣科伦，贵为英国男爵夫人，同时是一双儿女的母亲。而我，是一个法国人，也是一个不法之徒，在英国打家劫舍，与你的朋友为敌。如果真有什么结论，朵娜，也应该由你来定，而不是我。"

　　他再次走向窗口，回头看她。

　　"这也是我为什么要让威廉带你到克弗雷克附近的小湾，"他说，"这样你可以决定接下来该怎么办。如果我、皮埃尔·布兰克，还有其他人冲破林中的埋伏，安全回到船上，立即扬帆起航，随着涨潮离开，那日出时分我们也应当到达克弗雷克了。到时我会放一条小船下来，听取你的答复。如果天已大亮还不见海鸥号的踪影，你就知道我的计划出问题了。戈多尔芬或许最终能如愿以偿，把那个可恶的法国人在园子里最高的那棵树上吊死。"

　　他微微一笑，迈步踏上露台。"我爱你，朵娜。"他说，"几乎每时每刻都想念你。但最让我动心的时候，我想是你扑倒在好运号甲板上的那一刻，你穿着皮埃尔·布兰克的长裤，脸上淌着血，雨水不断地从你身上那件被扯坏的衬衣上滴下来。当时我看着你大笑，一颗子弹从你头上呼啸而去。"

　　说完他一转身，消失在茫茫的夜色中。

　　她一动不动地站在那里，双手紧握在胸前，时间一分一秒地在飞逝。最后她如梦初醒般地意识到，现在只剩下她孤身一人了。整个宅子里静悄悄的，而她手里还攥着红宝石耳环和项坠。这时从敞开的窗户外吹来一阵风，墙上的烛光摇曳闪烁，她神思恍惚地走向窗边，把窗户关紧闩好，然后又走向通往餐厅的那扇房门，将门打开。

餐桌上杯盘狼藉，果盘里水果堆得高高的，还有一尊尊银盅、一个个玻璃酒杯。椅子都被拉了出来，仿佛客人们餐毕起身而去，留下餐桌一片狼藉，气氛怪异，就像业余画家所作的静物写生，画中的食物、水果、泼溢而出的酒水全都欠缺生命，没有真实感。两条长毛垂耳犬蹲在地板上。公爵夫人，从地上抬起鼻子，看看朵娜，不知所措地轻声呜咽着。海鸥号的水手肯定想吹熄蜡烛，但等不及蜡烛完全熄灭就匆匆而去，剩下三根蜡烛还在燃烧，烛泪滴落在地板上，那烛光透着邪恶与古怪。

其中一支蜡烛燃尽了，现在只剩下两支蜡烛在墙上摇曳闪烁。海鸥号的水手们大功告成之后全都撤退了。此刻他们正偷偷穿过树林潜回河湾的那条船上，船长也手拿佩剑，和大家在一起。马厩里的大钟敲了一下，声音又高又细，就像一座大钟的回音。楼上，来纳伍闰赴宴的那些客人光着身子双手反绑着，准是躺在地板上，气急败坏又无可奈何。只有哈利除外，他肯定睡着了，仰面躺着，嘴张得大大的，鼾声如雷，假发也歪在一边。只要吃饱喝足，世上再难堪的处境都无法阻止这个圣科伦爵爷进入梦乡。威廉一定在他自己的房间清理伤口，想到这里，她不禁一阵自责，自己刚才倒把他给忘了。她转身朝楼梯口走去，刚把手扶在栏杆上，就听到上面传来一阵响声。她不由得抬头朝走廊望去，只见罗金罕姆就站在那儿，用一双细长的眼睛冷冷地盯着自己，目光中已没有丝毫笑意。他脸上有一道伤口，手里还握着一把刀。

20

　　他就那样站在上面，目光向下，久久地凝视着她。时光仿佛凝固，不知过了多久，他终于迈步缓缓下楼，但目光一直盯在她脸上，片刻不离。她只得一步一步后退，扶着餐桌，在椅子上坐了下来，望着他。他只穿着衬衣长裤，她看到他衬衣上有一片血迹，手里握着的刀上也有。她明白是怎么回事了。楼上漆黑的过道里，有人倒下了，身负重伤，甚至可能不治而亡，此人或许就是海鸥号上的一个水手，或者就是威廉本人。这场搏斗是在黑暗中静悄悄地进行的，就在她独自坐在客厅里，手拿红宝石首饰出神的那会儿。而现在他已经走下楼梯，站在那里，一言不发，仍然用那双细长的像猫一样的眼睛死死地盯着她。过了一会儿，他在餐桌另一端哈利曾就座的椅子上坐了下来，把刀放在面前的盘子上。

　　最后他终于开口了，声音虽然熟悉，但嗓音已经大变，所以她听起来非常古怪，她面对的此人已经不是在伦敦与自己玩笑胡闹，在汉普顿宫与自己并肩策马，被人视为堕落者、浪荡子的那个男人，那个罗金罕姆。眼前的这个男人变得既冷酷又邪恶，从今以后，将与她为敌，要让她受尽苦难与折磨。

"好啊，"他开口说道，"他将首饰都还给你了。"

她耸耸肩，没有答话。他究竟猜到多少真相已经无关紧要了。当务之急是要搞清楚他在打什么主意，会采取什么行动。

"你是用什么，"他问，"来换回你的首饰的？"

她一边把红宝石耳环戴在耳垂上，一边注视着他。他的目光让她感到很不舒服，甚至不寒而栗，于是她开口说道："我们一下子变得严肃起来了，罗金罕姆。我还以为今晚的玩笑会让你乐个够呢。"

"说得不错，"他回答说，"我真够乐的。十二个大男人，转眼之间就被那么几个跳梁小丑夺去兵器，脱下长裤，这和我们以前在汉普顿宫常玩的恶作剧何其相像！可是，要是朵娜·圣科伦用那么一种目光看着领头的那个小丑——那么含情脉脉，就只能说明一件事，这可让我乐不起来。"

她用胳膊肘撑在餐桌上，双手托颐。

"那又怎样？"她问。

"刹那间我一切都明白了。昨晚到达后的种种困惑，顿时迎刃而解。你的那个仆人，显然是法国人安插的奸细。你们之所以如此和睦，是因为你知道他的奸细身份。所以你才编造出那些散步、在林中晃悠的借口，你眼中躲躲闪闪的神情，我以前从没见过。没错，事实上，你对我，对哈利，对所有人都躲躲闪闪的，只有一人除外，而本人今晚就有幸见到了此人。"他说话的声音很低，比耳语高不了多少，说话的时候一直盯着她看，目光中充满了仇恨。

"怎么样？"他问，"你想否认吗？"

"我什么也不否认。"她回答道。

他拿起盘子上的刀来，若有所思地在桌子上划出一道道痕迹来。

"要知道，"他说，"你会因此而入狱。要是真相暴露，你还可能会被绞死。"

她对此还是耸耸肩，不置一词。

"对堂堂的朵娜·圣科伦而言，这可不是什么光彩的结局。"他说，"你从没去过监狱参观，对吧？你从没感受过那儿的闷热污秽，没有吃过那儿的粗粝难咽的黑面包，也没有喝过那儿浮渣四溢的饮水。还有绳索套在你的脖子上，逐渐拉紧，勒得你喘不过气来。那滋味怎么样啊，朵娜？"

"我可怜的罗金罕姆，"她缓缓说道，"这一切我都能想象得到，远远超出你的描述。你想达到什么目的呢？让我害怕吗？就因为你的计划没有成功，你未能如愿以偿吗？"

"我想这样做才明智，"他说，"提醒你可能造成的后果。"

"所有这些，"她说，"不过是罗金罕姆大人异想天开，认为我在海盗索要首饰时跟他眉目传情罢了。去跟他们说好了，跟戈多尔芬、拉什利、尤斯迪科，甚至直接跟哈利说好了，他们准会说你是个疯子。"

"的确有这种可能，"他说，"如果你的那个法国人逃往公海，而你又气定神闲地坐在纳伍闰庄园里。但如果你的那个法国人没有逃往公海，而是被抓住了，五花大绑地带到你的跟前，当着你的面，我们稍稍折磨他一下，就像几百年前人们折磨囚犯那样。我想到时你肯定会情不由衷，会痛不欲生的。"

她再次觉得他就像在白天给自己的印象那样，是隐藏在长草丛中的一只狡猾的猫，善于把猎物玩弄于股掌之间，行动起来极为诡秘，一点响动也没有。她回想起来，其实自己以前一直知道此人心肠歹毒，手段残忍，只是他们生活在那样一种轻浮嬉闹的年代，他身上的这种秉性被很好地掩藏起来了。

"你想象力丰富，喜欢异想天开自娱自乐，"她说，"不过我要提醒你的是：酷刑折磨的年代已经一去不复返了，拔掉犯人的指甲或五马分尸已经过时了。人们也不再对异教徒施火刑了。"

"对异教徒或许是不施火刑了，"他说，"但海盗可得吊死，还要开膛分尸，至于从犯，也要遭受一样的下场。"

"很好，"她说，"既然你认定我是从犯，那就请便。上楼去好了，去给今晚赴宴的客人们松绑。摇醒酒后梦乡中的哈利，把下人们都叫起来。牵来马，带上士兵和兵器。等你抓到海盗，就把我俩在同一棵树上吊死好了。"

他没有应声。他从桌子对面瞪着她，手里玩弄着那把刀子。

"没错，"他说，"会有你受的。等着好了，看你到时还怎么得意猖狂。现在你倒是不怕死了，因为你终于得偿所愿了。我说得不对吗？"

她回过头来望着他，笑出声来。

"对的，"她说，"的确如此。"

他顿时脸色煞白，脸上的伤口却显得殷红可怖。他狞着嘴，五官都变形错位了。

"那人本该是我，"他说，"本该是我的。"

"你做梦，"她说，"绝无可能。这辈子都别想。"

"要是你当初没有离开伦敦，没有到纳伍闰来，那人就会是我。没错，那人就会是我，哪怕你是出于厌倦，出于空虚，出于无聊，甚至是出于憎恶，都应当是我。"

"不会的，罗金罕姆……绝对不会……"

他从椅子里慢慢站起身来，手里仍然玩弄着那把刀，一脚踢开脚边的一条长毛垂耳犬，袖子高高地卷过肘部。

她也站起身来，紧抓住椅子两边的把手，墙上两支蜡烛幽暗的光影在他脸上晃动。

"你要干什么，罗金罕姆？"她问道。

听到问话，他的脸上第一次露出了笑容，他将椅子往后推开，一只手按在桌子上。

"告诉你，"他低声说，"我要杀了你。"

她敏捷地拿起手边的一杯酒劈面掷去，正中对方脸上，酒杯跌碎在地，让他一时睁不开眼。随后他跃上桌子朝她扑来，她赶紧闪身避过，拉起身边一张笨重的椅子举了起来，朝桌上的杯盏食物砸去。一条椅腿撞到了他的肩膀，他痛得猛吸了一口气，一把将椅子摔到地上。他高举刀子过肩，顿了一下，猛力朝她的脖子掷来。飞刀撞在她脖子上的红宝石项坠上，将宝石一分为二，她感觉冰凉的刀刃一滑而过，肌肤生疼，刀跌落在长裙的褶皱中。她又痛又怕，用手去摸索那把刀。还没等她摸到，他已经扑了过来，用一只手把她的手臂反拧过来，另一只手紧紧捂在她嘴上，让她透不过气来。她感觉自己朝桌子倒了下去，杯盏哗啦啦掉落在地，自己的身下就压着那把他想要找到的刀子。两条狗将眼前的景象当成逗引它们的一场新游戏，兴奋地狂吠起来，朝他扑去，在他身上用爪子乱抓乱挠。他只得转身把狗踢开，捂在她嘴上的那只手一时松劲了。

她用嘴咬他的手掌，左手握拳朝他的双眼挥去。他反拧着她手臂的另一只手松开，想用双手掐住她的脖子，她只觉得他的两个大拇指紧卡在自己咽喉上面，连气也透不过来。她的右手在下面摸索着刀子，突然手指碰着它了，于是她一把攥紧那冰凉的刀柄，用力朝他的腋下刺去，她只感到对方柔软的身体迎刃而裂，那么轻而易举，简直让人吃惊。浓稠的血液一下子迸溅到手上，那么温暖，也让人吃惊。他发出一声长长的怪叫，手从她的脖子上松开，侧身歪倒在餐桌上的杯盏间。她将他从自己身上推开，重新站了起来，双膝直打战，两条狗在脚下不停地狂吠。这时他也从桌边挣扎着站了起来，目光呆滞地望着她，一手捂着腋下的伤口，一手抓起桌上的一只银制大酒瓶，想劈面砸去，把她撂倒在地。但就在他往前凑的时候，墙上最后那支蜡烛燃到了点头，烛光一闪即灭，两人顿时陷入黑暗中。

她双手扶着桌沿，费劲地绕开他。只听得他在漆黑一团的餐厅里找寻自己，一脚绊倒在挡在面前的椅子上。现在她朝楼道走去，隐约可见走廊窗户里透出一道昏暗的光亮。前面就是楼道了，还有栏杆，两条狗跟在她的身后狂吠不已。此时她听到上面传来喊叫声和有人用拳头砸门的声音，乱成一片，恍如梦境，仿佛与自己刚才的孤身搏斗毫不相干。她抽泣着回头望去，看见罗金罕姆已经到了楼梯下面，只是不像先前那样站立着，而是像自己身后的两条狗一样，四肢着地朝自己爬过来。她到了楼上，喊叫声和砸门声变得越发响亮了。有戈多尔芬的声音，还有哈利的声音，加上两条狗的吠叫声，闹嚷嚷的，乱成一团。这时从婴儿房那边传来孩子惊醒后的尖声哭闹。听到这哭声，她不再感到恐惧，心底反而升腾起一股怒气。她镇定下来，变得沉着而又果断。

月亮在云层间时隐时现，昏暗的月光从窗外透进来，惨淡地映照在墙上挂着的一面盾牌上。那是某位圣科伦先人的纪念品。她从墙上拽下它，发现上面因岁月久远而积满了灰尘。但这面盾牌拿在手里，沉甸甸的，压得她直不起腰来。罗金罕姆还在往上爬。只见他驼着背靠在栏杆上停下来喘气，她甚至可以听见他两手在梯子上四处摸索发出的窸窣声和他急促的喘气声。他爬过楼梯的拐角时站立了片刻，抬头在黑暗中找寻她的踪影。她趁机把盾牌奋力一掷，朝他劈头盖脸砸了过去，正中他的面部。他一个趔趄倒了下去，在楼梯上不停翻滚下落，最后跌到下面的石板地面，那面盾牌还压在他身上。两条狗追在他身后，异常兴奋，汪汪狂吠，蹿来跳去地闹着玩，不停地嗅着这个躺在地板上的人。朵娜木然地站在那里，心里空荡荡的。眼窝里传来一阵剧痛，詹姆斯的哭声还在耳畔回响。正在此时，不知何处传来了脚步声，还听到一个急切惶恐的声音在叫喊，以及一阵木板断裂的咔嚓声。这可能是哈利，或者尤斯迪科，或者戈多尔芬，在关着他们的卧室里将反锁的房门砸开了。可这一切对她已无足轻重，她身心疲惫，无暇顾及这些事情了。她想就在黑暗中躺下来，双手捂住眼睛，好好睡上一觉。她记起来了，沿着这条过道走下去，就有自己的卧室，她可以在那儿藏身，让别人忘了自己。赫尔福德河的某个地方，有一条名为海鸥号的大船，而她心爱的男人此刻就站在舵轮前，将船驶向茫茫大海。她曾经答应要在天明时把自己的决定告诉他，说自己要在那片突伸入海的沙滩上等着他。威廉会带她到他身边去的，这个忠心耿耿的威廉，他们会设法在黑暗的掩护下穿过乡间的田野，等到了小海湾，船上会放下小舟来迎接他们，就像他说的那样。她想起了布列塔尼的海岸，她曾经见过一次，日出时沐浴在金色的阳光中，四周的岩石突兀陡峭，呈紫褐色，和德文郡的海岸有几分相似：阵阵白浪漫卷沙滩，拍打着片片崖壁，腾起层层水雾，空气中海水的咸腥和温暖的泥土以及青草的味道混在一起。

在那儿的某个地方应当有一幢自己从未见过的房子，但他会领着自己进去，而她可以用自己的双手去触摸那青灰的四壁。不过她现在实在太困了，她要把这一切都带入梦中，忘掉下面餐厅里摇曳的烛光，忘掉那些摔碎的酒杯、砸坏的椅子，以及被刀刺入身体时罗金罕姆脸上那可怕的表情。她太想睡觉了，她猛然发觉自己站不住了，正在倒下去，就像刚才罗金罕姆那样。她眼前一黑，陷入无边的黑暗中，耳畔却传来了猎猎风声……

她感觉好像过了很久才有人过来，弯下腰伸手把她扶起来，抬走了。还有人给自己洗了洗脸和脖子，然后在脑后放了一个枕头。远处传来嘈杂的人声，是男人们说话的声音，还有笨重的脚步来来往往的声音。外面庭院里肯定有马匹在奔跑，她能听到它们踩在鹅卵石道路上发出的嘚嘚蹄声。此外，她还听见马厩里的钟声敲了三下。

意识深处，隐隐有个声音在对她说："他会在沙滩那边等我，但我现在却躺在这儿，动弹不得，不能去见他。"她挣扎着想起身，可浑身无力。外面仍然漆黑一片，她听到窗外淅淅沥沥地下起了细雨。她一定睡着了，是那种精疲力竭之后的昏沉大睡。等她再睁开眼，天已大亮，窗帘已经拉开，哈利正跪在床头，用一双笨拙的大手抚摸着她的头发。他不停地偷偷看她的脸，蓝色的眸子中闪着忧伤，还像孩子似的哭了起来。

"你还好吗，朵娜？"他问，"好点没有，感觉怎样？"

她疑惑不解地睁大眼睛看着他，眼窝里还隐隐作痛。没想到他竟然会跪在这里，表现得这么傻乎乎的，她不由觉得可笑，又为他的举止感到害臊。

"洛克死了。"他说，"我们发现他死在那儿了，就在地板上，脖子断了。洛克，他可是我最要好的朋友。"泪水顺着他的双颊滚滚而下，但她只是一直凝视着他。"知道吗，是他救了你的命。"哈利说，"他准是孤身一人和那个恶棍搏斗，他们就在下面的黑暗中打了起来，而你逃上来给我们报信。我可怜的美人，我的心肝宝贝。"

她不再听他啰唆，而是起身坐在床上，望着窗外扑面而来的日光。"现在几点了？"她问，"太阳升起多久了？"

"太阳？"他一脸愕然，答道，"怎么啦，我看差不多快中午了。你怎么啦？你得好好休息，知道吗？必须好好休息，昨晚你受了那么多罪。"

她双手捂眼，试图理个头绪出来。现在是中午，船应当已经开走了，因为天一亮他就不能再等下去了。她躺在床上，而那边的小舟划向沙滩，却发现沙滩上空无一人。

"尽量再多休息一会儿，宝贝。"哈利说道，"把昨晚那该死的可怕一幕统统忘掉。我再也不喝酒了，我发誓。都是我的错，我本来可以阻止这一切的。不过现在你终于可以复仇了，我向你保证。知道吗，我们抓住他了，我们抓住那个可恶的家伙了。"

"你说什么？"她一字一顿地问道，"你在说些什么呀？"

"怎么啦，当然是说那个法国人了。"他回答说，"那个杀了洛克的恶魔，还差点要杀你的。那条船开走了，还有他那些深受重创的手下也跑了。但我们抓住了他，他们的头领，那个该死的海盗。"

她继续茫然地盯着他，脑子里一片眩晕，就像被他重击了一下。看到她的眼神，他紧张起来，又开始抚摸她的头发，亲吻她的手指，轻声说道："我可怜的姑娘，我该怎么办哪，多可怕的一晚啊，这一切真该死，该死。"后来，他顿了顿，看着她，脸涨得通红，神情有点不自在，但仍握着她的手指。她眼中流露出的绝望是那么令人恐怖，让人毫无心理准备，他对此完全摸不着头脑，于是就结结巴巴地，像个腼腆笨拙的小伙子一样，小心翼翼地问道："那个法国人，那个海盗，他没有把你怎么样吧，是吗，朵娜？"

21

　　白天过去，夜晚来临，两天的时光就这样一晃而过。在这期间，她梳妆、进食、去花园散步，但神情恍恍惚惚，完全失去了时间概念，始终处于奇特的虚幻感中，仿佛变成了一具行尸走肉，那走动着的不是自己，而是另外一个女人，她的言谈举止根本就与自己毫不相干。她的脑子里一片空白，似乎自己的部分身心仍未苏醒过来，那种麻木的感觉从大脑一直蔓延全身。当烈日钻出云层，阳光普照大地时，她却感觉不到温暖；一袭清风拂面，凉意阵阵袭来时，她也感觉不到寒冷。

　　一次，两个孩子跑出来迎接她，詹姆斯爬上了她的膝头，亨丽埃塔在她面前欢舞，还告诉她："抓住了一个可恶的海盗，蒲露说他会被吊死的。"她这才注意到蒲露脸色苍白，一副闷闷不乐的表情。她费了好大的劲儿，才想起来：对了，纳伍闰庄园死人了，此刻罗金罕姆的尸体正躺在某个阴森森的教堂里等待下葬呢。这些天来，一切都显得阴沉灰暗，就像儿时的星期天，当时清教徒禁止人们在草地上跳舞娱乐。还有一次，赫尔斯顿教堂的神父来过了，神情肃穆地与她谈话，哀悼她失去了一位如此亲密的挚友。后来神父骑马走了，哈利又陪在她身边，擤着鼻涕，低声说话，和平时完全判若两人。他寸步不离地一直陪在她身边，低声下气，一心要讨好她，不停地问她需要什么，要不要穿上斗篷，或者来一条毯子搭在膝盖上。她摇头拒绝，请他离开，好让自己安静地单独待上一阵儿，发一会儿愣，他就会赌咒发誓地表白自己多么爱她，信誓旦旦地表示自己以后再也不喝酒了：在那个不幸的晚上，都是因为自己喝得太多，他们才会束手被擒。要不是自己粗心大意、懒惰松懈，可怜的罗金罕姆也不至于丢了性命。

"我还要戒赌。"他说，"我再也不碰纸牌了。我要把伦敦的房子卖掉，我们就搬到汉普郡去住，朵娜，就在你娘家附近，咱们初次相逢的地方。我终于可以过上乡绅的生活了。和你，还有孩子们在一起。我要教会小詹姆斯骑马打猎。你说好吗，朵娜，嗯？"

她还是一言不发，两眼继续盯着前方。

"纳伍闰向来有股戾气，"他说，"我小时候就有这种感觉了。我在这儿总感觉不自在。这儿的空气太柔和了。不适合我，也不适合你。等这儿的事情了结之后，我们马上就走。要是我们能把那个可恶的仆人、那个充当奸细的家伙抓住就好了，我们可以把他和他的主子一起吊死。天哪，当初你还那么信任这个家伙，这不知道有多危险，现在真是连想都不敢想。"说着，他又开始擤鼻涕，还摇着头叹息。这时，一条长毛垂耳犬过来舔她的手，让她猛然想起那晚这两条狗汪汪狂吠兴奋至极的情景。刹那间，她昏沉呆滞的大脑重新被激活了，人一下子变得清醒异常。不知何故，她的心突然间怦怦直跳，宅子、树木和坐在身边的哈利，全都变得有模有样、真实可感了。哈利还在说话，而她意识到，他说的每句话、每个字都可能至关重要，自己绝对不能漏掉任何信息，自己必须有所筹划，而现在时间紧迫，半点都耽搁不起。

"可怜的洛克准是一开始就看穿了那个下人的把戏。"哈利说着，"房间里有打斗的痕迹，知道吗，血迹一直延伸到过道里，但又突然中止了，所以我们没能找到那个家伙留下的痕迹。反正他肯定逃走了，说不定回到船上和那些恶棍在一起了，不过我对此有点怀疑。他们准是经常在赫尔福德河上藏身。老天在上，朵娜，要是我们知道他们藏在哪里就好了。"

他用拳头在手掌上猛击一下，转念一想，既然在纳伍闰死过人，此时高声喧哗或是赌咒发誓似乎对死者不恭，于是就压低嗓门，叹了口气，说道："可怜的洛克。你清楚的，没了他，我真不知道该怎么办了。"

她终于开口说话了，声音连自己听起来都觉得陌生，因为她说的时候字斟句酌，就像在背书一样。

"他是怎么被抓住的？"她问道，此刻那条狗又在舔她的手了，但她浑然不觉。

"你是指那个该死的法国人？"哈利说道，"哦，其实我们——我们倒是希望你能给我们说说情况，一开始是怎么回事儿。当时只有你和他，一起在客厅里，对吗？不过，不知怎么的，朵娜，当我问你这件事时，你好像受到了很大的惊吓，神情古怪极了。我当时就跟尤斯迪科他们说：'嘿，算了，她受够折磨了。'要是你现在也不愿意说，哎，那就算了吧，没事的。"

她双手交叉放在膝上，说道："他把耳环还给我，然后就走了。"

"哦，好的，"哈利说道，"原来是这样。不过他后来肯定又回来了。知道吗，他想跟着你上楼去。你可能不记得自己晕过去了，就在你房门前的过道里。不管怎样，洛克当时肯定正好出来，知道那个流氓心存不良，就扑上去与他搏斗。后来，为了保护你的安全，朵娜，你要永远记住这一点——洛克丢了性命。他真是咱们的过命朋友。"

朵娜等了片刻，看着他用手抚摸爱犬。

"然后呢？"她问道，目光从他身上移开，望向草坪那边。

"啊，后来的事也多亏了洛克的安排。其实从一开始就是他在策划。我们在赫尔斯顿见到尤斯迪科和乔治·戈多尔芬的时候，他就提出了这套方案。'把你们的人埋伏在沙滩上。'他说，'准备好小船。要是船在赫尔福德河里藏着，到了晚上，船趁涨潮开出来时，你们就能把船截住。'你看，我们虽然没能截住那艘船，但是把领头的海盗抓住了。"

他哈哈大笑起来，扯了扯狗的耳朵，又在狗背上挠痒痒。

"不是吗，公爵夫人，我们抓住了那个领头的恶棍，他将以海盗罪和谋杀罪被绞死，对吧？这里的人们又可以高枕无忧喽。"

朵娜听到自己的声音格外清晰冷静："他是不是受伤了？我不明白你们是怎么抓住他的。"

"受伤？托上帝保佑，没有。他将毫发无损地被绞死，到时他就知道那该是个什么滋味了。看来，还是这儿的勾当让他耽搁了。你知道吗，当时还有另外三个歹徒，他们打算一起逃往赫尔福德河下面的一个地方，好赶上停泊在河里的大船。他准是事先吩咐好手下的人了，安排他来我们这儿，而他们则做好开船的准备。鬼知道他们是怎么干的，反正他们得逞了。等尤斯迪科他们赶到事先约定的地点时，船已经停在河里了，他们正朝船游去，除了那个领头的海盗。他一个人站在沙滩上，镇定自若的样子，一人对两人，和我们的人打斗，好掩护他手下的人溜走。在他的手下游过去上船的时候，这个海盗头子还不停地回过头去，用该死的方言向他们喊话。虽然我们赶紧把事先准备好的小船推下水，但还是晚了一步，没能追上那些恶棍，也没有截住那艘船。那艘船顺着潮流开出赫尔福德河，又是顺风航行，那个法国人是看着它开走的，他真是个该死的家伙。尤斯迪科说，他当时竟然还放声大笑。"

听着哈利的描述，朵娜仿佛看到河口逐渐开阔起来，河水汇入了大海。她仿佛听到了海鸥号上的帆索被风吹得猎猎作响，而这种声音自己以前就曾经听过，这样的逃离也只不过是重复以前无数次经历的逃离而已。只是这一次他们起航时没有了船长，这一次是他们自己离去。皮埃尔·布兰克、埃德蒙·瓦克奎利埃，以及其他人等，把他留在了岸上，因为他命令他们必须这样做。他独自站在沙滩上迎敌，掩护手下的人游向大船。她在猜想他当时可能向他们说了些什么。他用自己的行为拯救了手下，拯救了大船。即便此刻，无论他发现自己被关押在何处，也必定保持着沉着冷静，用睿智的大脑在构思谋划新的脱身之计。于是，她不再惊慌，不再害怕，得知他被抓时的情景，反而驱散了她内心所有的恐惧。

"他们把他关在什么地方呢？"她一边问一边站起身来，把哈利裹在自己肩上的外套扔到地上。他告诉她说："乔治·戈多尔芬把他关押在自家的监牢里，派人严加看守。四十八小时之内就会有负责押解的人员到达，把他押送到埃克塞特或布里斯托尔去。"

"然后呢？"

"哦，他们当然是要吊死他喽，朵娜。除非乔治、尤斯迪科和我们可以省却国王差役来回奔波的麻烦，在星期六中午就把他吊死，这样也好让周围的父老乡亲凑个热闹。"

他们进了客厅，她站在当初与他道别的那个地方，问道："这么做合法吗？"

"不，不算合法。"哈利回答说，"不过我想国王陛下不会追究的。"

这就意味着没有时间可以耽搁了，她心想，自己还有好多事情得准备。她记起他说的那句话：越是冒险的行为往往胜算越大。在接下来的好几个小时里，她不停地对自己重复这句话，就目前的形式看来，营救他出来是最难以想象、机会最为渺茫的行动了。

"你恢复过来了，感觉好点了，对吧？"哈利关切地问道，一手搂住她，"一定是可怜的洛克之死对你打击太大了，弄得你这两天神情古怪。是这样的，对吗？"

"或许是吧。"她说，"我也说不清楚。不过没关系，现在我没事了。你不必担心了。"

"我想看到你好好的。"他重复道，"我现在只关心这个。老天在上，我说的是真心话。我只想看到你好好的，快快乐乐的。"说完他低头凝视着她，蓝色的眸子中充满了谦卑的爱慕，笨拙地握住她的一只手。

"让我们到汉普郡去吧，好吗？"他说。

"好的，"她回答道，"行，哈利，我们到汉普郡去。"说完她在壁炉前的矮凳上坐了下来。时值仲夏，壁炉没有点火，她望着原本是炉火升起的地方出神。哈利高兴得忘了纳伍闰庄园才死过人，只听见他在大声叫喊："嘿，公爵夫人……嘿，公爵夫人，你们的女主人答应和我们一起去汉普郡了。去捡回来，快去。"

她当然得去见戈多尔芬，同他谈谈，让他同意自己跟这个被囚禁的海盗单独见一面。这应当不难，戈多尔芬就是一个傻瓜，只要恭维他几句就够了。见面的时候自己要塞给他一些兵器，一把刀或一支枪都可以，只要能买到就行。这些都问题不大，但具体的逃脱方案自己就没法安排了。她陪哈利坐在餐厅敞开的窗户前静静地吃完晚餐，然后推说乏了，便上楼进自己房间休息。哈利这次也有了自知之明，什么也没问，就让她径直上楼，单独待着。

她脱衣躺在床上，满脑子尽是想着去见戈多尔芬的事情，考虑怎样才能达到自己的目的。正在此时，她听到外面传来轻轻的敲门声。"肯定不会是哈利，"她的心一沉，暗想，"他现在一心悔过，至少不会在今晚来纠缠自己。"她没有应声，假装睡着了。谁知敲门声再度响起。接着门闩拉开，站在门口的竟是蒲露，她穿着睡袍，手里拿着一支蜡烛，双眼哭得又红又肿。

"怎么啦？"朵娜一骨碌从床上坐了起来，开口问道，"是詹姆斯出事了吗？"

"不是，夫人。"蒲露低声说，"孩子们都入睡了。只是——只是我有点事情想跟夫人您谈谈。"说着她又哭了起来，用手抹着眼睛。

"那就进来吧，关上门。"朵娜吩咐道，"到底发生了什么事，你为什么哭啊？是打碎东西了吗？这没关系，我不会怪你的。"

蒲露一边哭一边朝四周张望，好像担心哈利在房间里听到她说的话似的。她眼泪汪汪地低声说："是有关威廉的事情，夫人。我做错了事，犯了非常可怕的错误。"

"噢，天哪。"朵娜心想，肯定是我随海鸥号出海的时候，她被威廉勾引了，现在威廉走了，她又羞又怕，担心自己会怀上孩子，到时候就会被我赶出去了。于是，她柔声安慰道："别怕，蒲露，我不会生气的。威廉怎么啦？相信我，尽管说好啦。我能理解的。"

"他一向对我挺好。"蒲露说道，"在你生病的时候，夫人，他对我和孩子们真的很好，把我们照顾得很周到，可以说是无微不至。孩子们睡着之后，他经常过来陪我坐一会儿。我在缝衣服，他就跟我讲他去过的地方。我觉得好开心。"

"肯定会的，"朵娜说道，"连我也替你感到开心。"

"可我压根儿就想不到，"蒲露说着又抽泣起来，"他会跟那些外国人扯上关系。我听说他们全都是一些可怕的海盗。但他的行为举止一点儿都不粗野，对我一向都客客气气的。"

"是的，"朵娜说道，"我也一点儿都没想到。"

"我知道自己做错了，夫人，没去告诉哈利老爷和其他几位先生。那天晚上发生的事情太可怕了，他们从房间里冲出来，可怜的罗金罕姆爵爷也被杀了。但我不忍心把他供出来，夫人。他流了好多血，晕过去了，脸色煞白，跟死人似的，我实在狠不下心来。要是他们发现了，我会挨打进监狱的。可他说无论发生什么情况，我都必须把这一切向您禀报。"

她站在那儿，绞着自己的两只手，眼泪顺着脸颊一个劲儿地往下淌。

"蒲露，"朵娜连忙问道，"你要向我禀报什么？"

"就是那天晚上，我把威廉藏在了婴儿房，夫人。我发现他躺在过道里，手臂上有伤，后脑勺上也挨了一刀。他告诉我，如果被发现了，哈利老爷和其他几位先生会杀了他。那个法国海盗是他的主人，当晚他们在纳伍闺发生了争斗。我没有把他交出来，而是替他清洗包扎伤口，在孩子们旁边的地板上给他搭了个铺。早餐过后，趁那些先生都出去搜寻他和其他海盗时，夫人，我就从侧门把他放走了。除了您和我，没有其他人知道这件事了。"

她用手帕大声地擤着鼻涕，似乎又要哭起来了。朵娜冲她微微一笑，俯过身去拍拍她的肩膀，安慰她说："没事了，蒲露。你是个忠心的好姑娘。你告诉了我这件事，我不会跟别人说的。我也喜欢威廉。要是他真的遭遇什么不幸，我会很难过的。可你还得告诉我一些事情。威廉现在在哪儿？"

"他醒来后，说了些关于克弗雷克什么的，夫人。他还问起您，我告诉他您躺在床上，受了很大的惊吓，人也累坏了，罗金罕姆爵爷就是在那晚被杀死的。他听后琢磨了好一会儿。后来当我替他重新清洗包扎伤口时，他说他在格威克的那些朋友会保护他，不会出卖他。还说您要是捎信的话，可以到那儿去找他，夫人。"

"在格威克？"朵娜问道，"很好，蒲露。你去睡觉吧，别再想这事了，也别对任何人再提起此事，哪怕对我也是一样。你就像平日里一样，好吗，蒲露？去照看孩子们，好好地爱护他们。"

"好的，夫人。"蒲露答道。她眼里还泛着泪花，行了个礼就离开房间回婴儿房去了。夜色中，朵娜不禁露出了笑容。忠心耿耿的威廉竟然就在附近，还是她的同盟和朋友。有他在，那把他的主子从监牢中营救出来就有了希望。

她入睡了，心里比以前踏实了很多。醒来后，她发现灰蒙蒙的天空一片碧蓝，没了乌云，但仲夏时节特有的气氛永远消逝了，就是那种和煦灿烂的感觉，这种感觉只属于她在河湾垂钓时的日子，属于那段无忧无虑让人陶醉的光阴。

她在穿衣时心里就打定了主意。等到吃完早餐，她就让人叫来哈利。此刻他已经恢复了不少以前的心情，进屋时，就用惯常的大嗓门唤着爱犬，显得甚是愉悦，一副自得其乐的样子。她坐在镜前，他走上去在她脖子后吻了一下。

"哈利，"她说，"我想让你帮我做点事情。"

"替你做任何事情都不在话下，"他一口就承承下来，"是什么事？"

"我要你今天就离开纳伍闰，"她说，"带上蒲露和两个孩子。"

他顿时沉下脸来，以一种惊愕的神情瞪着她。

"那你呢？"他问，"为什么你不和我们一起走？"

"我会赶来的，"她回答说，"明天就来。"

他开始在房间里来回踱步。

"我还以为，等这事了结之后，我们就可以一起去旅游了呢。"他反对道，"他们明天准会吊死那个家伙。我原本打算今天去见戈多尔芬和尤斯迪科，谈谈这事呢。你也想看到他被吊死，是吧？也许我们可以把吊死他的时间改在明天上午九点，然后咱们就动身旅游。"

"你看过把人吊死吗？"她问道。

"嗯，看是看过。不过说实话，也没什么好看的。但这次情况不大一样。真该死，朵娜，那个家伙把可怜的洛克杀死了，本来他还想杀你的。你能说你不希望找他报仇吗？"

她对此不置可否。由于背对着他，他没有看到她脸上的表情。

"乔治·戈多尔芬会觉得我这个人傲慢无礼，"他继续说，"连句解释也没有就悄悄溜了。"

"我会替你跟他解释的。"她说，"我打算等你走后，今天下午就去拜访他。"

"你的意思是要我丢下你特意先走，带着孩子和保姆，把你一个人留在这儿，和几个笨头笨脑的仆人在一起？"

"正是如此，哈利。"

"如果我让两个孩子坐马车，自己骑马，那你明天怎么走呢？"

"我会在赫尔斯顿雇辆马车。"

"然后，到晚上的时候，和我们在奥克汉普顿会合？"

"对，晚上在奥克汉普顿和你们会合。"

他站在窗前，闷闷不乐地望着外面的花园。

"哎，我的老天哪。朵娜，我怎么就猜不透你的心思呢？"

"没错，你猜不透我的心思，哈利，"她回答说，"可这也没多大的关系。"

"关系大着呢，"他说，"咱俩的生活就是让这种事情给搞砸了。"

听了此话，她抬头瞥了他一眼，发现他正背着手站在那里。

"你真的这么想？"她问道。

他耸了耸肩。"哎，算了吧，"他说，"我都不知道自己在想什么。我只知道，为了讨你的欢心，我可以放弃一切。但该死的麻烦是，我不知道怎么才能做到。在你心中，我连詹姆斯的手指甲都不如。一个男人，如果太太不爱他，那他除了喝酒打牌，还可以做什么？你倒是告诉我。"

她站在他身旁，手搭在他肩上。"再过三个星期，我就满三十了。"她说，"或许等我年龄大一些，变聪明点，我就知道该怎么办了。"

"我不要你变得更聪明，"他恨恨地说道，"我就喜欢你现在这样。"

她没有应声。他摆弄着她的衣袖，对她说："还记得吗，在来纳伍闰之前，你说过一些莫名其妙的话，说你就像你父亲鸟笼里养的鸟儿一样。当时我一点儿都弄不明白你这样说是什么意思，现在也摸不着头脑。知道吗，这话在我听来，完全是乱七八糟的。我真希望自己能知道其中的深意。"

"别再胡思乱想了，"她说着，拍拍他的脸颊，"因为这只红雀已经展翅高飞了。好了，现在，哈利，你愿不愿意照我说的那样去做？"

"好吧，就照你说的去做吧。"他说，"可我告诉你，我不喜欢这种安排。我会停在奥克汉普顿等你的。你不会找什么借口耽搁吧，朵娜？"

"你放心。"她说，"不会的，我不会耽搁。"

于是他下楼去打点行李，为离开做必要的准备。她叫来蒲露，告诉她计划突然有变。纳伍闰庄园上下顿时忙碌起来，大家手忙脚乱地捆床褥，扎箱包，准备路上用的点心和衣物，只有两个孩子欢蹦乱跳，一有动静就兴奋不已，高兴得像小狗似的。"他们不介意离开纳伍闰。"朵娜心想，"再过一个月，他们就会在汉普郡的田野里玩耍，就会将康沃尔忘到脑后。孩子们很容易忘掉一个地方，忘掉那儿的人就更快了。"

他们在一点就开始吃冻肉。她和哈利陪着孩子一起用餐，算是给他们举行了一个小小的饯行仪式。亨丽埃塔绕着桌子跳起舞来，像个小仙女似的，不知道有多兴奋，因为爸爸会骑马陪着他们的马车一起走。而詹姆斯坐在朵娜的膝上，一个劲儿地想把脚放到桌上。得到朵娜的允许之后，他得意地四处张望。她亲吻着他那胖嘟嘟的脸蛋，把他紧紧地拥在怀里。哈利被两个孩子的情绪所感染，也兴奋起来，开始给他们讲述汉普郡的故事，告诉他们接下来很可能会一直在那儿消夏避暑。"你会有匹小马驹的，亨丽埃塔。"他说，"詹姆斯以后也会有。"他把一块块肉片扔过地板，给两条狗吃，两个孩子在旁边拍手叫好。

马车已经到了门口，他们把包裹、小地毯、靠垫，以及为狗准备的两只篓子，胡乱地塞进车里，而哈利的坐骑在旁边咬着马嚼子，还不停地用蹄子刨着地。

"你得在乔治·戈多尔芬面前替我多说好话，"哈利说着，在马背上朝朵娜俯下身来，用马鞭轻轻地敲打自己的靴子，"要知道，他不会理解我的，为什么这样急匆匆地就走了。"

"放心吧，交给我好了，"她回答道，"我知道该怎么跟他说。"

"我还是不明白为什么你不能跟我们一起走，"他盯着她说，"但我们会等你的，明天晚上，在奥克汉普顿。今天我们经过赫尔斯顿时，我会给你雇好明天上午的马车。"

"多谢你了，哈利。"

他还在用鞭子敲着靴子的前端。"别动，听见没有，你这个畜生？"他冲自己的坐骑吆喝。然后又对朵娜说："我看那场该死的发烧对你还有影响，只是你不愿意承认罢了。"

"不对，"她说，"我已经完全好了。"

"你的眼睛看起来有点古怪，"他说，"在楼上你的房间里，我第一眼看见你躺在床上时，就感觉到了。那眼神跟以前不一样。不过真该死，我说不出到底是哪点不对劲。"

"今早我就跟你说了，"她说，"我老了，再过三个星期就三十岁了。你在我眼中看到的是衰老的迹象。"

"该死，才不是呢。"他说，"哎，算了，我觉得自己就像个笨蛋，这辈子剩下的时间都只能用来猜测你到底怎么了。"

"想必你会的，哈利。"她说。

他扬起马鞭，拨转马头，沿着车道慢跑起来。马车不紧不慢地跟在后面。两个孩子从车窗里露出笑脸，不停地抛着飞吻，直到他们转过林荫大道的拐角看不见她。

朵娜穿过空旷的餐厅，走进花园。在她看来，这幢宅子已然呈现出一派颓废凋敝的怪异景象，似乎这座古老的建筑也知道不久这儿的桌椅将蒙上罩布，窗帘将拉上，门闩会关紧，老宅里除了笼罩在一片神秘的幽暗中，将会空空如也，什么也不会留下：没有阳光，没有人声，没有欢笑……什么也没有，唯有对往昔的静静回忆。

这儿，就在这棵树下，她曾经仰面躺在草地上，沐浴在金色的阳光里，看着蝴蝶在空中翩翩起舞。而戈多尔芬突然的首次造访，让她措手不及，鬓发凌乱，耳畔还沾着野花。那边的树林里曾经遍地开满蓝铃花，可现在花儿已不见踪影。当日幼嫩的蕨草如今已经高可齐腰，一片青翠。所有那可爱迷人的一切如此来去匆匆。她内心深知，这是自己最后一次凝视眼前这一切，以后她再也不会回到纳伍闰来。她的印迹将永远滞留在此，包括她悄然奔往河湾而留下的那串足迹，用手抚摸某棵树留下的印记，以及在长草丛中躺卧入眠而留下的印痕……或许多年之后的某一天，有人会漫步其间，像她当初一样，倾听那份寂静，捕捉到她曾经在仲夏时节的晴空烈日下，慢慢进入甜美温柔的梦乡，并在梦中发出呢喃声。

想到这儿，她转过身背对花园，大声吩咐院子里的马夫，要他把草地上的那匹短脚壮马牵来，配上鞍辔，她要骑马外出。

22

朵娜来到格威克，只见在道路的百码开外，一间农家小舍掩映在树林里。她本能地感觉这就是自己要找的地方，于是径直走了过去。她记得自己曾经有次经过这里，看到门口站着一个年轻漂亮的女人，当时驾车的威廉向她扬鞭致敬。

"我们听到有一些难听的传言，"戈多尔芬曾告诉她，"说的是年轻的女人们遭受了不幸。"想到这里，朵娜不禁暗自发笑。她回想起当时那个女孩脸都红了，还有威廉的神情，他殷勤地躬身行礼，一点儿也没意识到女主人在注意他的行为。

这间农舍看起来有些偏僻。朵娜下马后就去敲门，一时心里也有点打鼓，不知自己是否弄错。随后她听到从后面的花园旮旯中传来一阵响动，接着只见衣裙一闪，有人进了屋内，而房门立刻关上了还插上了门闩。她轻轻地敲门，没人回应，于是大声说道："别害怕，我是圣科伦夫人，从纳伍闯过来。"

一两分钟后，门闩拉起，房门打开了。门口站着威廉本人，身后躲着一个年轻的姑娘，脸色绯红，在后面偷偷地看着朵娜。

　　"夫人。"他凝视着她，圆圆的嘴撇了两下。她在一瞬间竟担心他会情绪失控痛哭起来。他努力控制住自己的情绪，把门敞开了。"快上楼去，葛瑞丝，"他对姑娘说道，"夫人要单独和我谈话。"

　　这个姑娘照他说的走了。朵娜走在威廉前头，进了厨房，在低矮的壁炉前坐下，注视着他。

　　他的右臂仍吊在绷带上，头上也扎着绷带。他还是原来的那个威廉，毕恭毕敬地站在她跟前，仿佛等候她的吩咐，准备着要上晚餐。

　　"蒲露把你的消息带给了我，威廉。"她告诉他。看到他还是那样笔直地立在那儿，面无表情，她不禁会心一笑。他双目低垂，谦卑地说道："夫人，我还有什么可说的呢？那天晚上，我本该为你拼死而战，但我根本就没做到这一点，只是像个病恹恹的孩子一样，躺在婴儿房的地板上。"

　　"你也是没有办法，"她说，"你失血过多，身体虚弱。而你的对手身手敏捷，人又狡猾。不过今天我来不是谈论这些的，威廉。"

　　他的眼里顿时流露出恳切的神色，可她摇摇头。"别问我。"她说，"我知道你要问什么。我很好，精力充沛，一点儿事都没有。那晚发生的事情你也不用担心。事情已经过去了，别再提了。你明白我的意思吗？"

"好的，夫人，既然您这么坚持的话。"

"哈利老爷带着保姆和两个孩子，今天中午刚过就离开了纳伍闰。我们现在唯一重要的事情就是考虑如何把你的主人营救出来。你知道那天后来发生的情况吗？"

"我知道。我们的船幸运地虎口脱险，水手们全都安然无恙。只有我家主人落到了戈多尔芬勋爵的手里，被他抓住了。"

"时间紧迫，威廉。戈多尔芬他们很可能会私自用刑，为所欲为地报复你的主人。他们不会等国王的差役从布里斯托尔过来押解犯人。我们也许只有几个钟头的时间，所以今晚就必须采取行动。"

她让他在壁炉旁的凳子上坐下，让他看了看自己藏在衣服里的短枪和匕首。"枪里有子弹。"她说，"现在我要走了，去拜访戈多尔芬，设法进监牢看看情况。这应当不难，这位爵爷不过是个傻瓜而已。"

"然后呢，夫人？"他问。

"然后，想必你家主人已经有了计策，我们照办就是。他会意识到时间极其紧迫，可能要我们在某个约好的时间内准备好马匹等候。"

"这没问题，夫人。我能想办法搞到马匹。"

"这我相信，威廉。"

"收容我的这位姑娘……"

"是一个年轻漂亮的好姑娘，威廉。"

"夫人过奖了。我是说，收容我的这位姑娘在准备马匹方面，或许能给我们提供某些帮助。这事交给我，您放心好了。"

"顺便说一句，这位年轻的姑娘不错啊，不亚于我跟你主人出海时，留在家里的蒲露。"

"夫人，我向您郑重申明，我连蒲露的一根头发都没有碰过。"

"很可能是这样，威廉，咱们就不谈这事了。那好吧。第一步行动就这么定了。等我拜访了戈多尔芬爵爷之后，我会回来，告诉你是怎么安排的。"

"太好了，夫人。"

他替她打开房门。她在那儿站了片刻，冲他笑了一下，就走进了杂草丛生的花园。

"咱们一定会成功的，威廉！"她说，"三天之后，也许用不了三天，你就能看到布列塔尼海岸的悬崖峭壁了。能重新呼吸到故乡的气息，你一定会非常高兴吧？"

他本想再问她一个问题，但她已经快步走过小径，朝拴在树枝上的坐骑走去。现在她有要务在身，必须立刻行动起来。她态度坚毅，勇敢无畏，先前独自待在纳伍闰花园时的那份莫名的伤感荡然无存。那一切已成往事。她策马疾行，那匹壮实的短腿马在泥泞的大路上奋蹄前进，很快就驮着她来到戈多尔芬庄园的林苑门口，可以遥遥望见灰黑的楼宅轮廓，低矮的塔楼，以及宅院里面的监牢那坚实的城墙。塔楼上，城垛和地面中间有一道狭长的裂口。当她从下面经过这里时，不禁一阵激动，心脏狂跳不已：那一定就是关押他的囚室，他可能已经听到了她的马蹄声。如果他此刻能爬到裂口处，就可以看到她在下面。

一个仆人跑过来帮她牵马，同时一脸惊讶地瞥了她一眼。她猜，这人肯定心里纳闷，下午暑气逼人，纳伍闰庄园的圣科伦夫人竟然骑着一匹乡间劣马只身赶来，身边既没有丈夫陪伴，也不见下人相随，她到底想干什么呢。

她走进长长的门厅，求见主人。在等候期间，她透过长窗往林苑望去，看到草坪中间有一棵大树，被人用绳子和其他树木圈隔开来。而这棵树比别的树明显要高出许多，宽阔的树冠中有人趴在一根树枝上，一边用锯子锯着，一边冲树下的几个人大声说着什么。

她收回目光，顿时感觉手脚冰凉，有点恶心。从门厅那边传来一阵脚步声，只见戈多尔芬勋爵朝她走来，举止与平常不太一样，有些心慌意乱。"失迎失迎，尊贵的夫人。"他说着，吻了吻她的手，"劳您久候了，不胜惶恐。不过今天真是不巧，刚才我们都一直担心着呢。事实上，内人临产了，我们正在等医生呢。"

"尊贵的戈多尔芬爵爷，请恕我贸然前来。"朵娜说道，

"早知如此，我一定不来打扰了。我是替哈利送口信来着，并代他特地向您致歉。伦敦有要事催他立即回去，他中午就带着孩子们一起动身了……"

　　"哈利回伦敦去了？"他吃了一惊，愕然问道，"不是都安排好了，他明天过来吗？附近的乡邻大都要聚集此处，来观看盛况。你也看见了，下人们正在树上做准备工作呢。先前哈利执意说要亲眼目睹法国人被吊死的过程。"

　　"因此他才恳请爵爷多多包涵，"她说，"但的确情况紧急。想来此事牵涉国王陛下本人。"

　　"哦，是这样？既然如此，夫人，那就只能从命了，这我可以理解。不过可惜呀，实在是太可惜了。这事非比寻常，可谓绝无仅有、盛况空前。何况，据目前看来，我们可能要双喜临门了。"他咳嗽了一声，稍稍掩饰了一下自己踌躇满志的样子。这时，耳边传来辚辚的马车声，他忙把目光从她身上移开，投向门口。"应当是医生到了，"他连忙解释，"对不起，请稍候，我去去就来。"

　　"没关系，您请便，戈多尔芬爵爷。"她满脸笑容，转过身去，漫步走进小客厅里站住，脑子里在快速盘算。此时门厅里传来交谈声、低语声和沉重的脚步声。"他现在忙得不可开交，"她心想，"就算我们再把他的假发取走，他都注意不到。"

　　脚步声和说话声在宽大的楼道上渐渐隐去。朵娜从窗口望见监牢外面和车道上无人看守，那看守一定是在监牢里。过了五分钟，戈多尔芬回来了，脸色看上去比刚才更红，人也显得更加心烦意乱了。

"医生在照看内人，"他说，"可他认为要等到今夜晚些时候才可能会分娩。这简直不可思议。我没主意了。说真的，我觉得内人随时都可能……"

"不要着急，"她说，"等您有了十个八个孩子，或许您就会明白，孩子都懒懒散散的，他们在降临人间之前都喜欢磨磨蹭蹭。尊贵的戈多尔芬爵爷，但愿我这么说会让您好受点。我保证尊夫人不会有任何危险。那个法国人就关在那儿吗？"

"是的，夫人，看守他的人告诉我，这个家伙整天就在纸上画鸟儿什么的。他准是疯了。"

"一定是这样。"

"现在本郡人人都向我道贺。本人也堪称当之无愧。要知道，正是本人亲自让那个恶徒缴械投降的。"

"您真是英勇无畏。"

"虽说是他自己把剑放到我手里的，但不管怎么说，他毕竟把剑交给了本人。"

"等我下次进圣詹姆斯宫，戈多尔芬爵爷，我会替您大大宣传一番。您对整件事的处理，会给陛下留下深刻的印象。您真是智慧过人啊。"

"啊，哪里哪里，夫人过奖了。"

"没有，我的评价恰如其分，哈利也会完全同意我的评价的。我想拿一两件法国人的东西呈献给国王陛下。既然他会画画，您说他会不会给我一幅画作为纪念呢？"

　　"这太容易不过了。他的画在囚室里扔得满地都是。"

　　"谢天谢地，那可怕的晚上所发生的事情，我差不多全忘记了。"朵娜叹了口气，说道，"我现在甚至都想不起他长什么模样了，只记得人很高大，又黑又凶，极为丑陋，看起来可怕极了。"

　　"夫人此言差矣。此人并非如夫人描述的这般模样。比如，他的体格就和我差不多，并且，就像典型的法国人那样，他看上去诡计多端，倒不怎么丑陋。"

　　"真是遗憾，我没有看到他本人，到时也就无法向国王陛下细细描述一番了。"

　　"你明天不来观看了吗？"

　　"哎，来不了呀。我得赶去和哈利、孩子们会合。"

　　"我想，"戈多尔芬爵爷说道，"我可以让您去囚室看一眼这个恶棍。可哈利告诉我，那晚的悲剧发生后，您简直受不了别人提起这个家伙——就是说，他把您给吓坏了，所以……"

　　"此一时彼一时嘛，戈多尔芬爵爷。我有您在身边保护，况且他又手无寸铁。我打算把这个骇人听闻的海盗向国王陛下详细地进行禀报，细细描述忠君爱国的康沃尔臣民是如何抓住这个家伙并把他处以极刑的。"

"理当如此，夫人，理当如此。我一想到您在此人手中险遭不测，就恨不得把他吊死三次。另外，我猜内人一定是受了这次事件的惊吓和刺激，产期才提前了。"

"极有可能。"朵娜一脸肃然地附和着说。见他还想继续就这个话题谈下去，甚至可能津津乐道于描述其中的细节，而对细节，自己可比他了解得多。于是她把话题一转，催促他道："趁现在尊夫人有医生照顾，咱们这就去吧。"他还没来得及反对，她就已经从小客厅走到门厅，并从门厅走向宅子前面的台阶。他只好跟着过来作陪，边走边朝楼上的窗子瞥了一眼。

"可怜的露西，"他说，"但愿我能减轻她现在的痛苦就好了。"

"九个月前您就应当想到会有今日，我的爵爷。"她接口说道。此话令他惊窘不堪，他睁大眼睛直瞪着她，嘴里咕哝着说这些年来自己就一直盼望生个儿子，好继承家族的香火。

"我相信尊夫人一定不负众望，会给您生个大胖小子的，"朵娜笑道，"哪怕先前已经给您生了十个千金。"他俩来到监牢，站在窄窄的石头通道的入口处。这儿有两个人手持火枪把守着入口，还有一人坐在桌前的长凳上。"本人答应让圣科伦夫人进去瞧一眼我们的犯人。"戈多尔芬说道。桌旁坐着的那个人抬头冲两人一笑。

"等到明天的这个时候，此人就不宜女士参观了，我的老爷。"他说。戈多尔芬听得哈哈大笑："对，所以夫人特地今日前来。"看守在狭窄的石梯上引路，从钥匙链上取下一把钥匙。没有别的门，朵娜心想，也没有别的梯子。下面一直有人守着。钥匙在锁孔里转了一圈，她的心猛地狂跳起来。真是太愚蠢、太可笑了，每次要见面的时候她都会这样。看守把门用力推开，她走了进去，戈多尔芬跟在后面。那个看守退了出去，把门重新锁上了。

他坐在桌旁，就像她第一次见他那样，脸上还是那副全神贯注的表情，在专心绘画，心无旁骛。他的冷漠让戈多尔芬大为恼火，他一拍桌子，厉声喝道："站起来，听到了吗，本人亲自看你来了！"

朵娜知道，法国人的冷漠并非惺惺作态。他如此专注地画着，并没有觉察到这次的脚步声不是看守发出的，而是出自戈多尔芬。他把画作推开——朵娜看到，上面画的是一只麻鹬正展翅越过河口，飞向大海——这才看到她。他装作不认识她，不动声色地站起身来，朝她鞠了一躬，但什么也没说。

"这位是圣科伦夫人，"戈多尔芬冷冷地说道，"夫人深感失望，明天不能亲眼目睹你被正法，所以想过来拿一张你的画作，带回伦敦，呈献给国王陛下，让陛下对骚扰其忠实臣民的最大恶棍留一件物证。"

"本人对圣科伦夫人的光临深表欢迎。"囚犯说，"今日没有他事，聊以消遣，画了不少，夫人尽可挑选。请问夫人最喜欢哪种鸟呢？"

"这个嘛，"朵娜答道，"我一向没有定论。不过，有时我觉得自己喜欢夜鹰。"

"遗憾的是，我不能给夫人提供夜鹰的图画。"他一边说着，一边在桌上的画纸中翻寻起来，"瞧，本人最后一次听见夜鹰啼叫时，正全神贯注地做其他的事情，以至于未能像正常情况下那样留心观察。"

"你的意思是，"戈多尔芬板着脸说，"当时你正全神贯注于如何打劫我朋友的财产，以此中饱私囊，因此无暇顾及其他？"

"大人，"海鸥号的船长略一欠身，"对于我的所作所为，本人以前从未听到如此精辟的评价。"

朵娜转向桌上的画纸。"这儿画的是只海鸥，"她说，"但你还没有把它的羽毛画全。"

"这幅画还没画完，夫人。"他回答说，"这只海鸥很特别，它在飞翔时掉了一根羽毛。不过，要是您对这种鸟儿的习性略知一二的话，就知道它们往往不敢在大海上飞得过远。就拿这只海鸥来说吧，目前顶多飞离海岸十英里远。"

"是的，"朵娜说，"今晚它会飞回岸边，去寻找失去的羽毛。"

"夫人对鸟类鲜有研究，"戈多尔芬说道，"就本人而言，从没听说过有海鸥或别的什么鸟儿会去寻找失落的羽毛。"

"我小时候有个羽毛做的床垫，"朵娜一边语速很快地说，一边冲戈多尔芬微笑，"记得用过一阵之后羽毛就松了。其中一根羽毛从卧室的窗口飘了出去，落到了下面的花园里。当然，我那扇窗户挺大的，不像这囚室的窗子，小小的，只能透透光。"

"哦，那当然。"这位爵爷答道，有点摸不着头脑，他疑惑地瞟了她一眼，怀疑她还有点发烧，说起话来不太对劲。

"羽毛有没有从门底下飞出去?"囚犯问道。

"啊，这我可不记得了。"朵娜说道，"依我看，即使一根羽毛，要从门底下飞出去也挺困难……除非受到外力，比如一阵强风，对吗，就像从枪膛里射出的气流。可我还没有选好要哪张画呢。这是只滨鹬，不知国王陛下会不会喜欢……爵爷，车道上是不是有马车声? 要是的话，准是刚才的医生走了。"

戈多尔芬爵爷恼火地咂了一下嘴，朝门口望去。"他总得和我打声招呼才会离开的，"他说，"你肯定听到马车的声音了? 我的耳朵有点背，听声音不太好使。"

"听得一清二楚。"朵娜回答道。

这位爵爷三步并作两步冲到门口，奋力捶门。

"嘿，有人在吗?"他叫道，"快打开门，快一点!"

看守大声回应着。他们听到他走上狭窄的石梯时发出的脚步声。朵娜趁机把藏在骑马装里面的手枪和匕首赶紧递到桌上。囚犯一把接了过去，把它们藏在一大堆画纸下面。此时看守打开了门，戈多尔芬转过身来，看着朵娜。

"噢，夫人，"他说，"您的画挑好了吗？"

朵娜漫不经心地在那堆画纸中一阵乱翻，眉头微蹙。

"这太难挑了，"她说，"我不知是选这幅海鸥还是这幅滨鹬。您不用等我，爵爷。您知道，这种情况下，一个女人是没法拿主意的。等一会儿我过来找您。"

"本人实在是非见那个医生不可。"戈多尔芬说道，"所以，只能对您说抱歉了，夫人。你留下来陪着夫人。"他对看守吩咐了一声，便离开了囚室。

看守又锁上了门，这次他是背对着门在外站着，双手抱在胸前，还善解人意地冲朵娜笑了一下。

"明天我们可是双喜临门哪，夫人。"他说。

"是啊，"她说，"为你们着想，我希望她生的是个男孩。这样你们大家就可以多喝点酒了。"

"难道我不是让大家兴奋的唯一原因？"囚犯问道。

看守笑了起来，把头朝囚室的小窗一歪。

"到了明天中午大家就会把你给忘了，"他说，"你还吊在树上晃荡，我们大家则要举杯相邀，庆祝未来的戈多尔芬爵爷诞生了。"

"真是太糟了，到时我和这个囚犯都无法为爵爷继承人的健康诞生而干杯了。"朵娜一边笑着，一边从口袋里掏出钱包扔给那个看守。"我敢打赌，"她说，"你现在就想喝一杯，而不是在下面一个小时又一个小时地干守着。我们现在就喝一杯怎样？就咱们三人，趁爵爷还在和医生说话的时候。"

看守听了咧嘴一笑，冲囚犯眨了眨眼。

"要真喝的话，我也不是第一次在行刑前喝酒了。"他说，"可我得承认，以前我可从来没有看到法国人被吊死呢。他们跟我说，法国人死得比我们英国人快。他们脖子上的骨头更脆一些。"他又眨了眨眼，打开了门，大声朝下面喊他的助手。

"拿三个杯子来，再提一壶酒。"

趁他转身之际，朵娜朝囚犯递了个眼色，囚犯的嘴唇轻轻动了一下。

"今晚十一点。"

她点点头，低声道："我和威廉。"

看守回过头来："这事要是被老爷看到了，那可够我受的。"

"我会替你开脱的。"朵娜说，"等我回到宫廷见到国王陛下，国王陛下听说了这些准会觉得有趣。还没请教你的大名呢？"

"我叫扎卡赖亚·史密斯，夫人。"

"很好，扎卡赖亚，要是这事给你惹出麻烦的话，我会亲自到国王陛下那儿替你求情的。"

看守听了哈哈大笑。这时他的助手送来了酒，于是看守关上门，把托盘放到桌上。

"祝夫人健康长寿。"他说，"祝我自己钱包满满，胃口大开。祝你，先生，死得痛快利落。"

他把酒斟进三只杯子里，朵娜与看守碰了下杯，说道："还要祝戈多尔芬爵爷前程似锦。"

看守咂了咂嘴，一扬脖喝干了。

看守喝完举起酒杯，朝朵娜笑了。

"咱们是不是也该祝福一下戈多尔芬夫人呢，我想她现在正难受呢。"

"对，"朵娜回答说，"还有那个医生，他现在一定热得难受。"她喝着酒，脑子里灵光一闪，冒出一个点子来。她瞥了法国人一眼，凭直觉知道他也有同样的想法，因为他正注视着自己。

"扎卡赖亚·史密斯，你成家了没有？"她问道。

看守闻言大笑。"结过两次婚了，"他说，"孩子都有十四个了。"

"那你就明白爵爷这会儿可不好受，"她笑着说，"不过威廉斯医生如此能干，他根本就不用担心。我猜，你一定很熟悉这个医生吧？"

“不，夫人。我是北部沿海的人，不是赫尔斯顿本地的人。”

“威廉斯医生，”朵娜一脸陶醉的表情，仿佛在做梦一般，幽幽地说道，“是个小个子，人很风趣，长着圆圆的一张脸，看起来很严肃，连嘴也是圆的。我还听说，他是活在这个世上的最好的品酒师呢。”

“那就太遗憾了。”囚徒放下酒杯，说道，“我们现在不能跟他喝上一杯。说不定待会儿，等他办完了今天的事情，让戈多尔芬老爷当上了父亲，他就可以和我们一起喝酒了。”

“那差不多该是半夜了吧，你说呢，扎卡赖亚·史密斯，你可是十四个孩子的父亲啊。”朵娜问道。

“一般都是在半夜时分，夫人。”看守笑道，“我的九个儿子都是在半夜十二点生出来的。”

“很好，那么，”朵娜说道，“等我看到威廉斯医生，我就直接跟他说，为了庆祝孩子的降生，扎卡赖亚·史密斯，他的孩子可有十四个之多，晚上当班之前乐意和医生喝上一杯。”

“扎卡赖亚，你一辈子都会记得今晚这件事的。”囚犯说道。

看守把酒杯放回托盘。“如果戈多尔芬爵爷喜得贵子，”他眨着一只眼说道，“那整个庄园就要大大庆贺一番，我们甚至都会忘了明天早上要把你吊死。”

朵娜从桌上拿起一张有海鸥的画纸。

"好了，"她说，"我选好了我要的画。最好别让爵爷看见你拿着托盘，扎卡赖亚。这样，我和你一起下去，就让这个囚犯去画他的鸟儿好啦。再见了，法国人，祝你明天走得顺顺当当的，就像从我床垫上飞出去的那根羽毛一样。"

囚犯躬了躬身。"那得看，"他说，"今晚我的看守请威廉斯医生喝多少酒了。"

"他首先要喝得过我，那才叫会喝酒。"看守说着，打开牢门让朵娜出去。

"再见，圣科伦夫人。"囚犯说道。她凝视着他，伫立片刻，意识到他俩酝酿的这个计划比以往任何行动都更加大胆危险，如果失败，就再也没有逃跑的机会了，因为明天他就会被吊死在园子中的那棵大树上。他似乎暗中笑了一下。在她看来，那微笑俨然就象征了他本人，最初令她坠入爱河的也是他的这种微笑，她将把这笑容永远珍藏在心中。这微笑让她脑海中又浮现出了海鸥号，浮现出了太阳、海上的清风，还有河湾中幽幽的树荫、篝火和那份静谧。她走出囚室，没有再回头看他。她昂着头，手里拿着画。"他永远不会知道，"她心想，"他在什么时候最能打动我的心。"

她跟着看守走下狭窄的石梯，一路上心情沉重。没料到今天下午的一切如此平淡无奇，这让她一下子感觉疲惫至极。看守朝她咧嘴一笑，把托盘放在台阶上，说道："对于一个即将被处死的人来说，他可真够冷血的，不是吗？他们说这些法国人一点人性也没有。"

她挤出一个笑容，伸出手来。"你是个好人，扎卡赖亚。"她说，"祝你以后有更多的酒喝，今晚也能喝上几杯。我会记得让医生过来和你喝酒的。记住了，他是个小个子，嘴圆嘟嘟的。"

"可酒量挺大。"看守笑着说，"一言为定，夫人，我会留意等他的，让他一饱酒瘾。不过，可别跟老爷提起此事。"

"只字不提，扎卡赖亚。"朵娜郑重其事地说道。接着她从阴暗的监牢中走到外边灿烂的阳光里，此时戈多尔芬正沿着车道朝她走来。

"您听错了，夫人。"他抹着自己的额头说，"马车没有开走，医生仍然和内人待在一起。他总算决定暂时留下来了，因为可怜的露西有些不舒服。您刚才的确是听错了。"

"不好意思，劳您白跑一趟，"朵娜说道，"我真糊涂，尊贵的戈多尔芬爵爷。不过您也知道，女人都是挺糊涂的。看看这幅有海鸥的画纸。您觉得国王陛下会喜欢吗？"

"您比我更了解国王陛下的喜好，夫人。"戈多尔芬说道，"至少我是这样认为的。对了，您觉得这个海盗有您想象的那样凶残吗？"

"他被关了几天，爵爷，变得不那么凶残了。也许不是因为囚禁的缘故，而是他已经明白，在您的监牢里，他是插翅难飞了。我觉得，他看到您的时候，似乎明白终于遇到了一个比自己更高明、更厉害的对手。”

“噢，他给您留下了这种感觉，真的吗？奇怪呀，有时我倒觉得恰恰相反。但您知道吗，这些外国佬都有点像女人，我们没法知道他们脑子里究竟在想什么。”

“爵爷所言极是。”两人站在宅子前面的台阶旁。旁边停着医生的马车，先前的那个仆人还牵着朵娜的矮脚壮马。“吃些点心再走吧，夫人？”戈多尔芬挽留道。“不了，”她回答道，“我已经打扰您太久了。再说，明天就要启程，今晚我还有好多事要打理呢。等尊夫人身体恢复之后，请代我向她问好。但愿在今天晚上，她就能为你诞下麟儿，戈多尔芬爵爷。”

“这事嘛，夫人，”他满脸严肃，一本正经地说道，“得由上帝来决定。”

“可用不了多久，”她一边上马一边说，“医生就能决定。再见！”她挥手而去，扬鞭让坐骑跑了起来。经过监牢时，她勒马停下，朝塔楼的窗口看去，嘴里哼起了皮埃尔·布兰克弹奏过的一段曲子。慢慢地，一根羽毛像片雪花一样，从空中向她飘来，那是从羽毛笔上扯下的一根羽毛。她伸手接住羽毛，根本就不在乎戈多尔芬是否会从他家的台阶上看到自己。她又挥挥手，一路大笑，朝着大路纵马狂奔，那根羽毛则插在她的帽子上。

23

在纳伍闺庄园的卧室里，朵娜倚靠在窗扉上眺望夜空。她第一次发现，一弯金黄的新月，高高地挂在黑黝黝的树丛上

"这真是个好兆头。"朵娜心想。她在屋里小憩片刻，凝视着幽静的花园里花草的阴影，呼吸着倚墙而生的那棵木兰树所散发的浓浓香味。她必须把这些美景，连同其他所有业已消失的美好事物，永远地铭刻在心，自己就要与它们诀别，再也没有机会进行这样的观赏了。

这间卧室已然呈现出一派颓废凋敝的景象，就像这所宅子的其余部分一样。她的箱包已经捆好放于地上，女仆已照她的吩咐，把衣物叠齐收好。她在傍晚时才回来，一路骑马，风尘仆仆、热不可当。马夫在院子里把马牵走，从赫尔斯顿旅店过来的马夫已经在等着和她说话了。

"哈利老爷让我们转告您，夫人，"他说，"让您明天雇一辆马车，到奥克汉普顿去与他会合。"

"知道了。"她说。

"老板吩咐我通知您，夫人，马车已经准备好了。明天中午恭候夫人大驾光临。"

"多谢了。"朵娜说着，把目光从他身上移开，望向林荫道两旁的树木，以及通往河湾的林子。她感觉这人对自己所说的每句话都那么不真实，而未来将要发生的事情也似乎与自己毫不相干。她撇下他进了屋子。马夫从背后望着她，困惑地挠挠头，觉得她完全就像个梦游者，甚至怀疑她是否完全听懂了自己刚才捎的口信。她信步走进婴儿房，低头凝视着空荡荡的小床、取走地毯之后剩下的那片光秃秃的地板。房间的窗帘拉了下来，空气又闷又热。一张小床下面扔着玩具兔的一只脚，詹姆斯常常把兔脚咬在嘴里，可能是哪次发脾气时，又把兔脚给扯了下来。

她捡起这只兔脚，拿在手里翻转、端详。有一种被遗弃的感觉，就像从陈年往事中残留的遗迹。她不能让它就这样躺在地板上，于是打开角落里的大衣柜，随手将它扔了进去，然后关上柜门，走出房间，不再进去。

七点的时候，她的晚餐放在托盘里送来。她感觉一点儿也不饿，也就没怎么吃。接着她放出话来，说自己累了，让他们晚上别来打搅，早上也别来叫自己，因为旅途将会十分劳累，自己要尽量多睡一会儿。

等只剩下她一个人的时候，朵娜把从戈多尔芬府上返回时威廉给她的包袱打开。她微笑着取出一双粗布长袜，一条破了的长裤，以及一件虽有补丁，但颜色亮丽的衬衣。她回想起威廉把这些递给自己时的那副尴尬表情。他说："葛瑞丝只能给您准备这些东西了，夫人，衣服都是她兄弟的。""太好了，威廉。"她安慰道，"就是皮埃尔·布兰克也拿不出更好的衣服来。"她现在得最后一次女扮男装，至少今晚她不会穿女装了。"不穿裙子我就能跑快些。"她对威廉说，"就能横跨马背，纵马飞奔，就像小时候一样。"威廉是一个说话算话的人，他弄来了马匹。九点刚过，他就牵着马匹，在从纳伍闰到格威克的路上等候着了。

"你千万得记住，威廉，"她说，"你是医生，而我只是你的马夫。你一定得称我为汤姆，而不是像以往那样叫我夫人。"

他有点发窘，移开了目光。"夫人，"他说，"我不习惯这么叫您，太别扭了。"她笑了起来，告诉他当医生的是不能发窘的，尤其是在接生之后。此刻，她穿上了那套小伙子的衣服，刚好合身，连鞋子大小也合适，不像皮埃尔·布兰克的那双鞋，又笨又重。有块手帕，她裹在头上，还有一根皮带，可以捆在腰间。她在镜子中打量自己，深色的鬈发藏了起来，皮肤黑黑的，就像吉卜赛人一样。"我又变成了船舱服务生，"她想，"此刻的朵娜·圣科伦正沉睡着在做梦呢。"

她在门边侧耳细听，周围静悄悄的，仆人们都在自己的房间安睡。她硬着头皮，下楼简直是场磨难，这是她最怕的地方。这儿没点蜡烛，四周一片漆黑，她脑海中涌入的尽是罗金罕姆手持利刃，伏在角落的情景，场面异常清晰。闭上眼睛可能会好点，她心想，可以摸索着从楼道下去，这样就不会看到墙上那面硕大的盾牌，也不会看到楼梯的轮廓了。于是她双眼紧闭、两手前伸，摸索着下楼，一路上心头狂跳，感觉罗金罕姆似乎仍然躲在大厅某个黑漆漆的角落里等着她。她突然受惊，朝门口扑了过去，奋力拉开门闩，冲进暮气四合的夜色中，奔向安全静谧的林荫大道。出了宅子，她就不再害怕。外面的空气轻柔和煦，砂砾在脚下沙沙作响。淡淡的夜空中，高悬着一轮新月，弯如镰刀，晶莹闪亮。

她身着男装，走起路来轻快敏捷，这令她精神大振，嘴里又吹起了皮埃尔·布兰克的那支曲子，同时也想起了他的样子，想起他那张猴子似的快活的脸，笑起来露出一口白牙。此刻的他，应当正在海峡中某处停泊着的海鸥号上，等候滞留在岸的主人回来。

她看见有个人影朝自己靠近，就在道路拐弯处，原来是威廉。他牵着马匹，旁边还跟着个小伙子，她猜是葛瑞丝的兄弟，自己身上的这套衣服就是他的。

威廉把马匹交给小伙子，向她走了过来。她一见之下，禁不住想笑，他穿着借来的黑色套装，一双白色长袜，还戴着卷曲的深色假发。

"刚才接生的是个男孩还是女儿，威廉斯医生？"她问道。他不知所措地看着她，对自己不得不扮演的角色有些不以为然：他原本做什么都无所谓，但让他来扮演主子，而让夫人充当马夫，这种角色倒置让他很不习惯，同时也深感难堪。

"他知道多少？"她指着那个小伙子低声问道。

"他对此一无所知，夫人。"他低声回答说，"只知道我是葛瑞丝的一个朋友，你是我的同伴，要帮我逃走。"

"你要叫我汤姆，"朵娜再度提醒他，"待会儿也要叫我汤姆。"让威廉不太自在的是，她继续吹着皮埃尔·布兰克的那支小曲，朝一匹马走去。她纵身跃上马鞍，朝旁边的小伙子微微一笑，两腿一夹马腹，就一路跑在他俩的前面，还不时笑着回头望望他们。三人来到戈多尔芬庄园的院墙外面，下了马，只留下那个小伙子躲在浓密的树荫下面照看他们的马匹。按照先前制订的计划，她和威廉徒步走完剩下的半英里路程，来到林苑门前。

现在天色已暗，几颗星星在夜空中闪烁。他们一路上默不作声，一切都在按计划进行。两人觉得自己就像初次必须登台亮相的演员，说不定下面的观众不好对付。由于大门紧闭，他们绕到一边，翻过院墙，进了林苑，在树影的掩映下，蹑手蹑脚地朝车道走去。楼宅的轮廓遥遥可见，楼上的窗户仍透着一线光亮。

"看来爵爷的宝贝儿子还未降生。"朵娜低声道。她领着威廉朝楼宅走去。就在那儿，也就是马厩入口处，她看见医生的马车停在鹅卵石地面上。吊灯下面，赶车的人正和戈多尔芬的一个马夫坐在一张翻转过来的凳子上打牌。距离那么近，两人打牌时的低声说笑都清晰可闻。她转身朝威廉走去。他正站在车道旁边。戴着借来的假发和帽子让他苍白的脸显得越发小。她看见他外衣下露出了枪柄，双唇紧闭成一道僵硬的线条。

"准备好了吗？"她问。他点点头，在她脸上凝视片刻，然后跟着她沿着车道朝监牢走去。她一时有种担心，突然意识到他可能像别的演员一样，对自己扮演的角色缺乏信心，可能会忘台词。如果真是这样，那一切就完了，现在就指望威廉了，可他演技不行。他俩站在监牢紧闭的大门前，她看着他，拍了拍他的肩膀。这时，他在整个晚上第一次露出了笑容，圆圆的脸上一双小小的眼睛炯炯有神。威廉不会出错的，这让她对他又恢复了信心。

就在这一瞬间，他变成了一个医生。他敲着监牢的大门，大声喊道："里面有没有一个叫扎卡赖亚·史密斯的？赫尔斯顿来的威廉斯医生想和他说句话。"让她惊异的是，他的声音圆润洪亮，跟先前她在纳伍闰所熟悉的那个威廉判若两人。

朵娜听到监牢里面有人应了一声，接着大门打开，她的那位看守朋友站在门口。由于天热，他的外套被扔在一边，衣袖高卷过肘，笑得合不拢嘴。

"看来那位夫人还真的说话算数。"他说，"太好了，进来吧，医生，非常欢迎您的到来。知道吗，为了庆贺小主人的诞生，也为了迎接您，我们做好了准备，有的是酒。刚才生下来的是个男孩吧？"

"被你说中了，我的朋友。"威廉回答道，"是挺不错的男孩，长得和爵爷一模一样。"他搓了搓手，显得心满意足，然后跟着看守走了进去，留下大门半掩着，这样朵娜蹲在监牢的院墙旁边，也能听到他们在入口走动，还从里面传来碰杯的声音，以及看守的笑声。"哎，医生，"只听得看守在问，"我有十四个孩子，我敢说我对生孩子的事情，懂得不比你少。刚才小少爷生下来有多重？"

"啊，这个，"威廉说道，"这个重量嘛……让我想想。"朵娜拼命忍住没笑，可以想见他一脸茫然地站在那儿，眉头拧在一起，对这种问题，他就像孩子一样什么也不知道。"差不多四磅吧，具体的数字我记不太清楚了……"他开口了。这话把看守吓得吹了声口哨，而旁边他的助手直接笑出声来。

"这也算挺不错的一个孩子？"他问，"嘿，恕我直言，医生，这孩子可活不长。我最小的孩子生下来都有十一磅重，可看起来还是小得像只虾。"

"我刚才说的是四磅吗？"威廉赶紧打断他，"这当然是口误了。我是说十四磅。对了，我现在想起来了，是在十五六

310

磅之间。"

看守又吹了声口哨。

"上帝保佑，医生，这可不多见哪。看样子你要照看的是大人而不是孩子了。夫人没事吧？"

"没事，"威廉说，"精神好着呢。我走的时候，她正和爵爷商量着给孩子取什么名呢。"

"看来夫人比我想象的结实多了。"看守说道，"嘿，医生，你真该为此好好地喝上三杯。你今晚接生一个十六磅重的孩子可真够呛。祝你好运，医生。祝小少爷，还要祝今天下午和我们一起喝酒的那位夫人好运。要是我没搞错的话，她可比戈多尔芬夫人强上二十倍。"

里面一阵寂静，接着传来碰杯的声音，朵娜听到看守长长地舒了口气，还咂了咂嘴。

"我敢说，在法国酿不出这样的酒来。"他说，"那儿尽是葡萄、青蛙，还有蜗牛之类的东西，不是吗？我刚给上面的犯人送了杯酒去。说来你可能不信，医生，对于一个将死之人，他可真算得上一个冷血动物。他一口就把酒喝干了，还拍拍我的肩膀，哈哈大笑呢。"

"外国人嘛，"另一个看守接口道，"全都一样。不管是法国人、丹麦人，还是西班牙人。他们满脑子想的就是酒色，稍不留意，就在你背后捅上一刀。"

"就剩最后一天了，你看他都在做些什么呀，"扎卡赖亚接着说，"尽是在纸上画那些鸟儿，坐在那儿抽烟，还自个儿发笑呢。你还以为他会让我们帮他请个神父过来，他们全都是天主教徒嘛。这些人呢，一会儿奸淫掳掠，一会儿又忏悔受苦。这个法国人可是个例外。我看他是想一条道走到黑。再来杯怎样，医生？"

"多谢了，伙计。"威廉说道。朵娜听到酒倒进大杯子的声音，她开始担心起威廉的酒量来，心中暗想，威廉这么爽快地接受看守的劝酒可不太明智。

威廉大声地干咳了一声，这是给她发的一个暗号。

"我倒有兴趣见见此人。"他说，"先前听到的他的传闻可不少啊。不管怎样，他都算得上一个亡命之徒。你们这下可算为本郡除了一个大害。我看他应当已经睡下了？如果人死之前睡得着的话。"

"睡了？得了吧，医生，才没有呢。他先前喝了两杯酒，说该你付酒钱。还说如果你半夜之前来监牢的话，他就和你再喝一杯，祝贺小少爷的诞生。"看守说着笑了起来，接着压低声音，继续说道，"他当然很邪门，医生。不过一个人如果第二天一早就要被吊死，就算他是个海盗，还是个法国人，你也不能真的咒他倒霉，对吧，医生？"朵娜没有听见威廉的答话，但她听到硬币的叮当声，还有鞋底刮擦地板的声音。看守又笑了，说道："多谢了，医生，你是真君子。下次我老婆再生的话，一定请你来接生。"

这时她听到他们爬上石梯的脚步声，她猛吸了一口气，双手紧握，指甲掐疼了自己的手掌。接下来发生的事情才是她最为担心的，稍有闪失就会酿成大祸，一旦被人识破，一切就都完了。她在外候着，估计他们已经到了囚室门口，便凑近大门侧耳细听，只听到里面传来说话和开锁的声音。等听到打开囚室的门时发出的沉闷声，她赶紧壮着胆子走到监牢入口处，进到里面，只见这里还剩下两个看守，正背对着自己。其中一个靠墙坐在长凳上，正在打哈欠伸懒腰；另一个正站着，朝上面的石梯处张望。

　　此处光线昏暗，梁上只挂着一盏吊灯。她躲在门口暗处，敲着门，问道："威廉斯医生在里面吗？"两人闻声转过头来。坐在凳子上的那个朝她眨着眼睛，说道："你找他干什么？"

　　"府里传话来，"她回答道，"说夫人的情况不好。"

　　"一点儿都不奇怪，"石梯前的那人说道，"生了个十六磅重的儿子嘛。行，小伙子，我去叫他。"他爬上石梯，喊着："扎卡赖亚，他们宅子那边要医生过去呢。"朵娜见他转过石梯的拐角拍囚室的门，于是一脚把监牢入口的大门踹上，落下门闩，关上铁栅。这时坐在长凳上的看守跳起来喝道："喂，你到底在干什么？"

　　两人之间就隔着一张桌子，他正要过来，她顶在桌子上，用尽全身力气一掀，桌子轰然倒地，把那人摔了个大马趴。

正在此时，她听到石梯上面传来一声沉闷的叫声，有人重重地挨了一拳。她随即抓起身边的酒壶，朝吊灯砸去，灯光顿时熄灭。地上的那人从桌子底下爬了起来，大声叫着扎卡赖亚，扯着嗓子在黑暗中咒骂着、摸索着。朵娜听到法国人在上面的石梯朝她喊："是你吗，朵娜？""是我。"她喘着气回答，既兴奋又刺激，还有点害怕，种种感情五味杂陈，加在一起，让人都有点晕乎乎的了。他纵身跃过石梯旁边的栏杆，跳到下面的地上，摸黑找到那人。她听到他们在台阶附近搏斗。他在用枪托击打，她听见枪托打在人身上的声音。那人倒在桌子上呻吟，法国人吩咐道："朵娜，把你的头巾给我，把他的嘴堵上。"她赶紧把头巾从头上扯了下来。

他转眼就完事了。"看着他。"他匆匆说道，"他动不了。"朵娜在黑暗中，听到法国人从自己身边经过，又攀着石梯到上面的囚室去了。"解决他了吗，威廉？"他问。上面囚室里传来一阵古怪的卡在喉咙里的呜咽声，以及重物在地板上拖动发出的响声。她听到身边被堵着嘴的那人喘着粗气，上面拖动重物的声音一直在响，她突然极想放声大笑，产生了一种近乎疯狂渴望发作的狂野情绪，她深知，如果真的控制不住的话，自己会高声尖叫起来的。

这时，法国人在上面叫道："朵娜，把门打开，看看有没有动静。"她在黑暗中摸到大门前，两手拨弄着沉重的门闩，使劲拨开门闩朝外望去，只听到从楼宅方向传来辚辚的马车声。医生的马车正沿着下面的车道朝监牢驶来，她甚至都可以听见车夫甩着鞭子，吆喝马匹的声音。

她转身退回监牢，准备给他们示警，但法国人已经来到了她的身边。她抬起头来，在他的眼睛里又发现了那种戏谑的神色，以前她在他挑掉戈多尔芬假发的时候就曾见过这种眼神。

"谢天谢地，"他轻声说道，"这位医生总算要回家啦。"

他没戴帽子，几步就蹿上车道，举起一只手来。"你这是要干什么？"她低声问，"你疯了吗？"但他朗声大笑，不予理睬。马夫在监牢入口处勒住马，从车窗里探出了医生那张瘦长的脸。

"你是谁，想干什么？"他愠声问道。法国人把两手放在车窗上，微微一笑。"你刚给爵爷接生了一位小少爷，他一定很高兴吧？"他说。

"高兴个头啊，"医生悻悻地说，"大厅里面又添了一对孪生姐妹。劳驾把手放开，让我过去，我只想回家吃了饭睡上一觉。"

"哎，但你得先让我们搭个车，怎样？"法国人说着，一拳把车夫从座位上撂倒，摔到下面的车道上。"上来，朵娜，坐到我身边。"他说，"既然要骑马，咱们就要走得风光些。"她照他说的上了车，笑得前仰后合。威廉出来了，身穿一件古怪的黑色外衣，头上的假发和帽子也不见了。他把身后的监牢大门重重地关上，手里拿着一把短枪，顶着医生那张惊恐不安的脸上。"上来，威廉。"法国人叫道，"你还有酒的话，让医生也喝上一杯。今晚他的遭遇可比咱们刚才的经历难熬多了。"

马车在车道上开始加速，拉车的马匹跑了起来，它以前可从未这样跑过，一会儿就到了林苑的大门前，大门紧闭着。"开门！"法国人叫道。一个人睡眼惺忪地从小屋的窗口探出头来。"你们的老爷添了对孪生女儿，医生急着想吃晚餐。至于我和助手，今晚喝的酒足够我们醉上三十年了！"

大门打开了，门卫惊讶地瞪着他们，嘴张得大大的。他听到马车里面传来医生挣扎的叫声。

"咱们去哪儿，威廉？"法国人大声问道。威廉把头从车窗里面探了出来。"前面一英里外备有马匹，先生。"他说，"但是我们要到海边的珀斯莱文去。"

"就是去地狱，我也不怕。"他说着，张开手臂搂住朵娜，吻她。"知道吗，"他说，"这是我在世的最后一个晚上，我明天早上就要被吊死了。"

马儿发疯似的朝前奔去，车轮扬起白茫茫的灰尘。马车就这样颠簸着驶向路面坚实的大道。

24

现在，冒险结束了，疯狂消退了，欢笑也停歇了。在大路上，一辆马车翻倒在土沟里。拉车的那匹马既没有鞍辔，也没有缰绳，正在树篱旁吃草。一位医生沿着大路走着，他饿着肚子，还没吃晚饭。而在一所监牢里，几个看守被绑住手脚，堵着嘴，躺在地上。

这一切都发生在前半夜，与业已降临的后半夜毫不相干。现在早已过了午夜，是整个夜晚最暗的时候。此时天上繁星点点，新月已然西沉。

朵娜站在马匹旁边，凝望着湖水。一道高高的石堤把它与大海隔开。虽然沙滩上波涛汹涌，小湖里却水波不兴，微风不起。天空虽暗，却有仲夏时节特有的清澈明朗。不时有一道略高的波浪冲上石堤，发出哗哗的水声，就像声声叹息。小湖感受到大海的震动，平滑如镜的水面也会漾起一道涟漪，在一瞬间传递出去，消隐在弯曲的芦苇丛中。湖水中还不时传来各种鸟儿的啁啾。一只松鸡一声惊啼，蹿进芦苇丛中藏了起来，弄得高高的芦苇枝突然沙沙作响。还有各种叫不出名字的小生命，也在夜色中悄悄出来，走进这静谧的世界，活动一阵儿，呼吸新鲜的空气，享受自己的时光。

在这片树林和山岭的后面就是珀斯莱文小村，那里的小船埠里系着渔舟。威廉抬头看了主人一眼，又回头望着那片山岭。

"先生，现在明智的做法就是，"他说，"让我下去，在天亮前弄条小船来。我划小船到海滩这儿，这样日出时我们就可以走了。"

"你能弄到船吗？"法国人问道。

"是的，先生。"他回答说，"在船埠入口处就有一条小船。我在离开格威克之前就查看过了，先生。"

"威廉真是足智多谋。"朵娜说道，"他什么都安排好了。多亏有他，天亮之后就不会有人被吊死了，只有一条小船朝大海划去。"

法国人看了看自己的仆人。仆人看了看站在湖边的朵娜，突然从他们身边走开，穿过石堤，朝后面的山岭走去。他穿着一件长长的黑色外衣，戴着一顶大大的三角帽，样子看起来怪怪的。等他的身影消失在黑暗中，就只剩下他俩了。几匹马还在湖边吃草，发出轻轻的咀嚼声，对面树丛里，林木高耸，枝叶摇曳，飒飒作响，一切又复归寂静。

湖边有个沙坑，里面满是细细的白沙，于是他们就在那儿点起篝火。霎时一道火苗蹿了起来，干枯的树枝燃得噼啪作响。

他跪在火堆近旁。火光照亮了他的脸、脖子和双手。"还记得吗？"朵娜说，"你说过，要用铁钎烤鸡肉给我吃？"

"记得。"他回答道，"不过今晚我没有鸡，也没有铁钎，我的船舱服务生只好吃点烤面包将就了。"

他眉峰微蹙，专心致志地烤着。由于火势太大，热气炙人，他摆了摆头，用袖口擦着前额。她知道，眼前的这幅景象，自己将永远铭刻在心，包括这场篝火、这片湖水、繁星点点的深邃夜空和身后拍打着石堤的海浪。

过了一会儿，火势稍缓，空气中弥漫着木柴的焦味，两人开始用餐。"我的朵娜，"他说，"听说你只身和一个男人搏斗。结果他死了，就死在纳伍闰庄园的地板上。"

她隔着火苗望着他。可是他嚼着面包，并没有看自己。"你怎么知道的？"她问。

"因为他们指控我谋杀了他。"他回答道，"当我被指控时，我就想起了汉普顿宫的那位仁兄，想起我把他的戒指捋下来时，他对我仇视的神情。于是，朵娜，我就知道了那晚我走之后，你那儿所发生的情况。"

她双手抱膝，望着湖面。"当初我们一起出去钓鱼，"她说，"我取不出鱼嘴里的鱼钩，你还记得吗？可那晚的情况大不一样。开始我挺害怕，后来我就生气了。一气之下就拿起墙上的盾牌，后来——他就死了。"

"是什么惹你生气了？"他问。

她沉吟片刻，尽力回忆当时的情形，然后说道："是因为詹姆斯。詹姆斯醒过来，哭了。"

他听了，没有说话。她瞥了他一眼，发现他已经吃完了，正像自己一样坐着，双手抱膝望着湖面。

"噢，"他说，"原来是詹姆斯醒过来，哭了。所以朵娜，我们没有在克弗雷克见面，而是在湖边相聚。你的答复与我设想的不谋而合。"

他朝湖里扔了一颗石头，漾起一道涟漪，沿着水面扩散开去，慢慢消失了，没有留下任何痕迹，就仿佛什么也没发生过一样。随后他在沙滩上仰面躺下，朝她伸出手去，于是她也过去睡在他身边。

"我想，"他说，"圣科伦夫人再也不会在伦敦街头浪荡了，因为她已经过足冒险的瘾。"

"这位圣科伦夫人，"她说，"将会变成一个慈祥的老夫人，对奴仆、佃户、乡邻和颜悦色。有朝一日，她会儿孙满堂，绕膝而乐，给他们讲海盗脱逃的故事。"

"那个船舱服务生将来会怎样呢？"他问。

"这个船舱服务生有时会夜不能寐，咬着指甲，捶着枕头。一会儿之后他或许又会睡着，说不定还要做梦呢。"

在他们脚下，一泓湖水幽深沉静。在他们身后，海水哗哗地拍打着石堤。

　　"在布列塔尼有幢宅邸，"他说，"以前住着一个叫吉恩-贝努瓦·奥伯利的人。也许他会重返故里，将四壁上下都贴满禽鸟的绘画，以及他那个船舱服务生的肖像。但随着岁月的流逝，那个船舱服务生的肖像也会逐渐发黄，变得模糊。"

　　"吉恩-贝努瓦·奥伯利住在布列塔尼的哪个地方？"她问。

　　"在菲尼斯特雷，"他说，"就是天之涯的意思，我的朵娜。"

　　听着他的讲述，她仿佛看到了峭立的崖壁和嶙峋的海岬，听到海边惊涛拍岸的声音和海鸥的啼叫。她知道，那里有时烈日暴晒，让峭壁干涸、草木枯萎；有时一阵柔和的西风吹来，又会变得阴霾蔽日、雨雾迷蒙。

　　"那儿有块突起的岩石，"他说，"它一直延伸到大西洋里。我们叫它拉兹岬角。上面只树不长、片草不生，西风整日整夜地怒号不息。在拉兹岬角外面的那片海域，两股潮流汇合激荡，因此那儿一年到头风高水急、浊浪冲天，海浪可以高达五十英尺。"

　　湖水中央吹来一阵凉凉的微风，拂在两人身上。夜空的星光也突然灰暗迷蒙。此时此刻，四周万籁俱寂，鸟兽潜伏，芦苇丛中没有一丝响动，除了海浪拍打石堤的哗哗水声，再也听不到别的一点动静。

"你觉得，"她问，"海鸥号正停在海上的某个地方等你，天亮了你就能找到它？"

"对。"他说。

"你可以登上船，重新成为船长，站在甲板上，掌握着航行的方向？"

"对。"他说。

"而威廉，"她说，"他不喜欢出海，他会晕船，他心里会想，但愿自己能重新回到纳伍闰就好了。"

"错了。"他说，"威廉会尝到大海的滋味，感受到海风的吹拂。如果风向稳定的话也许天色未黑，他就能重新看到陆地，呼吸到海岬上飘来的暖暖的草木气息。那就意味着他回到布列塔尼，回到家了。"

她像他一样，仰面躺着，双手枕在脑后。此时天空起了变化，天色将明未明之际，那阵微风也比先前吹得更紧了一些。

"我在想，"他说，"从什么时候起，这个世界的发展就出了问题，人们忘记了如何生活，如何相爱，如何获得幸福。以前，我亲爱的朵娜，每个人生活中都有一泓湖水，就像我们身边这片湖水一样。"

"可能以前有个女人，"她说，"她先是要求男人用芦苇搭房子，后来要求用木头盖房子，再后来要求用石头建房子。

别的男男女女也相继跟来，没多久，山丘消失了，湖泊消失了，一切都消失了，只剩下大同小异的石头房子。"

"而你和我，"他说，"我们俩也有自己的湖泊、山丘，仅限于今晚，而现在离天明也只有三个小时了。"

破晓了，天空白亮亮的，显得那么清冽、澄澈，他们以前似乎从未见过这样的景象。在他们头上，天空曙光明亮；而在他们脚下，湖面银波闪耀。两人从沙滩上站起身来。他在清冽的湖水中洗了一个澡，湖水带着寒意，就像北方的冰水一样。过了一会儿，林中的鸟雀开始啁啾。他也上岸，穿好衣服，走上石堤。那儿潮水正酣，浪花飞溅。离沙滩一百码开外泊着一叶轻舟，上面的威廉发现了沙滩上的人影，便扳动长桨朝他们划来。

两人并肩站在沙滩上，等着小舟靠近。突然，在遥远的天际，朵娜看到一艘船的白帆现出，那船正朝陆地驶来。船身渐渐分明，深红色的桅杆斜指苍天，船上的风帆全都鼓满饱胀。

那是海鸥号回来迎接它的主人了。他跨上候在一旁的渔舟，在单桅上扬起一叶小帆，这一幕让朵娜觉得似曾相识：那是在很久以前，当时她独立岬角，眺望着大海深处。一艘船从海平面上漂来，宛如一种逃避的象征，在晨曦中透出几分古怪，仿佛与白昼的来临毫不相干，而是来自另一种时空，属于另一个世界。

白茫茫的海面上一片静谧，那船就像是一艘彩色的玩具船。朵娜猛地战栗了一下，她光脚踩在石堤上，只觉得凉意袭人。细浪涌溅在石堤上，仿佛发出了一声叹息，随即消失不见了。这时海面上，鲜红的朝阳犹如一团火球，正喷薄而出，冉冉升起。

马上扫二维码，关注**"熊猫君"**

和千万读者一起成长吧！

图书在版编目（CIP）数据

法国人的港湾 / (英) 达芙妮·杜穆里埃
(Daphne du Maurier) 著 ; 陈友勋译. —— 上海 : 文汇
出版社, 2020.1

（读客外国小说文库）

ISBN 978-7-5496-2871-1

Ⅰ.①法… Ⅱ.①达… ②陈… Ⅲ.①长篇小说 – 英
国 – 现代 Ⅳ.①I561.45

中国版本图书馆CIP数据核字（2019）第116967号

FRENCHMAN'S CREEK by DAPHNE DU MAURIER
Copyright © Daphne du Maurier, 1941
This edition arranged with CURTIS BROWN-U.K
through BIG APPLE AGENCY, INC., LABUAN, MALAYSIA.
Simplified Chinese edition copyright © 2019 Dook Media Group Limited.
All rights reserved.

法国人的港湾

作　　者 ／ 〔英〕达芙妮·杜穆里埃
译　　者 ／ 陈友勋

责任编辑 ／ 吴　华
特邀编辑 ／ 夏文彦　　王　品　　许明珠
封面装帧 ／ 陈艳丽　　苏　哲

出版发行 ／ 文匯出版社
　　　　　　上海市威海路 755 号
　　　　　　（邮政编码 200041）
经　　销 ／ 全国新华书店
印刷装订 ／ 嘉业印刷（天津）有限公司
版　　次 ／ 2020 年 1 月第 1 版
印　　次 ／ 2020 年 1 月第 1 次印刷
开　　本 ／ 890mm×1270mm　　1/32
字　　数 ／ 193 千字
印　　张 ／ 10.5

ISBN 978-7-5496-2871-1
定　　价 ／ 48.00 元